Cordula Tollmien

Fundevogel
oder
Was war, hört nicht einfach auf

Cordula Tollmien

Fundevogel

oder

Was war, hört nicht einfach auf

Roman

BELTZ
& Gelberg

Cordula Tollmien, geb. 1951 in Göttingen, Studium der Mathematik und Physik sowie der Geschichte. Seit 1980 verschiedene Veröffentlichungen in Zeitschriften und Anthologien. Lebt bei Hannover. Im Programm Beltz & Gelberg erschien 1987 ihr erstes Kinderbuch, *La gatta heißt Katze*, das mit dem Peter-Härtling-Preis für Kinderliteratur ausgezeichnet wurde.

Lektorat Susanne Härtel

Programm Beltz & Gelberg, Weinheim

Einband von Peter Knorr
Gesetzt mit der 12 Punkt Times auf der Linotronic 300
Gesamtherstellung Druckhaus Beltz, 6944 Hemsbach
Printed in Germany
ISBN 3 407 80044 4

Inhalt

Vorwort

Die Geschichten in diesem Buch spielen in Dresden in der Zeit direkt nach dem Zweiten Weltkrieg, in dem Dresden durch einen Bombenangriff zu zwei Dritteln zerstört wurde. Mindestens 35 000 Menschen starben während dieses Angriffs.

Begonnen hatten diesen Krieg die deutschen Nationalsozialisten unter ihrem Führer Adolf Hitler. Auf seinen Befehl marschierte im September 1939 die deutsche Wehrmacht in Polen ein und besetzte das Land. Die Nationalsozialisten überzogen dann ganz Europa mit Krieg, sogar in Afrika und in Ostasien wurde gekämpft, und auch die Vereinigten Staaten von Amerika traten in den Krieg ein.

Als der Krieg im Mai 1945 endlich zu Ende war, hatte er Millionen Menschen das Leben gekostet, und viele Städte und Länder waren verwüstet.

Hitler und die Nationalsozialisten waren in Deutschland seit 1933 an der Macht. Sie überfielen nicht nur andere Völker und Staaten, sondern verfolgten, vertrieben und ermordeten auch im eigenen Land viele Menschen: Juden, Zigeuner, alle diejenigen, die politisch anderer Meinung waren als sie, und noch viele andere. Sie sperrten sie in Konzentrationslager, und die meisten überlebten diese Lager nicht. Besonderer Verfolgung und grausamem Terror waren die Juden ausgesetzt, von denen die Nationalsozialisten behaupteten, sie seien eine minderwertige Menschenrasse und schuld an allem

Unglück in der Welt. Die Nationalsozialisten ermordeten über sechs Millionen Juden aus ganz Europa.

Nicht alle, aber viele, zu viele Deutsche waren Nationalsozialisten, und viel zu wenige leisteten Widerstand gegen dieses unmenschliche System.

Den Krieg gewannen zum Glück nicht die deutschen Nationalsozialisten, sondern die Amerikaner, Engländer, Franzosen und Russen gemeinsam. Sie teilten Deutschland nach dem Krieg in vier Teile auf. Jeder von ihnen verwaltete einen dieser vier Teile, die man Zonen nannte. Es gab die amerikanische Zone, die englische Zone, die französische und die russische Zone. Dresden lag in der russischen Zone und Göttingen, von dem in diesem Buch auch manchmal die Rede ist, in der englischen.

In der russischen Zone hießen diejenigen, die während des Nationalsozialismus verfolgt worden waren, Opfer des Faschismus, und die Gegner des Nationalsozialismus wurden Antifaschisten genannt. Beide Ausdrücke kommen im Buch vor.

Aus der russischen Zone wurde später die DDR und aus den drei anderen – der französischen, der amerikanischen und der englischen Zone – die Bundesrepublik Deutschland.

Aber das war erst 1949. Dieses Buch beginnt im Dezember 1945, und es erzählt von vielen verschiedenen Menschen:

von Elly und Paul Winter
und von ihren Töchtern Gerlinde, Christa und Jutta,

die aber schon erwachsen sind,
und von Schlumpe, Christas Dackel;

von Frau Sutterlitte,
der die Wohnung gehört, in der Elly und
Paul Winter mit Christa, Jutta und Schlumpe wohnen
– Gerlinde studiert in Göttingen;

von Großvater und Großmutter, die Ellys Eltern sind;

von Tante Celeste, Ellys Schwester,
und von ihrem Sohn, dem kleinen Dieter,
die zusammen mit den Großeltern
in der Wohnung gegenüber wohnen;

von Tante Erna, die auch eine Schwester von Elly ist,
und von dem Huhn, das Tante Erna mitbringt
und das Puttchen oder Rosamunde heißt;

von Brückchen, die eigentlich Anna heißt,
und von ihrem Vater,
den alle Vater Brückmann nennen
– sie wohnen in Sondershausen;

von Huber, der nach Amerika geht;

und es erzählt von Elisabeth, die eines Tages
einfach auf der Straße stand
und von der niemand weiß, wo sie herkommt.

Gewidmet ist dieses Buch Elly,
die meine Großmutter war.

Elisabeth

Am Anfang steht Elisabeth manchmal einfach da und guckt aus dem Fenster, auch wenn es schon längst dunkel ist und man draußen gar nichts mehr erkennen kann. Elly läßt sie. Sie geht höchstens zu ihr und streicht ihr von hinten leicht übers Haar. »Mein kleiner Fundevogel«, sagt sie leise.

Elisabeth dreht sich um und sieht Elly an. »Warum sagst du Fundevogel zu mir, Tante Elly?« fragt sie.

»Weil ich dich gefunden habe«, sagt Elly, »und weil du ausgesehen hast wie ein kleiner Vogel, der gerade aus dem Nest gefallen ist.«

Eigentlich ist das nicht ganz richtig. Denn in Wirklichkeit hat Christa Elisabeth gefunden. Christa Winter ist Ellys Tochter. Sie kam eines Tages – es war der 1. Dezember und schon sehr kalt – wie immer spät am Abend von der Arbeit nach Hause. Vor dem großen Haus in der Bachstraße, in dem die Familie Winter wohnt, stand ein Mädchen, das Christa vorher noch nie gesehen hatte.

Das Mädchen zitterte vor Kälte und sah aus, als würde sie schon ziemlich lange dort stehen. Christa beugte sich zu ihr hinunter und fragte sie, wie sie heißt, was sie da macht und warum sie nicht nach Hause geht. Aber das Mädchen gab keine Antwort. Sie stand einfach da und rührte sich nicht, und weil sie unmöglich da draußen in der Kälte bleiben konnte, hatte Christa sie einfach mit nach oben in die Wohnung genommen.

Dort hatte Elly Winter das fremde Mädchen ohne viel

zu fragen an den Wohnzimmertisch gesetzt und ihr Butterbrote geschmiert. Die Butter hatte Christa mitgebracht, und Butter ist etwas ganz Besonderes. Meistens gibt es keine. Aber Christa arbeitet im Labor einer Molkerei. Sie muß prüfen, ob die Milch in Ordnung ist, die von den Bauern angeliefert wird. Die Milchproben kann sie mit nach Hause nehmen, und manchmal bekommt sie sogar ein Stück Butter. Das war schon oft die letzte Rettung für die ganze Familie, wenn sie nichts anderes mehr zu essen hatten.

»Du hast bestimmt Hunger«, hatte Elly gesagt und dem Mädchen den Teller mit den Broten hingestellt. Das Mädchen fing sofort an zu essen, und es blieb nicht das kleinste Krümelchen übrig. Elly und Christa beobachteten sie und freuten sich, weil es ihr so gut schmeckte.

Jutta – das ist Christas Zwillingsschwester – stand daneben und war nicht sehr begeistert von dem unerwarteten Gast.

»Was wollt ihr mit ihr machen?« fragte sie schließlich. »Sie soll doch nicht etwa hierbleiben?«

Elly warf ihr einen strafenden Blick zu und legte den Zeigefinger auf den Mund. Nicht vor dem Kind, sollte das heißen. Doch das Mädchen schien Juttas Worte gar nicht gehört zu haben.

Danach redeten alle drei auf das Mädchen ein, das immer noch kein Wort gesagt hatte: »Sag uns doch, wie du heißt. Wo wohnst du? Wo ist deine Mutti? Was wolltest du denn so spät noch auf der Straße? Sag doch was, wir müssen doch wissen, wo du hingehörst.«

Sie fingen immer wieder von vorne an und stellten

alle Fragen immer wieder aufs neue. Aber so viel Mühe sie sich auch gaben, das Mädchen starrte nur auf den Fußboden und schwieg, bis Jutta schließlich die Geduld verlor und sagte: »Hört doch auf! Es hat doch keinen Zweck. Wahrscheinlich ist sie stumm.«

Da plötzlich hob das Mädchen ein wenig den Kopf und flüsterte: »Elisabeth.« Sie hätten es fast überhört, so leise war das.

Nun wußten sie wenigstens, wie sie hieß und daß sie sprechen konnte, aber mehr war nicht aus ihr herauszubekommen. Sie starrte nur immer weiter vor sich hin, und als Elly sie einmal am Arm berührte, machte sie sich ganz steif.

»Also gut«, entschied Elly schließlich, »lassen wir das. Du schläfst heute bei uns. Raus kannst du nicht mehr. Es ist längst dunkel und viel zu kalt. Suchen können wir erst morgen, und wenn sich deine Mutti Sorgen macht, das können wir im Moment nicht ändern. Du mußt erst einmal schlafen, morgen werden wir weitersehen.«

Dann hatte Elly Elisabeth gewaschen und sie in ihr Ehebett gelegt. Ellys Mann, Paul Winter, der inzwischen auch nach Hause gekommen war, mußte in dieser Nacht auf dem Sofa schlafen. Elisabeth hatte sich alles gefallen lassen und war sofort eingeschlafen.

Am nächsten Tag haben sie dann überall nachgefragt, ob jemand etwas über Elisabeth weiß. Elly hat zusammen mit Elisabeth alle Straßen und Häuser abgeklappert. Nichts. Niemand kannte Elisabeth.

Jutta war bei der Polizei. Dort war auch nichts gemeldet. Die Polizisten rieten ihr, zur städtischen Suchstelle zu gehen.

Das tat Elly und nahm Elisabeth mit. Die Frau in der Suchstelle war sehr freundlich und schrieb alles auf, was Elly ihr erzählte. Sie stellte Elisabeth ein paar Fragen, aber auch sie bekam keine Antwort.

»Was meinen Sie?« wandte sie sich an Elly. »Sie wird etwa zehn Jahre alt sein, nicht?« Elly nickte, und die Frau sah in ihrer Kartei nach.

»Nein«, sagte sie dann, »im Moment sucht niemand nach einem zehnjährigen Mädchen, das Elisabeth heißt. Ich kann Ihnen nicht helfen. Wie ist das, kann sie erst einmal bei Ihnen bleiben? Kann ich Ihre Adresse in den Suchantrag schreiben?«

»Aber ja«, antwortete Elly. »Mein Mann arbeitet bei der Jugendfürsorge, hier bei der Stadt. Paul Winter, kennen Sie ihn?« Die Frau schüttelte den Kopf. »Er kann das regeln«, fuhr Elly fort. »Von uns aus kann sie in jedem Fall erst einmal bleiben.«

»Gut«, sagte die Frau, »dann ist ja alles in Ordnung. Wenn Sie etwas erfahren, sagen Sie uns Bescheid.«

Am nächsten Tag erkundigte sich Paul bei der Jugendfürsorge. Die Bachstraße ist allerdings nicht sein Bezirk, und er mußte die zuständigen Kollegen fragen.

»Wir können Elisabeth in ein Heim geben«, berichtete Paul am nächsten Abend. »Man hat jetzt überall welche eingerichtet für die vielen Kinder, die ohne Zuhause sind. Und eigentlich haben die Kollegen mir auch dazu geraten. Schließlich kann nicht jeder die Kinder einfach von der Straße auflesen. In den Heimen sorgt man gut für sie, wirklich Elly. Vor allem die Verpflegung soll besser und reichlicher sein als das, was wir bekommen. Man tut ja jetzt viel für die Kinder.«

Doch Elly war entsetzt, und weil Paul das vorher wußte, hat er mit den Kollegen schon alles besprochen. Weil es jetzt so viele elternlose Kinder gibt und weil man Paul Winter im Amt kennt, kann Elisabeth erst einmal bei Winters bleiben. Allerdings nur bis Weihnachten. Danach müssen sie noch einmal zur zuständigen Fürsorgestelle, und dann wird endgültig entschieden.

Sie haben außerdem auch noch eine Anzeige in der Zeitung aufgegeben und Zettel geschrieben: »Wer vermißt Elisabeth? Sie ist etwa 10 Jahre alt, hat dunkelbraune Augen und braunes Haar. Sie weiß nicht, woher sie kommt.«

Diese Zettel haben Paul und Christa überall in der Stadt verteilt. Es waren allerdings nicht sehr viele, weil sie nicht genug Papier hatten. Aber auch daraufhin ist niemand bei ihnen vorbeigekommen und hat gesagt, daß Elisabeth zu ihm gehört.

Natürlich hat Elly immer wieder versucht, irgend etwas aus Elisabeth herauszubekommen. »Hör mir zu, mein Kind«, Elly sah Elisabeth eindringlich an. »Du mußt mir sagen, wo du wohnst. Sieh mal, wir müssen doch wissen, wo du herkommst. Deine Eltern machen sich vielleicht Sorgen. Oder hast du keine Eltern mehr? Nein? Doch?«

Elisabeth antwortete nicht.

»Hast du vielleicht Geschwister? Einen Onkel, eine Tante?«

Elisabeth schwieg.

»Sag es mir, bitte«, versuchte Elly es noch einmal. »Ich muß es doch wissen. Vielleicht können wir deine Eltern wiederfinden. Das wäre doch schön, nicht?«

Es war zwecklos. Elly wurde von Frage zu Frage ungeduldiger und lauter, und Elisabeth verkroch sich immer mehr in sich selbst. Sie zog die Schultern hoch, ihre Augen wurden ganz klein, und sie preßte den Mund fest zusammen. Oder sie blickte mit starren Augen irgendwohin an Elly vorbei weit in die Ferne, und es sah so aus, als ob sie überhaupt nichts hörte von Ellys Fragen und nie mehr etwas sagen würde.

Immer wieder saß die ganze Familie Winter – Elly, Paul, Christa und Jutta – zusammen um den Wohnzimmertisch und überlegte, was mit Elisabeth los sein könnte.

»Sie sah eigentlich nicht aus, als sei sie schon sehr lange draußen gewesen«, sagte Elly, »ich meine, mehrere Tage oder gar Wochen. Sie war ja nicht dreckig, jedenfalls nicht sehr, und sie war nicht so ausgehungert, als hätte sie tagelang nichts gegessen. Natürlich hatte sie Hunger, und sie ist auch ziemlich mager. Aber das sind alle Kinder in diesen Zeiten, in denen niemand genug zu essen hat. Auch ihre Kleider waren in Ordnung. Viel zu dünn für die Jahreszeit, aber nicht zerrissen.«

»Sie könnte vorübergehend irgendwo anders gewesen sein«, gab Paul zu bedenken.

»Aber wo bloß, Paul? Und wenn ja, warum ist sie da wieder weg?« Elly konnte sich das nicht so recht vorstellen.

»Vielleicht war sie schon in einem Heim«, überlegte Paul. »Aber dann wäre sie wahrscheinlich längst bei uns im Amt gemeldet, jedenfalls wenn das Heim nicht allzuweit weg von Dresden ist.«

»Wenn man bloß wüßte, was mit ihren Eltern ist«, sagte Jutta. »Vielleicht sind sie im Krieg umgekommen oder auf der Flucht.« »Vielleicht kommt sie gar nicht von weit her«, das war wieder Paul. »Vielleicht ist den Eltern hier in Dresden etwas passiert. Beim Angriff damals. Oder gar nicht im Krieg. Vielleicht sind sie einfach gestorben, weil sie krank waren, oder sie sind verhungert. Das gibt es schließlich auch.«

»Daß man so gar nichts weiß«, sagte Elly immer wieder. »Wenn die Eltern nicht mehr leben, existieren ja vielleicht irgendwelche anderen Verwandten. Oder sie ist wirklich ganz allein. Möglich ist alles. Warum spricht sie bloß nicht? Sie wirkt gar nicht so verschreckt. Jedenfalls normalerweise nicht. Nur wenn ich mit meinen Fragen komme, ist alles aus.«

»Vielleicht hat sie ja etwas ganz Schreckliches erlebt«, Christa war voller Mitgefühl, »und sie hat einen Schock erlitten und alles vergessen.«

»Das wäre die einfachste Erklärung, ja«, stimmte Elly ihr zu. »Aber ... wahrscheinlich werdet ihr mich nicht verstehen ...«, sie stockte, »... manchmal denke ich, sie ist ganz zielstrebig zu uns gekommen. Das ist sicher Unsinn, ich weiß. Es ist ja auch nur ein Gefühl.« Elly sah die anderen fragend an, aber keiner widersprach ihr. »Ich weiß nicht, was ihr darüber denkt«, sagte sie dann, »aber ich werde sie jedenfalls nicht mehr mit meinen Fragen quälen. Vielleicht erzählt sie uns ja eines Tages von allein, was sie erlebt hat, ohne daß wir dauernd weiterbohren. Ich finde, jetzt soll sie erst einmal ihre Ruhe haben bei uns.« Sie machte eine Pause.

»Es ist komisch«, sagte sie schließlich nachdenklich, »aber ich habe mich inzwischen so an sie gewöhnt, daß ich manchmal denke, sie sei schon immer hier gewesen.«

Dabei ist Elisabeth erst seit einer Woche bei Winters. Sie redet noch immer nicht viel, aber doch ein bißchen, außer wenn man sie fragt, woher sie kommt. Meistens ist sie in Ellys Nähe, hilft ihr beim Kochen und Putzen und hört ihr zu, wenn sie etwas erzählt. Aber am liebsten spielt Elisabeth mit Schlumpe. Schlumpe ist Christas Dackel, eine Hündin, und schon am ersten Abend hat sie versucht, zu Elisabeth ins Bett zu kriechen.

»Onkel Paul hat Christa die Schlumpe geschenkt, kurz nachdem der Krieg zu Ende war«, erzählt Elly. »Christa ging es damals sehr schlecht, und sie hatte sich schon immer einen Hund gewünscht. Da hat Onkel Paul ihr eines Tages die Schlumpe mitgebracht. Das war ziemlich verrückt. Ich glaube, es gibt nicht sehr viele Leute, die sich damals einen Hund angeschafft haben. Wir wußten ja oft selbst kaum, woher wir etwas Eßbares nehmen sollten. Und dann noch das Tier. Es ist manchmal ganz schön schwierig, für Schlumpe immer genug zu fressen aufzutreiben. Aber wir wollen sie um keinen Preis mehr hergeben.«

Elisabeth kennt inzwischen auch die alte Frau Sutterlitte. Gleich am ersten Morgen, nachdem Christa Elisabeth gefunden hatte, sind Elly und Elisabeth im Flur Frau Sutterlitte über den Weg gelaufen. Frau Sutterlitte hat früher allein in der Wohnung gewohnt. Doch nachdem Winters ausgebombt waren, sind sie hier eingewiesen worden. Die Möbel gehören alle Frau Sutterlitte. Sie war ziemlich aufgeregt wegen Elisabeth, denn sie will natürlich nicht noch jemanden in der Wohnung haben, und schon gar kein Kind, das Krach macht.

»Sie kann doch nicht einfach hierbleiben«, hat sie gesagt. »Hier ist es doch sowieso schon viel zu eng.«

»Sie bleibt erst einmal nur bis Weihnachten«, hat Elly sie beruhigt, »und sie wird Sie bestimmt nicht stören.«

Auf der gleichen Etage, drüben auf der anderen Seite des Flurs, wohnen die Großeltern. Es sind Ellys Eltern und die Großeltern von Christa und Jutta und von Dieter. Dieter ist erst fünf und wohnt zusammen mit seiner Mutter und Großvater und Großmutter in einer Wohnung. Er ist schon in den ersten Tagen immer wieder bei Winters gewesen, weil er Elisabeth sehen und mit ihr spielen wollte. Heute nun will er, daß sie endlich mit in seine Wohnung kommt und er ihr dort alles zeigen kann. Er faßt ihre Hand und zieht sie einfach hinter sich her.

Zuerst gehen sie zu einer Frau, die noch ziemlich jung ist, aber nicht so jung wie Christa und Jutta.

»Das ist meine Mutti«, sagt Dieter. »Du kannst Tante Celeste sagen.«

Celeste ist Ellys jüngste Schwester. Sie guckt Elisabeth nur kurz an und sagt dann: »Von dir habe ich schon gehört, aber Elly macht ja doch, was sie will.«

»Komm, wir gehen zu den Großeltern«, sagt Dieter. »Aber paß auf, Großmutter kann ganz schön streng sein. Aber Großvater ist immer lieb.«

Als sie ins Zimmer kommen, bleibt Elisabeth vorsichtshalber erst einmal an der Tür stehen. Dieters Großmutter sitzt in einem Sessel. Großvater steht neben ihr und zwinkert Elisabeth aufmunternd zu. Sie haben sich schon einmal gesehen, weil er vor ein paar Tagen drüben bei Winters war. Doch Großmutter mustert Elisabeth unbeweglich. Eine ganze Weile sagt sie gar nichts und dann nur ein kurzes »Komm her«.

»Großmutter kann nicht mehr so gut sehen«, flüstert Dieter.

»Ich sehe noch sehr gut, mein Kind«, sagt Großmutter. »Komm näher.« Als Elisabeth direkt vor ihr steht, faßt sie Elisabeth unters Kinn, hebt ihren Kopf ganz nah zu sich heran und sieht sie lange an. »Elly muß wissen, was sie tut«, sagt sie schließlich. Mehr nicht.

Jetzt kennt Elisabeth alle. Großvater und Großmutter, Tante Celeste, Dieter und Frau Sutterlitte. Und Tante Elly, Onkel Paul, Christa und Jutta sowieso. Nur Gerlinde kennt sie noch nicht, aber Elly erzählt Elisabeth von ihr.

»Weißt du«, sagt sie, »ich habe noch eine Tochter. Sie heißt Gerlinde. Sie ist zwei Jahre älter als die Zwillinge. Du weißt doch, daß Christa und Jutta Zwillinge sind? Das denkt man nicht, weil die beiden so verschieden sind, nicht? Aber sie sind es wirklich. Ich kann es allerdings manchmal selbst fast nicht glauben, wenn ich sie mir so ansehe. Jutta ist blond und Christa fast schwarz.

Christa ist immer so still und verschlossen, und Jutta redet, wenn man Pech hat, ununterbrochen. Aber ich wollte dir ja von meiner Gerlinde erzählen. Gerlinde ist schon einundzwanzig. Im April wird sie zweiundzwanzig. Sie hat bis vor kurzem noch hier bei uns gewohnt. Du schläfst auf dem Sofa, auf dem sie immer geschlafen hat. Sie will in Göttingen studieren. Vor zwei Wochen ist sie losgefahren, und ich habe immer noch keine Nachricht von ihr. Ich weiß gar nicht, ob sie überhaupt heil in Göttingen angekommen ist. Sie hat bestimmt sofort geschrieben, aber die Post dauert ja so furchtbar lange. Ich mache mir große Sorgen um sie.«

Elisabeth hört Elly aufmerksam zu.

»Du hast genauso braune Augen wie meine Gerlinde, mein kleiner Fundevogel«, sagt Elly.

Elisabeth wiederholt leise: »Fundevogel«, und Elly sagt: »Ja, du bist wirklich ein richtiger Fundevogel.« Dann zögert sie einen Augenblick, weil sie überlegt, wie sie eigentlich auf den Namen gekommen ist. Fundevogel? War da nicht einmal ein Märchen, das so hieß? Sie will zum Bücherschrank und nachsehen. Doch den Bücherschrank gibt es nicht mehr. Ihre Bücher sind fast alle verbrannt. Manchmal vergißt Elly das.

»Frau Sutterlitte!« ruft sie. »Haben Sie Grimms Märchen?«

»Ich? Nein.« Frau Sutterlitte ist verwirrt.

»Kennen Sie das Märchen »Fundevogel«?

Frau Sutterlitte schüttelt den Kopf. Sie kennt es nicht, und auch Großvater muß passen. Er könnte »Die Bremer Stadtmusikanten« erzählen: »Etwas Besseres als den Tod findest du überall.« Oder »Das tapfere Schneiderlein«. Das hat ihm immer gut gefallen, weil das Schneiderlein so pfiffig war. Ja, und »Hänsel und Gretel« natürlich, die im Wald ausgesetzt wurden, weil ihre Eltern so arm waren. »Aber Fundevogel? Nein, wirklich nicht.«

Am Abend, als Christa, Jutta und Paul mit Elly und Elisabeth um den Tisch sitzen, denken sie zusammen darüber nach.

Paul erinnert sich am besten. »Ein Kind wird gefunden«, sagt er, »ich glaube, in einem Baum.«

»Ja, Paul«, sagt Elly. »Ja, und der, der das Kind findet, nimmt es mit nach Hause zu seinem eigenen Kind.«

»Und dann?« fragt Elisabeth.

»Dann ist da eine Hexe«, sagt Christa, »die will die Kinder umbringen, doch sie laufen weg und retten sich.«

»Und wie retten die sich?« fragt Elisabeth. Niemand weiß es mehr genau.

»Ich glaube, die Hexe sucht sie«, sagt Paul, »und findet sie nicht, weil sie sich verstecken oder verwandeln. Ja, ich glaube, sie verwandeln sich, in eine Blume oder so.«

»Und was machen die Kinder dann? Kriegt die Hexe sie?«

Elisabeth sieht ganz besorgt aus. Aber keiner kann sich mehr erinnern, wie das Märchen ausgeht. Beim besten Willen nicht.

»Na, laß man«, tröstet Elly, »irgendwo und irgendwie werden wir auch wieder ein Märchenbuch auftreiben.

So lange mußt du eben warten, und vor allem mußt du jetzt schleunigst ins Bett.«

Viel später am Abend sagt Paul plötzlich: »Verläßt du mich nicht, verlaß ich dich auch nicht!«

»Wie bitte?« Elly versteht nicht.

»Verläßt du mich nicht, verlaß ich dich auch nicht!« sagt Paul. »Das ist mir eben so durch den Kopf gegangen. Ist das nicht aus dem Märchen? Sagen das nicht die Kinder zueinander?«

Elly weiß es nicht, und Paul ist nicht sicher, ob es nicht vielleicht doch ein anderes Märchen war.

Der Brief

»Vater! Elisabeth!« Elly ruft durch das ganze Haus. »Kommt schnell, ein Brief! Ein Brief von Gerlinde. Endlich!« Sie hält den Brief in der Hand. Ihre Hand zittert. Elly ruft noch einmal: »Vater!« und auch: »Frau Sutterlitte!« Elly hat so lange auf diesen Brief gewartet. Tag für Tag hat sie den Briefträger abgefangen, und jedesmal war sie müde und enttäuscht mit leeren Händen die Treppe wieder hinaufgestiegen. Dann brauchte sie immer jemanden, mit dem sie über Gerlinde reden konnte.

»Es ist mir sehr schwer gefallen, Gerlinde gehen zu lassen«, hat sie Elisabeth erzählt. »Ich weiß ja nicht, wann ich sie wiedersehe. Aber sie konnte doch hier nicht studieren. Hier in Dresden – da ist alles kaputt. Auch die Technische Hochschule, an der Gerlinde vorher studiert hat – alles kaputt. Ich habe gemerkt, daß sie immer trauriger und unzufriedener geworden ist, weil sie nicht weiterstudieren konnte. Und da habe ich ihr selbst vorgeschlagen, sie solle doch mal sehen, wie es in Göttingen ist. In Göttingen, da haben sie die Universität gleich nach dem Ende des Krieges wieder aufgemacht.«

»Ist in Göttingen nicht alles kaputt, Tante Elly?« hat Elisabeth gefragt.

»Nein, Kind«, antwortete Elly. »Nicht alle Städte sind zerstört. In Göttingen sind keine Bomben gefallen.«

Immer wieder sagte sie, daß Elisabeth genauso braune Augen wie Gerlinde hat, und mindestens hundertmal schickte sie den Stoßseufzer zum Himmel: »Wenn Gerlinde doch bloß heil über die Grenze gekommen ist!«

»Was für eine Grenze, Tante Elly?« fragte Elisabeth schließlich einmal. »Was ist das für eine Grenze?«

»Weißt du«, erklärte ihr Elly, »in Göttingen sind doch die Engländer, so wie hier in Dresden die Russen. Und zwischen den Engländern und Russen ist eine Grenze. Und eigentlich darf da niemand rüber. Wenn sie Gerlinde dabei erwischt haben, als sie über die Grenze wollte … Ja, ich weiß auch nicht, was sie dann mit ihr gemacht haben. Im besten Fall hätten sie sie wohl wieder zurückgeschickt. Sie können sie aber auch tagelang dabehalten haben, oder sie haben ihr alles weggenommen, was sie mithatte. Und was sonst noch alles passieren kann auf so einer Fahrt, daran darf ich gar nicht denken. Allein die Kälte. Und dann das schwere Gepäck. Hoffentlich ist sie unterwegs nicht zusammengebrochen. Aber weißt du, sie ist wie ich. Wenn es sein muß, beißt sie die Zähne zusammen, und dann geht es auch. Ich will einfach daran glauben, daß alles gutgegangen ist. Nicht?«

Doch nun ist endlich ein Brief von Gerlinde da. Elly hat sofort auf den Poststempel gesehen. Er kommt aus Göttingen. Nun ist alles gut. Elisabeth wird im Kreis herumgewirbelt und bekommt einen Kuß. Als Frau Sutterlitte kommt, fällt Elly ihr um den Hals. Und vor Dieter, der hinter seinem Großvater hergelaufen ist, schwenkt Elly den Brief noch einmal wie eine Siegestrophäe: »Sieh mal, Dieter, ein Brief von Gerlinde.« Auch Schlumpe läßt sich von der Begeisterung anstecken und bellt.

Elly holt ein Messer und öffnet den Brief vorsichtig. Sie liest das Datum. Vier Wochen ist der Brief alt. So lange mußte Elly auf eine Nachricht von Gerlinde warten. Und dann fängt sie an vorzulesen:

»Liebe Mutti, lieber Papa, liebe Christa, liebe Jutta«, schreibt Gerlinde. »Nun habe ich es also tatsächlich geschafft und bin hier in Göttingen gelandet. Ich werde diese Fahrt nie vergessen. Allerdings auch nicht das unerhörte Glück, das ich bei allem gehabt habe. Dennoch ist mein Bedarf an Reisen erst einmal gedeckt.

Nachdem Jutta mich glücklich verfrachtet hatte, fuhr der Zug verhältnismäßig pünktlich ab. Als es dann aber anfing, dunkel zu werden, und er auf freier Strecke dauernd hielt, bereute ich doch bitter, erst am Nachmittag gefahren zu sein. Außerdem liefen ununterbrochen russische Soldaten am Zug entlang und kamen in die Abteile, um gesprungene und halbzersprungene Fensterscheiben zu entfernen. Wir waren natürlich davon überzeugt, daß sie das nur taten, um unsere Gepäckstücke bessser hinausbefördern zu können. Aber bis auf einen Soldaten, der eine Zeitlang in unserem Abteil herumsuchte, uns aber nichts wegnahm, ließ man uns in Ruhe. Trotzdem waren die sieben Stunden Fahrt bis Leipzig mit ihren tausend Ängsten alles andere als erholsam.«

»Mein Gott«, sagt Großvater, »sieben Stunden. Ist das immer noch nicht besser geworden? Es gab mal Zeiten, da brauchte man von Dresden bis Leipzig höchstens zwei Stunden.«

Elly wirft ihm einen strafenden Blick zu. Sie möchte beim Vorlesen nicht unterbrochen werden. Großvater guckt schuldbewußt, und Elly liest weiter:

»In Leipzig übernachtete ich wie ausgemacht bei unseren Verwandten, die mich sehr lieb aufnahmen. Am anderen Morgen war ich um sechs Uhr auf dem Bahnhof mit der zweifelhaften Hoffnung, ein gewisses Fräulein Steinmüller wiederzutreffen, die vor zwei Wochen schon einmal über die Grenze gegangen war und die mir gestern im Zug versprochen hatte, mich mitzunehmen. Und – o Wunder – sie erschien tatsächlich.

In Halle mußten wir umsteigen. Wir erfuhren, daß zwei Stunden später ein Zug eingesetzt werden sollte, der nach Heiligenstadt fuhr – unserer letzten Station vor der Grenze. Der Wartesaal war voller Menschen. Alle mit unendlich viel Gepäck. Keiner gab jedoch zu, über die Grenze zu wollen.

Nach zwei Stunden wurde tatsächlich ein Zug für uns bereitgestellt, und wir bekamen sogar einen Sitzplatz. Aber die Fahrt, die sechs Stunden dauerte – in einem Wagen, in dem sich wieder keine einzige Fensterscheibe befand –, war nicht gerade angenehm. Auf dieser Strekke wurde mir endgültig der Unterschied zwischen Eisbein im Topf und Eisbein am Körper klar.

Als wir in Heiligenstadt angekommen waren, schafften wir wegen der furchtbaren Glätte auf der Straße kaum die paar Meter bis zum Sammellager, wo wir schlafen wollten. Dort machte uns die Lagerverwaltung auf unser banges Fragen sehr freundlich, aber unmißverständlich darauf aufmerksam, daß die Grenzen für Wochen gesperrt und außerdem von deutscher und russischer Polizei aufs schärfste bewacht seien, daß es also zwecklos sei, schwarz hinüberzuwollen. Wir sollten morgen sofort dorthin zurückfahren, woher wir gekommen seien.

Davon ließen wir uns natürlich nicht beeindrucken.

In der Nacht erfuhren wir von einer Frau, daß sie einen Führer gefunden habe, der uns auf englisches Gebiet bringen könnte. Kostenpunkt: fünfunddreißig Mark pro Person. Treffpunkt morgens um fünf Uhr an der Schule.

Es waren etwa fünfzehn Personen, die da zusammenkamen. Ich mit dem Rucksack auf dem Rücken, vorn den Koffer umgehängt, in der Hand die Aktentasche – und los. Der Führer mit dem Fahrrad vorneweg, in einem Tempo, das ich schon ohne Gepäck kaum durchgehalten hätte. Eigentlich sah ich sofort ein, daß es aussichtslos war, aber versuchen mußte ich es wenigstens. Nach einer Viertelstunde etwa gab ich auf. Mir war alles gleich.

Doch zum Glück war ja Fräulein Steinmüller noch da, die zwar etwas weniger Gepäck hatte, aber auch nicht mehr konnte. So schleppten wir uns mühsam wieder ins Lager zurück. Ich blieb beim Gepäck, und sie ging, um sich nach anderen Möglichkeiten umzusehen. Nach einer Stunde kam sie mit einem Jungen und einem Handwagen zurück: hundert Mark – ohne Garantie – bis in irgendein Grenzdorf. Von dort müßten wir selber sehen, wie wir weiterkämen. Ich sah schwarz, aber egal! Der Weg bis zur Grenze ist gefährlicher als der eigentliche Grenzübertritt, da unterwegs natürlich keine Kontrolle glaubt, daß man mit solchem Gepäck seine Großmutter in einem Grenzdorf besuchen will.«

»Was für eine Großmutter?« fragt Elisabeth. Es ist ihr einfach so rausgerutscht. Doch wider Erwarten wird Elly nicht böse.

»Das ist nur eine Ausrede«, antwortet sie ganz ruhig. »Wenn zwischendurch eine Kontrolle kommt, behauptet man einfach, man wolle seine Großmutter in einem Dorf ganz nah an der Grenze besuchen. Doch mit so viel Gepäck glaubt einem das natürlich keiner.«

Elisabeth nickt, und Elly liest weiter: »Eigentlich dürfen die Dorfbewohner keinem Menschen den Weg über die Grenze zeigen oder gar jemanden aufnehmen.«

»Warum dürfen sie das denn nicht?« Wieder ist es Elisabeth, die fragt.

»Weil es verboten ist, über die Grenze zu gehen«, sagt Elly, »also darf einem auch keiner dabei helfen.«

»Und warum ist es verboten, über die Grenze zu gehen?« Das will Elisabeth schon lange wissen, weil sie es wirklich nicht versteht. Warum kann man nicht einfach von Dresden nach Göttingen fahren?

»Ach Kind«, sagt Elly. Sie muß nachdenken, ehe sie antwortet. »In Deutschland gibt es doch jetzt die Zonen«, sagt sie. »Dresden liegt in der russischen Zone und Göttingen in der englischen. Das habe ich dir schon erklärt, nicht? Die Engländer wollen nun genau wissen, wer in ihrer Zone ist, und die Russen auch. Die Städte sind doch zerstört, und es gibt nichts zu essen, und wenn einfach jeder dahin gehen würde, wo er hin will, dann hätte man überhaupt keinen Überblick mehr.« Sie macht eine Pause. »Ja, so ist es wohl«, sagt sie dann, »und außerdem ist ja auch noch alles so unklar, und kein Mensch weiß, wie es weitergehen soll.«

So ganz hat Elisabeth das zwar immer noch nicht verstanden, aber sie fragt nicht mehr. Elly soll lieber weiterlesen.

Sie wiederholt den letzten Satz noch einmal: »Eigentlich dürfen die Dorfbewohner keinem Menschen den Weg über die Grenze zeigen oder gar jemanden aufnehmen. In einem Dorf fanden wir jedoch einen Mitleidigen, der uns verriet, daß die Grenze nur etwa ein paar hundert Meter entfernt sei. Der Stacheldraht sei schon runtergetreten.

Also behingen wir uns wieder mit dem Gepäck, schickten den Jungen zurück und gingen am hellichten Tag über Ackerschollen auf ein Wäldchen zu – immer in der Angst, daß uns im nächsten Moment ein Posten entdecken und anrufen würde. Aber nichts dergleichen geschah.«

»Schießen die Posten?« Diesmal ist es Dieter, der das mit aufgerissenen Augen fragt.

»Ich weiß nicht«, sagt Elly. »Aber auf jeden Fall schießen sie erst in die Luft. Bestimmt, sie schießen nicht sofort auf die Menschen, sie schießen erst in die Luft.«

Doch jetzt möchte sie wirklich nicht mehr gestört werden und in Ruhe zu Ende vorlesen: »Gleich hinter dem

Wäldchen lag ein Dorf. Noch wagten wir nicht zu glauben, daß wir es geschafft hatten. Doch dann erfuhren wir auf dem ersten Bauernhof, daß wir uns tatsächlich auf englischem Gebiet befanden. Wir wurden sehr freundlich aufgenommen, bekamen Kaffee mit Milch vorgesetzt und durften uns ausruhen und wärmen. Die nächste Bahnstation liege sieben Kilometer entfernt, erzählte uns der Bauer, dann seien es noch vierzehn Kilometer bis Göttingen. Um elf Uhr komme aber das Milchauto, das würde uns sicher bis zum Bahnhof mitnehmen. Wir waren selig.

Drei Stunden standen wir dann in Erwartung des Milchautos auf dem Dorfplatz. Als uns dabei ein deutscher Polizist ansprach und fragte, woher wir kämen, erregten wir sein größtes Mitleid. Wir sagten nämlich, daß wir aus Göttingen gekommen seien und ins russische Gebiet hinübergewollt hätten, daß uns das aber nicht gelungen sei. ›Ein gescheiter Kopf darf kein dummes Luder sein.‹ Das Tollste erlebten wir jedoch, als das Milchauto endlich kam. Wir fragten, ob wir nicht mitfahren könnten, erhielten schließlich nach langem Betteln die Zusage, und als der größte Teil des Gepäcks aufgeladen war, fuhr der Kerl samt Milchauto, Rucksack und Aktentasche los und ließ uns einfach stehen. Über die Grenze waren wir glücklich gekommen, ohne daß etwas passiert war, und im englischen Gebiet wurden wir unseren Kram los!

Doch es kam noch toller. Nach vielem Hin und Her fanden wir endlich einen Bauern, der uns mit dem Pferdewagen für fünfundvierzig Mark zum Bahnhof bringen wollte. Als wir auf freier Landstraße so im Zottelgang ›dahinrasten‹, sagte plötzlich Fräulein Steinmüller: ›Sehen Sie mal, da steht lauter Gepäck auf der Straße!‹ Und tatsächlich: Friedlich nebeneinander standen mein Rucksack, meine Aktentasche und verschiedene Teile, die Fräulein Steinmüller gehörten. Es fehlte nichts!«

Während Elly das vorgelesen hat, haben alle vor Spannung den Atem angehalten. Großvater ist zweimal ein »Mein Gott!« entschlüpft, und Elly hat vor Aufregung immer schneller gelesen. Nun lachen alle erleichtert.

»Wenn man das irgendwem erzählt«, sagt Großvater, »glaubt einem das kein Mensch.«

»Ja, das ist wirklich unglaublich«, sagt Elly.

»Aber wahr«, sagt Großvater, und wieder lachen alle.

Den Schluß des Briefes kann Elly wieder etwas langsamer lesen: »Am Bahnhof – Polizei: ›Woher kommen Sie?‹ ›Wir wollen nach Göttingen!‹ ›Ich habe gefragt, woher Sie kommen, nicht wohin Sie wollen! Wenn Sie aus dem Russischen kommen, müssen Sie sich erst beim Roten Kreuz registrieren lassen. Vorher kriegen Sie keine Fahrkarte!‹

Also hinein! In einer Stunde fuhr der letzte Zug. Etwa dreißig Menschen warteten dort. Zum Teil waren es alte Bekannte von der Fahrt bis Heiligenstadt. Großes Hallo! Jeder wollte vom anderen wissen, wo und wie er rübergekommen war.

Wir wurden sofort registriert und bekamen sogar noch einen wunderbaren Milchreis. Dann zurück zum

Bahnhof und hinein in den Zug! Nach einer Stunde Ankunft in Göttingen. Ich kann es eigentlich immer noch nicht glauben, daß ich es wirklich geschafft habe.«

Elly strahlt, als sie den Brief zusammenfaltet. Alle reden vor Aufregung und Freude durcheinander. Und die Freude und das Glück halten den ganzen Tag an. Abends wird der Brief Paul, Christa und Jutta vorgelesen. Elisabeth hört noch einmal zu.

»Was hat sich der Kerl mit dem Milchauto bloß dabei gedacht?« fragt Jutta.

»Na ja«, sagt Christa, »erst hat er gedacht, so eine günstige Gelegenheit gibt es nie wieder, und dann hat er wahrscheinlich plötzlich ein schlechtes Gewissen gekriegt. Vielleicht hat er auch in Gerlindes Tasche geguckt und war enttäuscht, weil da nur Bücher drin waren.«

Alle lachen.

»Wofür Bücher alles gut sein können«, sagt Elly.

Weihnachten

Es ist fast Weihnachten. Aber noch nicht ganz. Zusammen mit Elisabeth stellt Elly den kleinen Tannenbaum auf, der schon seit ein paar Tagen auf dem Balkon steht. Christa hat ihn geschenkt bekommen.

Es ist merkwürdig, aber ausgerechnet Christa, die immer so abweisend und verschlossen wirkt, bekommt oft etwas geschenkt. Elly sagt, daß alle Leute, die sie kennen, ihr immer irgend etwas Gutes tun wollen. Dabei will sie überhaupt nichts. Sogar die Butter, die sie manchmal aus der Molkerei bekommt, hat sie schon oft einfach weiterverschenkt. Und wenn Jutta zetert, wie man nur so blöd sein kann, sagt sie: »Es gibt Leute, die brauchen sie nötiger als wir.«

Den Tannenbaum hat Christa aber gern angenommen. Er ist von einem Arbeiter aus der Molkerei, und sonst hätten sie gar nicht gewußt, wo sie einen herkriegen sollen. Elly sagt immer wieder, wie glücklich sie ist, daß sie für ihr erstes Weihnachten im Frieden und für ihr erstes Weihnachten mit Elisabeth einen richtigen Tannenbaum haben, selbst wenn es nur ein ganz kleiner ist. Und dann kommt Christa einen Tag vor Weihnachten auch noch mit einem Riesenpaket nach Hause. Die Angestellten der Molkerei haben ein Weihnachtsgeschenk vom Betrieb erhalten.

Als Christa auspackt, stehen alle um sie herum, auch Großvater, und staunen über die Schätze, die da zum Vorschein kommen: fünf Päckchen schwarzer Tee, fünf

Beutel Pfefferminztee, ein Glas Honig, ein halbes Pfund Brot, ein Glas Senf, Puddingpulver, Backpulver, ein Pfund Konfekt, eine Flasche Essig. Und da ist sogar noch ein Viertelpfund Kakao. »Fünf Zentner Kohlen kann ich mir auch noch abholen«, erzählt Christa. »Das ist meine Weihnachtszuteilung.« Sie lacht und strahlt beim Auspacken und Vorzeigen.

»Zu Weihnachten koche ich uns einen Pudding«, sagt Jutta zu Elisabeth.

Dann will Onkel Paul den Baum schmücken, und Elisabeth wird deshalb aus dem Wohnzimmer verbannt. Sie geht zu Frau Sutterlitte nach nebenan. Schlumpe hat sich heimlich mit Elisabeth ins Zimmer gedrückt. Sie ist vor Jutta ausgerückt, weil Jutta wie eine Wilde putzt. Das ist etwas, was Schlumpe nicht leiden kann, weil es dann nirgendwo ein ruhiges Plätzchen für sie gibt.

Elisabeth hat sich leise auf einen Stuhl gesetzt. Frau Sutterlitte sagt nichts. Sie guckt nur gedankenverloren vor sich hin. Schlumpe liegt unter Elisabeths Stuhl und hofft, daß keiner merkt, daß sie da ist. Lange sitzen sie so, friedlich zu dritt. Frau Sutterlitte hat Elly erst neulich versichert, daß das Kind sie überhaupt nicht stört: »Nein, wirklich nicht, sie ist doch so lieb und brav und kaum zu hören.«

Eine Weile ist es völlig still, doch plötzlich schiebt Frau Sutterlitte ihren Stuhl zurück und steht auf. Sie geht zum Büffet. Dort bückt sie sich und stöhnt ein wenig. Das Bücken fällt ihr schwer. Ganz unten aus einer Schublade holt sie einen schmalen, langen Karton heraus und legt ihn vor Elisabeth auf den Tisch. Sie öffnet ihn und nimmt vorsichtig das Papier weg, das obendrauf liegt. Drinnen ist ein weißes Jungenhöschen, ein kleiner Pullover und ein altmodisches Jungenschürzchen, außerdem ein Spielzeugschiff, ein Osterhase und ein Zwieback, der noch ganz frisch aussieht. Frau Sutterlitte breitet alles vor Elisabeth aus. Elisabeth guckt auf die Sachen und wagt nicht, Frau Sutterlitte anzusehen.

»Das hat meinem Jungen gehört«, sagt Frau Sutterlitte endlich. »Er ist ertrunken. Am 1. August 1914 ist er ertrunken. Er war erst sechs Jahre alt.« Mehr sagt sie nicht. Sie schiebt nur das Schiff von einer Hand in die andere. Schließlich legt sie es auf den Tisch und nimmt den Zwieback. »Über zwei Kriege«, sagt sie ganz leise, »über zwei Kriege hat dieser Zwieback sich gehalten – und das Kind gibt es nicht mehr. Mein Kind ist tot.«

Sie macht eine lange Pause. Elisabeth wagt kaum zu atmen.

Doch plötzlich spricht Frau Sutterlitte so laut, daß Elisabeth zusammenfährt. »Einen Trost habe ich allerdings«, sagt sie. »Diesen Krieg, den letzten, diesen schrecklichen Krieg, den hat er nicht mehr erlebt. Meinen Jungen haben sie nicht geholt. Ihn haben sie nicht bekommen. Er war erst sechs, als er starb, aber in diesem Krieg hatte er wenigstens seine Ruhe.« Dann sieht sie Elisabeth zum ersten Mal richtig an und fragt: »Was meinst du, soll ich die Sachen einem armen Kind schenken, das nichts anzuziehen hat?«

Elisabeth sitzt ganz steif da und kann nicht antworten. Sie guckt auf die Sachen, dann auf Frau Sutterlitte und wieder zurück und schüttelt schließlich den Kopf.

»Nein?« fragt Frau Sutterlitte. Doch sie scheint nicht erstaunt zu sein und fragt nicht, warum.

Elisabeth bleibt noch eine Weile stumm sitzen, bis sie sich endlich zu sagen traut, daß sie gehen will. Sie schaut unter den Stuhl und sagt: »Komm, Schlumpe, wir gehen.« Schlumpe kommt unter dem Stuhl hervor und wedelt vorsichtshalber mit dem Schwanz zu Frau Sutterlitte hin. Doch die guckt weit in die Ferne und sieht sie gar nicht. Elisabeth wartet und geht dann los. Erst als sie schon die Türklinke in der Hand hat, gibt Frau Sutterlitte sich einen Ruck und sagt: »Ja, geht nur, es ist schon gut.«

Elisabeth flüchtet nach drüben zu Dieter und verkriecht sich mit ihm hinter Großvaters Stuhl, und weil Großvater halb schläft, kann sie ihm flüsternd von dem ertrunkenen Kind erzählen. Aber Dieter ist davon nicht sehr beeindruckt. Ihn interessiert nur, ob man wohl den Zwieback noch essen kann.

»Warum hast du bloß nicht gefragt, ob du ihn haben kannst?« Dieter kann Elisabeth wirklich nicht verstehen. »Dann frag ich sie eben selber«, sagt er.

Elisabeth ist ganz erschrocken und hält ihn am Arm fest, als Dieter entschlossen aufstehen will. Er muß ihr sofort versprechen, daß das ertrunkene Kind und der Zwieback ein Geheimnis zwischen ihnen bleibt und daß er Frau Sutterlitte auf keinen Fall danach fragt. Dieter sieht das überhaupt nicht ein. Und weil Elisabeth nicht weiß, was sie machen soll, zieht sie ihn von Großvater weg, damit der nicht doch etwas hört, und behauptet einfach, Frau Sutterlitte habe gesagt, daß sie die Geschichte keinem weitererzählen dürfe. Und wenn Frau Sutterlitte nun rauskriegt, daß sie es trotzdem weitererzählt hat, dann müssen sie bestimmt alle aus der Wohnung raus, weil die doch Frau Sutterlitte gehört.

Das findet selbst Dieter, daß es sich nicht lohnt, für einen Zwieback aus der Wohnung geworfen zu werden. Also verspricht er hoch und heilig, daß er nichts sagen wird. »Ganz bestimmt, Elisabeth, großes Ehrenwort. Ich sage keinem was.«

Und dann ist es wirklich Weihnachten.

Früher sind Winters vor der Bescherung immer in die Kirche gegangen. Aber diesmal gehen sie nicht.

»Weißt du«, sagt Elly zu Elisabeth, »Onkel Paul kann nicht in die kalte Kirche gehen. Er hat doch diesen schlimmen Husten, und sein Herz ist krank. Heutzutage ist ja keine Kirche geheizt, und Christa mag auch nicht.«

»Warum nicht?« fragt Elisabeth. Sie fragt Elly, denn Christa guckt sie nur abweisend und fast ein bißchen böse an. Elly blickt unsicher auf Christa, aber dann antwortet sie doch.

»Der Angriff auf Dresden«, sagt sie, »als Dresden im Bombenhagel unterging ... « Elly zögert. Elisabeth nickt, und Elly spricht weiter: »Also da war Christa zu einer Hochzeit eingeladen. Und die fand in einer Kirche statt. Und deshalb – die Erinnerung, weißt du.«

Elly stockt schon wieder, und Christa ist aus dem Zimmer gegangen. »Wir wissen nicht, was sie erlebt hat«, sagt Elly dann. »Sie hat bis heute kein Wort davon erzählt. Ich weiß nur, daß wir sie fünf Tage lang gesucht haben. Fünf schreckliche Tage lang. Wir mußten über riesige Schuttberge klettern. Nirgends war mehr ein Weg. Überall lagen die Toten. Wir haben die Toten umgedreht, um zu sehen, ob eine von ihnen Christa war, aber die meisten konnte man gar nicht mehr erkennen.« Elly ist beim Reden immer schneller geworden, und jetzt bricht sie ab, als ob sie nicht mehr weiterkönnte.

»Und wo war sie?« fragt Elisabeth schließlich.

Elly guckt sie an. »Ich weiß nicht. Onkel Paul war überraschend nach Hause gekommen. Er lag damals krank im Lazarett, und weil es so viele verwundete Soldaten gab und das Lazarett überfüllt war, da hat man alle nach Hause geschickt, die einigermaßen gehen konnten und die noch ein eigenes Bett hatten. Na ja«, sie lacht kurz auf, »dann kam der Angriff, und er hatte kein eigenes Bett mehr. Obwohl er krank war, wollte er unbedingt selbst los, um Christa zu suchen. Ja, und plötzlich stand sie einfach vor uns. Ganz in der Nähe von dem Ort, wo die Hochzeit stattgefunden hatte. Da war alles zerstört. Sie ist ihrem Vater um den Hals gefallen und war wieder da. So war das, und mehr wissen wir nicht. Sie hat nie ein Wort darüber gesagt, was sie in diesen fünf Tagen erlebt hat. Deshalb, verstehst du«, sagt Elly zum Schluß, »will sie noch nicht wieder in eine Kirche.«

Jutta, die gerade reingekommen ist und das letzte gehört hat, sagt: »Mutti, weißt du noch? Christa hatte sich doch von unseren Nachbarn ein Kleid geliehen für die Hochzeit, und die Leute sind doch tatsächlich gleich nach dem Angriff bei uns aufgetaucht und wollten wissen, was mit dem Kleid ist. Überleg dir das mal! Ringsherum liegt alles in Schutt und Asche, und die haben keine anderen Sorgen als ihr Kleid.«

»Laß das«, sagt Elly, »es gibt immer solche Menschen, und heute ist Weihnachten.«

Weil sie nun also nicht in die Kirche gehen, hören sie den Gottesdienst im Radio. Es ist fast dunkel im Zimmer, und keiner sagt ein Wort, bis der Gottesdienst mit Glockengeläut ausklingt. Danach stellen sich Jutta, Christa, Elly und Elisabeth im dunklen Flur vor der Wohnzimmertür auf. Onkel Paul ist im Wohnzimmer. Dann macht er die Tür auf, die Kerzen am Weihnachtsbaum brennen, und Elisabeth geht ganz vorsichtig zwei Schritte vorwärts.

Der kleine Baum steht links in der Zimmerecke. Er ist mit ein paar Silberfäden und kleinen silbernen Herzen geschmückt. Seine Kerzen sind weiß. Obwohl sie die Kerzen, als sie halb abgebrannt sind, ausblasen müssen, damit sie noch für den nächsten Tag reichen, kommt es Elisabeth vor, als hätten sie ewig gebrannt. Und für sie war es so hell im Zimmer, als hätte der Baum hundert Kerzen, und dabei waren es nur zehn.

Sie singen zusammen, und Onkel Paul spielt Klavier dazu. Elisabeth bleibt stumm und schaut unverwandt auf den Baum. Dann liest Onkel Paul die Weihnachtsgeschichte vor: »Friede auf Erden und den Menschen ein Wohlgefallen.«

Als erstes wird Elisabeth an die Hand genommen und zu ihrem Gabentisch geführt. Da liegen ein Paar Hausschuhe, selbstgestrickt von Jutta. Für Elly und für Paul hat Jutta auch welche gemacht. Von Elly bekommt Elisabeth eine richtige Mappe Briefpapier. Elly hat längst herausgefunden, daß sie gut schreiben kann und gern malt. Nur gibt es immer zuwenig Papier, und Buntstifte hat Elisabeth auch nicht. Doch da – ganz hinten in der Ecke – da sind welche. Onkel Paul hat sie aufgetrieben. Er strahlt über das ganze Gesicht, als er sieht, wie Elisabeth sich freut. Von Christa bekommt sie warme Strickhandschuhe, und das ist gut in diesem kalten Winter. Christa hat in den Handschuhen auch noch ein paar Fondantplätzchen versteckt. Das sind Plätzchen aus einer weichen, weißen Zuckermasse. Es sind die besten Süßigkeiten, die Elisabeth kennt.

Alle haben schöne Sachen bekommen. Elly ein Nudelholz, Zigaretten, richtigen Bohnenkaffee und zwei Bücher, die Elisabeth durchblättern, aber noch nicht lesen darf, weil Elly glaubt, daß diese Bücher noch nichts für Elisabeth sind. »Irgendwann und irgendwo werde ich auch für dich Bücher finden, wirst schon sehen«, tröstet Elly.

Onkel Paul hat Socken, Zigaretten und Süßigkeiten bekommen. Aus seiner Bonbonniere gibt er Elisabeth sofort ein Stück ab. Alle sind glücklich, auch die Zwillinge und Schlumpe, die ein ganz kleines Stückchen Wurst abgekriegt hat.

Elisabeth verteilt den Pudding, den Jutta wirklich gekocht hat, und dann setzt sich Onkel Paul noch einmal ans Klavier, das Frau Sutterlitte gehört. Er spielt Weihnachtslieder und singt dazu. Jutta singt mit. Und plötzlich summt auch Elisabeth mit. Erst nur ganz leise, dann immer lauter. Sie singt die Lieder ohne Worte, aber die Melodie ist richtig. Alle sind ganz erstaunt, und Onkel Paul hört vor Verwunderung sogar auf zu spielen. Elly nimmt Elisabeth in den Arm und küßt sie, und dann singen sie gemeinsam alle Lieder, bis es spät in der Nacht ist und Elisabeth auch die Texte kann.

Als Elly Elisabeth ins Bett bringt, legt Elisabeth ihr die Arme um den Hals und flüstert ganz nah an ihrem Ohr: »Ist Weihnachten jetzt vorbei?«

Elly versteht sofort und sagt: »Nein, nein, noch nicht. Bis Silvester wird sich nichts ändern. Du bleibst bei uns.«

Am nächsten Morgen trifft Elisabeth als erstes Frau Sutterlitte auf dem Flur. Sie winkt Elisabeth zu sich. Sie hat den kleinen Osterhasen aus der Schachtel in der Hand. Er ist aus Plüsch und noch ganz in Ordnung. Sie hält ihn Elisabeth hin und sagt: »Für dich, weil du so schön gesungen hast. Ich habe dich gehört.« Elisabeth nimmt den Hasen und sagt sogar danke, doch sie sieht Frau Sutterlitte dabei nicht an, und hinterher zeigt sie den Hasen keinem Menschen.

Dann kommen die Großeltern und Tante Celeste von drüben und bestaunen das Bäumchen und haben selbst auch noch Geschenke. Elisabeth bekommt selbstgebakkene Plätzchen von Tante Celeste, ein Taschentuch von Großmutter und von Großvater ein Buch. Es sind Gedichte, und Großvater hat sogar eine Widmung für Elisabeth hineingeschrieben. Da steht:

Und könnte ich auch dichten,
Das reizendste Sonett,
Es würde nicht wie Du selber
So reizend und so nett.

Dies, liebe Elisabeth, schrieb ich als Vierzehnjähriger einem jungen Mädchen – als fast Siebzigjähriger schreibe ich es heute Dir – mit gleicher Überzeugung.
Dein Großvater
Dresden, den 24. Dezember 1945

Elisabeth fliegt ihm um den Hals, und er flüstert ihr ins Ohr: »Das junge Mädchen, das war Großmutter.«

Elly hat inzwischen das Buch genommen und liest laut: »Ludwig Uhland – Gedichte. Uhland?« sagt sie zweifelnd. »Ob das was für das Kind ist?«

»Wieso?« sagt Großvater. »Die Gedichte sind sehr schön. Hör doch mal.« Und dann liest er eins vor:

Der weiße Hirsch

Es gingen drei Jäger wohl auf die Pirsch,
sie wollten erjagen den weißen Hirsch.
Sie legten sich unter den Tannenbaum;
da hatten die drei einen seltsamen Traum.

Der erste.
Mir hat geträumt, ich klopf auf den Busch,
da rauschte der Hirsch heraus, husch, husch!

Der zweite.
Und als er sprang mit der Hunde Geklaff,
da brannt ich ihn auf das Fell, piff, paff!

Der dritte.
Und als ich den Hirsch an der Erde sah,
da stieß ich lustig ins Horn, trara!

Da lagen sie da und sprachen die drei,
da rannte der weiße Hirsch vorbei.
Und eh die drei Jäger ihn recht gesehn,
so war er davon über Tiefen und Höhn.
Husch, husch! piff paff! trara!

»Na«, sagt Großvater, »das kann sie doch wohl lesen, oder? Ich habe das Buch von einem Bekannten aus meinem alten Betrieb, den ich neulich zufällig auf der Straße getroffen habe. Ich habe ihm gesagt, daß ich ein Buch für ein zehnjähriges Mädchen brauche. Dann sind wir zusammen in seine Wohnung gegangen, und er hat mir das hier gegeben. Er ist nicht ausgebombt.«

Großvater hat noch nicht richtig zu Ende gesprochen, da ertönt plötzlich ein furchtbarer Schrei. Es ist Dieter. »Dieses blöde Vieh!« schreit er. »Alles frißt sie einem weg. Na warte, wenn ich die zu fassen kriege!«

»Was ist los, Dieter?« fragt Tante Celeste. »Was ist denn bloß los?«

»Die blöde Schlumpe hat meine Kekse gefressen«, heult Dieter. Er ist wirklich verzweifelt.

»Du hättest eben besser aufpassen müssen«, sagt Tante Celeste. »Wie ist der Hund denn da überhaupt drangekommen?«

»Ich hab die Kekse neben mich auf den Fußboden gelegt. Weil ich sie doch immer sehen wollte. Und dann bin ich bloß mal ganz kurz weggegangen.« Dieter weint immer noch. Dann stampft er plötzlich mit dem Fuß auf. »Dieses blöde Vieh«, sagt er noch einmal. »Die kann vielleicht was erleben.« Doch Schlumpe ist nicht zu sehen. Sie hat sich unter das Sofa verkrochen.

Elisabeth hat inzwischen ihre Kekse geholt. «Da«, sagt sie und hält sie Dieter hin. Dieter hört auf zu weinen und nimmt die Kekse. Dafür muß er Elisabeth versprechen, daß er zu Schlumpe nie wieder »blödes Vieh« sagt und daß er ihr nichts tut.

Dieter zieht die Nase hoch und sagt: »Meinetwegen.«

Elisabeth hockt sich vor das Sofa und ruft leise: »Schlumpe, komm. Komm raus. Dir passiert nichts.« Und Schlumpe kriecht langsam Stück für Stück unter dem Sofa hervor. Elisabeth streichelt sie.

Dann holt Dieter seinen Teddybären und seine Puppen. »Komm«, sagt er, »wir spielen.« Er nimmt alle seine Puppen in den Arm und schreit: »Alarm, Alarm! Schnell, rettet die Kinder!« Er stürmt los und stürzt unter Ellys großen runden Tisch. Hier ist er sicher. Ein richtiger Bunker ist das.

Elisabeth steht erst wie versteinert da. Dann nimmt sie Dieters Teddybären und rennt auch los. Aber sie versteckt sich nicht unter dem Tisch. Sie läuft die Treppe runter, raus aus der Haustür und in die hinterste Ecke vom Hof. Dort kauert sie sich hinter die Mülltonnen.

Dieter sitzt eine Weile allein unter seinem Tisch, bis es ihm zu langweilig wird. Er gibt Entwarnung und sucht Elisabeth. Wahrscheinlich ist sie in einem anderen Bunker. Vielleicht in der Küche. Nichts. Vielleicht drüben in der anderen Wohnung. Doch auch dort findet er Elisabeth nicht.

Langsam werden auch die Erwachsenen aufmerksam und suchen mit. Erst Elly kommt darauf, auch draußen nachzusehen. Und da sitzt Elisabeth noch immer hinter den Mülltonnen, den Teddybären an sich gepreßt. Ihre Augen sind weit aufgerissen, und sie zittert am ganzen Körper.

»Mein Gott, Kind! Bei der Kälte, ohne Mantel, du holst dir ja den Tod.« Elly will schimpfen, bricht dann aber ab und sagt nur noch: »Ab rauf mit dir ins Bett. Ich mache dir ein Glas heiße Milch.«

Dann sitzt sie bei Elisabeth am Bett, und Elisabeth trinkt die Milch. »Was hast du dir bloß dabei gedacht, Kind?« fragt Elly.

»Ich mußte doch den Teddybären retten«, antwortet Elisabeth.

»Ja«, sagt Elly, »natürlich.« Und weil sie nicht weiß, was sie sonst noch sagen soll, stopft sie Elisabeths Bettdecke noch einmal fest und sagt: »Paß bloß auf, daß du durch deinen geretteten Teddybären keine Lungenentzündung kriegst.«

Und Elisabeth antwortet ganz ernsthaft:» Bestimmt nicht, Tante Elly, ich werde nie krank.« Das klingt so überzeugt, daß Elly ein wenig lächeln muß.

»Na, hoffen wir, daß du recht hast«, sagt sie.

Die Schule

Elly hat es so lange wie möglich hinausgezögert, aber jetzt muß wirklich etwas geschehen. Sie müssen klären, was mit Elisabeth wird und ob sie bei ihnen bleiben kann.

Also gehen Elly und Elisabeth wieder zur Suchstelle. Die Frau dort erkennt sie sofort. »Na«, sagt sie, »wie ist es gegangen?«

»Gut«, sagt Elly. Sie setzt sich, ohne daß die Frau hinter dem Schreibtisch ihr einen Stuhl angeboten hat.

Die sucht inzwischen die Akte, liest die paar Zeilen und fragt dann: »Spricht sie jetzt?«

»Ja«, sagt Elly, »sie spricht sogar viel.«

»Das ist ja schön«, sagt die Frau. »Was haben Sie herausgefunden?«

»Nichts«, sagt Elly und zündet sich eine Zigarette an, ohne zu fragen, ob sie rauchen darf.

»Aber Sie haben doch eben gesagt ... « Die Frau ist irritiert.

»Ja«, sagt Elly, »ich meine, sie spricht mit uns, sie fragt alles mögliche, erzählt auch, nur nicht, woher sie kommt. Wenn man sie danach fragt, verschließt sie sich völlig und sagt dann manchmal stundenlang kein Wort. Wir haben es immer wieder versucht, aber es hat keinen Zweck. Auf unsere Zettel und die Anzeige in der Zeitung hat sich auch niemand gemeldet.«

»Dann bringen Sie mir ein Foto von ihr, für den Fall, daß sie irgendwann mal jemand wiedererkennt – und dann, Frau Winter, wenden Sie sich bitte an den Stadtbezirk, an die Jugendfürsorge. Dort kennen Sie sich ja aus. Soll man dort entscheiden.«

»Ich bringe das Foto«, sagt Elly.

In der Jugendfürsorge sitzt auch eine Frau hinter dem Schreibtisch, und die will nun wirklich alles wissen. Elly steckt sich wieder eine ihrer kostbaren Zigaretten an, damit sie die Spannung aushält und damit die Frau nicht sieht, daß ihre Hände zittern. Als sie der Frau eine anbietet, sieht die kurz von ihren Unterlagen hoch, in denen sie eifrig schreibt, stutzt und sagt: »Ich rauche eigentlich nicht.« Sie zögert und nimmt dann doch eine: »Für später«, sagt sie. Aber Elly und auch Elisabeth wissen, daß sie die Zigarette zum Tauschen braucht. Zigaretten sind besser als Geld. Man bekommt fast alles für Zigaretten. Aber dann geht es gleich weiter mit den Fragen: »Wo haben Sie sie gefunden? Wann? Warum spricht sie nicht?«

»Aber sie spricht ja«, sagt Elly wieder.

Doch die Frau hört gar nicht richtig hin. »Haben Sie alles versucht?«

»Alles«, sagt Elly, und sie klingt jetzt ganz ruhig und bestimmt.

»Warum wollen Sie sie behalten?«

»Weil ich sie liebhabe«, sagt Elly. »Ich habe sie gleich in mein Herz geschlossen. Sie ist so aufgeweckt. Es ist einfach schön mit ihr.«

»Was versprechen Sie sich davon?« Die Dame bleibt unerbittlich streng. »Wir können Ihnen nichts geben.«

»Nein, nein«, wehrt Elly ab, »ich will nichts, ich will

nur das Kind.« Doch dann, als ihr klar wird, was ihr da eben unterstellt wurde, richtet sie sich zu ihrer vollen Größe auf. »Können Sie sich nicht vorstellen, daß es Menschen gibt, die etwas für andere tun, ohne daß sie einen Nutzen davon haben?« Elly nimmt einen tiefen Zug aus ihrer Zigarette. »Sie, mein Kind«, sagt sie zu der Frau hinter dem Schreibtisch, die noch ziemlich jung ist, »Sie müßten doch die Ideale haben! Schreiben Sie nicht immer in Ihren Aufrufen, daß wir für die Kinder alles tun müssen, alles, weil sie unsere Zukunft sind? Sehen Sie, und genau der Meinung bin ich auch.«

Die Frau ist beeindruckt, das merkt man. Doch sie schlägt Elly trotzdem vor, daß sie sich an den kommunalen Frauenausschuß im Bezirk wenden soll. Die kümmerten sich um elternlose Kinder, hätten Heime eingerichtet, da sei das Kind in guten Händen.

»Nein«, sagt Elly und mehr nicht.

Und dann kommt die Frage, mit der Elly die ganze Zeit gerechnet hat: »Warum geht das Kind nicht zur Schule?«

»Sie war am Anfang doch ganz verstört«, verteidigt sich Elly. »Sie sollte sich doch erst einmal bei uns eingewöhnen, nicht gleich wieder in eine andere fremde Umgebung kommen. Es war ja alles so unsicher. Es hätte ja auch sein können, daß sich noch jemand aus ihrer Familie meldet. Und wir dachten, vor Weihnachten sowieso nicht, und dann sollte sie auch noch ein wenig Zeit haben ... « Sie bricht ab. »Und außerdem«, sagt sie dann, »außerdem habe ich sie selbst ein wenig unterrichtet.« Weil die Frau nichts sagt, spricht Elly weiter: »Sie kann gut lesen. Mein Vater hat ihr zu Weihnachten Uhland-Gedichte geschenkt. Die kann sie fast auswendig. Sie kann auch schreiben. Sie schreibt allerdings wenig von allein, aber das wird schon mit der Zeit. Ich wollte sie nicht mit Diktaten quälen. Und sie kann sehr schön singen.«

Die Frau ist jetzt ein wenig freundlicher und sagt zu Elisabeth: »Dann kannst du ja in einem Chor singen.« Dann wendet sie sich wieder an Elly: »Bei den vielen Kindern können wir uns hier ja gar nicht um alle kümmern. Leider. Sie kann also vorläufig bei Ihnen bleiben. Als Pflegekind. Bis auf weiteres. Endgültig kann man ja im Moment sowieso noch nichts entscheiden. Aber melden Sie das Kind sofort in der Schule an, und sagen Sie uns sofort Bescheid, wenn Sie irgend etwas erfahren über sie. Hier ist eine Bescheinigung, daß das Kind vorläufig bei Ihnen wohnt. Dafür bekommen Sie dann auch eine Lebensmittelkarte für sie.«

Elly ist aufgestanden, weil sie völlig überrascht ist, daß plötzlich alles so schnell geht. Sie nimmt die Bescheinigung, gibt dem Fräulein die Hand und sagt: »Danke, vielen Dank«, und dann sind sie draußen.

Eine Weile gehen sie stumm nebeneinander her, bis Elly sagt: »So, das wäre geschafft. Du bleibst bei uns. Freust du dich?«

»Ja«, sagt Elisabeth und läuft ein paar Schritte voraus. Dann dreht sie sich um, hüpft ein Stückchen auf einem Bein und sagt noch einmal: »Ja.« Elly lacht und breitet die Arme aus, und Elisabeth läßt sich von ihr auffangen.

Am nächsten Tag müssen Elly und Elisabeth erst einmal zum Impfen. Ohne Impfung kann Elisabeth nicht in die Schule. Alle müssen zum Impfen, damit keine Seuchen ausbrechen in der zerstörten Stadt. Wer nicht geht, bekommt keine Lebensmittelkarte, und ohne Karte kann man sich nichts zu essen kaufen.

Die Impfung ist gegen Typhus. Elly und Elisabeth werden zusammen geimpft, und zusammen bekommen sie danach hohes Fieber und Schüttelfrost. Auch Elisabeth, die doch gesagt hat, daß sie nie krank wird. »Vom Impfen doch«, sagt sie später, »sonst aber nicht.« So liegen beide erst einmal zwei Tage im Bett und müssen sich anschließend noch ein paar Tage erholen. Deshalb kann Elisabeth immer noch nicht in die Schule.

Dafür geht jetzt Jutta. Sie will Neulehrerin werden. Sie hat einen Aufruf in der Zeitung gelesen, daß die Kinder von neuen, jungen Lehrern zu Demokratie und Völkerverständigung erzogen werden sollen. Man habe viele von den alten Lehrern entlassen müssen, weil sie Nationalsozialisten und für die Hitlerdiktatur gewesen seien. Deswegen brauche man jetzt so schnell wie möglich neue Lehrer, die nichts mit den Nationalsozialisten zu tun gehabt haben.

Jutta hat sich gemeldet, die Aufnahmeprüfung gemacht und sie bestanden. Jetzt geht sie jeden Vormittag und jeden Nachmittag zu ihren Vorlesungen. Abends trägt sie alles in ihre Hefte ein und gibt ziemlich an damit. Doch das tollste ist, daß Jutta fünfzig Mark im Monat für ihre Ausbildung bekommt und eine Lebensmittelkarte für Arbeiter. Wie Christa. Für die Arbeiterkarte bekommt man viel größere Rationen als für die Karte, die sie bisher hatte.

Dafür muß Elly jetzt zu Hause alles allein machen: Kohlen und Holz schleppen, Feuer machen, putzen, einkaufen, Essen kochen und zu den Ämtern laufen. »Ich hab die Arbeit, und Jutta bekommt die Karte«, sagt sie einmal im Scherz. Aber sie freut sich, daß es Jutta so gut gefällt und daß die jungen Menschen heute solche Möglichkeiten haben.

Dann gehen Elly und Elisabeth eines Tages doch endlich in die Schule. Elisabeth ist beruhigt, als sie sieht, daß ihre Lehrerin nicht so jung ist wie Jutta. Von Jutta, die morgens immer ganz aufgeregt hin und her läuft, weil sie ihre Sachen für die Schule nicht schnell genug findet, kann sich Elisabeth nämlich nicht vorstellen, daß sie eine richtige Lehrerin ist.

Elisabeths Lehrerin heißt Fräulein Dr. Schäfer. Sie sieht streng aus und müde. Als erstes sagt sie, daß Elisabeth nachmittags zur Schule kommen muß. Sie haben nicht genug Räume und nicht genug Lehrer, um alle Kinder vormittags zu unterrichten. »Uns fehlen neuntausend Lehrer allein in Sachsen«, sagt sie. »Neuntausend! Dreiviertel aller Lehrer wurden entlassen. Nicht mehr tragbar. Sie wissen schon, Frau Winter.«

»Nicht alle Lehrer waren Nazis«, sagt Elly.

»Natürlich nicht«, sagt Fräulein Dr. Schäfer, »natürlich nicht, aber viele, zu viele. Ich weiß Bescheid.« Sie nickt nachdrücklich. »Ja, und nun unterrichten wir, die wir übriggeblieben sind, vierzig Stunden in der Woche.

Vormittags und nachmittags. Können Sie sich vorstellen, was das heißt, Frau Winter?«

Elly erzählt ihr nicht, daß ihre Tochter Jutta Neulehrerin wird. Es dauert einfach noch zu lange, bis Jutta mit ihrer Ausbildung fertig und diese müde, überanstrengte Lehrerin und all die anderen, die genauso müde sind, entlasten kann.

Dann nimmt Fräulein Dr. Schäfer Elly zur Seite. »Sie wissen also gar nichts über das Kind, Frau Winter?«

»Doch«, sagt Elly, »eine ganze Menge. Sie kann singen, laufen, weinen, lachen ... «

»Das meine ich nicht«, sagt die Lehrerin. »Ich meine«, sie stockt, »ich meine, haben Sie schon einmal daran gedacht, daß sie vielleicht jüdisch sein könnte? Ich meine«, sie spricht jetzt schneller, »so dunkel, wie sie aussieht, und wenn man genau hinsieht, die Nase ... das könnte schon sein. Und Elisabeth, der Name, das paßt auch. Man hört ja immer wieder von Kindern, die auch nach der Befreiung, ich meine, nachdem der Krieg zu Ende war, noch verlorengegangen sind oder auch kurz vorher. Ich sage das nur, weil... Es wäre doch jetzt von Vorteil. Sie wäre dann ein Opfer des Faschismus. Sie bekäme bessere Lebensmittelrationen, Kleidung, Heizmaterial, und vielleicht würde Ihnen allen sogar eine eigene Wohnung zugewiesen. Man tut sehr viel für die, die von den Nationalsozialisten verfolgt wurden. Ich meine ... «

Bis hierher hat Elly scheinbar ruhig zugehört, doch ihre Augen blitzen schon eine ganze Weile. »Fräulein Dr. Schäfer«, sagt sie, und ihre Stimme ist schneidend,

»ich denke, die Zeiten sind vorbei, wo man ein Kind daraufhin ansieht, ob es jüdisch ist oder nicht.«

Fräulein Dr. Schäfer wehrt entsetzt ab. »So meinte ich das doch nicht!« sagt sie. »Was denken Sie von mir! Ich dachte doch nur, es würde gut für sie gesorgt, und Sie könnten es gebrauchen, wo Sie doch ausgebombt sind.« Und dann sagt sie noch: »Ich hatte viele jüdische Freunde.«

»Das hatten wir alle«, sagt Elly, immer noch scharf. »Aber die meisten von uns haben das sehr schnell vergessen. Als die Juden angeblich für all unser Unglück verantwortlich sein sollten, wie die Nazis immer behauptet haben, da hatte plötzlich niemand mehr jüdische Freunde. Ich glaube Ihnen, daß Sie es gut gemeint haben. Aber haben Sie schon einmal überlegt«, und jetzt spricht Elly leise, damit Elisabeth sie nicht hört, »haben Sie schon einmal überlegt, daß sie genausogut aus der Familie eines schlimmen Nazis stammen könnte?«

»Aber ich bitte Sie«, Fräulein Dr. Schäfer ist ganz erschrocken.

»Sie brauchen mich gar nichts zu bitten«, sagt Elly. »Die Kinder konnten sich nicht aussuchen, ob sie in eine Familie geboren wurden, die anschließend im Konzentrationslager umgebracht wurde, oder ob sie stolz in Kinderuniformen rumlaufen durften und zur Herrenrasse gehörten. Dieses Kind ist höchstens zehn Jahre alt, also wurde es 1935 geboren. Es war noch nicht einmal auf der Welt, als man in Deutschland beschloß, zwei Sorten oder genauer zwei Rassen von Menschen zu schaffen, von denen die eine umgebracht wurde und die andere dies duldete oder sogar dabei mithalf. Von denen abgesehen, die vergeblich versucht haben, dies alles zu verhindern und die dann dafür oft genug selbst gemordet wurden.«

»Sie haben recht«, sagt Fräulein Dr. Schäfer und wirkt sehr betroffen.

Deswegen sagt Elly später zu Elisabeth: »Bei der bist du in guten Händen.«

»Versuchen wir es mit der vierten Klasse«, sagt Fräulein Dr. Schäfer zum Schluß. »Sie wird das schon schaffen. Im Notfall können Sie ihr ja helfen. Ach ja, und noch etwas, ziehen Sie sie so warm wie möglich an. Es ist kalt in den Klassenräumen. Wir haben nicht genug Heizmaterial. Wenn es kälter als sechzehn Grad wird, sollen wir die Kinder zwar nach Hause schicken, aber«, sie zögert, »ganz unter uns, in den meisten Klassenzimmern hängt gar kein Thermometer.«

Und dann geht Elisabeth an einem Nachmittag endlich zum ersten Mal in die Schule. Als sie wiederkommt, ist sie bedrückt.

»Was war los?« will Elly wissen.

Elisabeth sieht auf den Boden und sagt leise: »Ich habe gesagt, daß ich Elisabeth Winter heiße, weil alle immer gefragt haben.« Sie sieht hoch und sieht Elly fast trotzig an.

»Das war richtig«, sagt Elly einfach. »Und jetzt komm essen und erzähl mir, was ihr gemacht habt.«

»Ich hab mein Gedicht aufgesagt«, sagt Elisabeth.

»Welches?« fragt Elly.

»Das von dem weißen Hirsch«, sagt Elisabeth. »Und die Lehrerin hat gesagt, Uhland ist ein sehr wichtiger Dichter, der sich auch für die Demokratie eingesetzt hat. Und dann hat einer gesagt: ›Dann war er also kein Nazi.‹ Doch da hat die Lehrerin gesagt, daß Uhland viel früher gelebt hat. Er ist vor über hundert Jahren geboren, Tante Elly, und vor hundert Jahren hat er schon für die Demokratie gekämpft in Deutschland. Wir haben aber trotzdem keine Demokratie gekriegt, hat die Lehrerin gesagt, sondern erst viel später. Und die hat dann der Hitler mit seinen Nationalsozialisten zerschlagen. Doch jetzt bauen wir alle gemeinsam eine neue Demokratie auf, die für immer halten soll. Das hat unsere Lehrerin alles gesagt.«

Elly merkt, daß Elisabeth ganz begeistert ist von der Lehrerin, und das freut sie.

»Ja, und dann«, Elisabeth ist noch längst nicht fertig mit Erzählen, »dann hat sie mich gefragt, was der weiße Hirsch in dem Gedicht wohl bedeuten soll.«

»Und was hast du gesagt?« fragt Elly.

»Daß er alles bedeuten soll«, antwortet Elisabeth, »was man sich wünscht und nicht bekommt, weil man nicht genau aufpaßt. Und auch noch, daß er vielleicht ein besseres Leben bedeuten soll. Das stimmt doch? Das hat nämlich Großvater gesagt.« Elisabeth sieht Elly fragend an.

»Sehr schön, Kind, das stimmt ganz genau«, sagt Elly. »Das ist sehr schön, was du mir da erzählt hast, mein kleiner Fundevogel.«

Doch Elisabeth schüttelt den Kopf.

»Nicht schön?« fragt Elly.

Aber Elisabeth meint etwas anderes. »Ich bin kein Fundevogel mehr«, sagt sie, »ich bin jetzt richtig.«

Elly lächelt sie an und sagt: »Du hast recht, du bist richtig, ganz und gar richtig.«

Am nächsten Morgen weckt Jutta alle auf, weil sie vor sich hin trällert. Keiner weiß, warum sie so gute Laune hat, aber alle lassen sich anstecken. Nur als sie anfängt zu singen: »Wenn die Elisabeth nicht so schöne Beine hätt' …«, sagt Elly, daß sie aufhören soll. Jutta ist beleidigt, aber nicht sehr. Sie zwinkert Elisabeth heimlich zu, weil sie gemerkt hat, daß ihr das Lied gefällt.

»Meine beiden Schulkinder«, sagt Elly später beim Frühstück und sieht Jutta und Elisabeth an. »Gut, daß in diesem Hause wieder gelernt wird. Das hat mir so gefehlt.«

Der blinde König

Vormittags ist Elisabeth jetzt oft allein in der Wohnung. Onkel Paul und Christa arbeiten. Jutta ist in der Schule, und Elly muß einkaufen oder die Lebensmittelkarten holen oder sonst irgend etwas erledigen. Wenn Elisabeth die Wohnung zu leer und still vorkommt, nimmt sie Schlumpe und geht nach drüben zu Dieter. Sie spielen zusammen.

Heute hat Dieter keine richtige Lust. Elisabeth versucht, ihn zu überreden, und schlägt vor, den »Blinden König« zu spielen.

»Meinetwegen«, sagt Dieter, »aber nur, wenn ich nicht wieder die Königstochter sein muß.« Die muß nämlich die ganze Zeit nur dasitzen und warten, daß sie befreit wird. Sie darf kein Wort sagen und auch sonst nichts tun. Er will diesmal entweder der Königssohn sein, der sie befreit, oder der Räuber. Sonst spielt er nicht mit.

Elisabeth überlegt. Das letzte Mal hat sie den Königssohn und den Räuber gleichzeitig gespielt. Sie mußte deshalb gegen sich selbst kämpfen und ist immer von einer Seite auf die andere gesprungen. Das war sehr komisch und hat viel Spaß gemacht, vor allem auch, weil Großvater immer geklatscht und »Bravo« gerufen hat. Aber sie muß schon zugeben, daß die Königstochter wirklich zu langweilig für Dieter ist.

»Also gut«, sagt sie, »ich bin der Räuber, und du bist der Königssohn.«

Dieter ist zufrieden, denn der Königssohn ist der Held, der die Königstochter aus der Höhle des bösen Räubers befreit.

Den blinden König spielt natürlich Großvater. »Eigentlich«, sagt er, »sind Könige heutzutage ja nicht mehr sehr gefragt.« Aber er will trotzdem gern der blinde König sein.

Elisabeth gibt Großvater das Buch mit den Gedichten, das er ihr zu Weihnachten geschenkt hat. »Der blinde König« ist nämlich ein Gedicht von Uhland, und Großvater und Elisabeth haben eines Tages entdeckt, daß man die Gedichte von Uhland ganz toll spielen kann.

In »Der blinde König« hat der König den längsten Text, und Großvater bekommt das Buch, weil er sagt, daß er in seinem Alter nicht mehr so viel behalten kann. Elisabeth kann auswendig, was sie sagen muß, und Dieter behauptet auch, daß er alles auswendig kann. Für die Königstochter nehmen sie einfach eine von Dieters Puppen.

Schlumpe kann diesmal nur zugucken, weil in diesem Gedicht kein Tier vorkommt. In »Kaiser Rotbart lobesam« darf sie immer das Pferd spielen, das so schwach ist, daß es von seinem Reiter fast getragen werden muß. Als sie es das letzte Mal gespielt haben, hat Großvater gesagt, Schlumpe solle bloß aufpassen, daß sie nicht aufgefressen wird, so als Pferd. In diesem Gedicht gibt es nämlich eine Zeile, die heißt: »Daselbst erhob sich große Not, viel Steine gab's und wenig Brot.« Und da könne sie von Glück reden, hat Großvater gesagt, daß das Gedicht nicht heutzutage spiele, sondern zu einer Zeit, in der die Menschen ihre Tiere offenbar noch geliebt haben. Denn heute gebe es schließlich auch viele Steine – Trümmer hat Großvater gesagt – und wenig Brot, und heute würde man so ein schönes Pferd, das nicht mehr richtig laufen kann, ganz sicher aufessen.

Elisabeth war ganz erbost und hat Großvater beschimpft, daß er nicht so grausam sein soll, weil das Schlumpe angst macht. Außerdem sei Schlumpe in Wirklichkeit gar kein Pferd, sondern ein Hund. Großvater hat sich über sie lustig gemacht und gesagt: »Wirklich, ein Hund? Laß mal sehen. Tatsächlich. Sind meine Augen wirklich schon so schlecht? Ich habe das Tier doch tatsächlich für ein Pferd gehalten. Da kann man mal sehen, wie man sich täuschen kann.« Und Elisabeth mußte lachen.

Doch heute ist »Der blinde König« dran, und Großvater nimmt jetzt das Buch. Dieters Puppe haben sie unter den Tisch gesetzt, der eine Höhle sein soll. Elisabeth steht vor der Höhle, Großvater sitzt gegenüber in einem Sessel, und Dieter kniet neben ihm. Zwischen Elisabeth und Großvater ist das Meer. Richtig blind kann Großvater zwar nicht sein, weil er ja immer zwischendurch in das Buch gucken muß. Aber wenn er hochsieht zu Elisabeth, dreht er sein Gesicht immer so lauschend hin und her, und sein Blick irrt suchend in weite Ferne, als könne er wirklich nichts sehen.

Großvater ist ein sehr guter blinder König. Vor allem, wenn er aufsteht und seine weißen Haare im Wind wehen. Eigentlich hat der König in dem Gedicht nur graue

Haare, und richtig wehen tun Großvaters Haare natürlich auch nicht. Aber Elisabeth findet weiße Haare viel schöner als graue, und manchmal kommt es ihr so vor, als wehten Großvaters Haare doch richtig im Wind.

Jetzt sind alle auf ihren Plätzen, und es geht endlich los. Der König ruft mit lauter Stimme über das Meer:

»Gib, Räuber, aus dem Felsverlies
die Tochter mir zurück!
Ihr Harfenspiel, ihr Lied so süß
war meines Alters Glück.
Vom Tanz auf grünem Strande
hast du sie weggeraubt;
dir ist es ewig Schande,
mir beugt's das graue Haupt.«

Der Räuber hört ihn und tritt vor seine Höhle. Er schwingt sein Schwert und schlägt an seinen Schild. Der Schild ist ein Topfdeckel und das Schwert ein Besenstiel. Leider haben sie den Besen unten nicht abmachen können, aber so geht es auch. Jetzt ruft der Räuber mit genauso lauter Stimme zurück:

»Du hast ja viele Wächter,
warum denn litten's die?
Dir dient so mancher Fechter,
und keiner kämpft um sie?«

Das muß richtig höhnisch klingen, und Elisabeth hat das mit Großvater so lange geübt, daß sie es jetzt sehr gut kann. Die Kämpfer, die um den König herum stehen, stellen sie sich nur so vor. Dafür haben sie niemanden. Weil die Kämpfer nichts tun, um die Königstochter zu retten, dreht sich der König jetzt ganz verzweifelt zu ihnen um und ruft:

»Bin ich denn ganz allein?«

Das ist Dieters Stichwort. Er hat gut aufgepaßt, faßt jetzt Großvaters Hand und sagt:

»Vergönn mir's, daß ich fechte!
Wohl fühl' ich Kraft im Arm.«

Großvater hat ihm leise vorgesagt, damit er nicht steckenbleibt. Aber Dieter hat alles richtig gemacht.

Der König nimmt gerührt die Hand seines Sohnes und sagt:

»O Sohn, der Feind ist riesenstark,
ihm hielt noch keiner stand!
Und doch, in dir ist edles Mark,
ich fühl's am Druck der Hand.
Nimm hier die alte Klinge!
Sie ist der Skalden Preis.
Und fällst du, so verschlinge
die Flut mich armen Greis!«

Dabei überreicht der König seinem Sohn das Schwert, das eigentlich ein Holzquirl ist. Etwas Besseres haben sie nicht gefunden. Der Königssohn steigt nun in sein Boot. Elisabeth und Großvater machen Wind- und Wellengeräusche. Dieter, der sich einfach auf den Fußboden gesetzt hat, rudert mit den Händen, bis er drüben ist, bei dem schrecklichen Räuber.

Dann beginnt der Kampf. Schwerter und Schilde klirren, und lautes Kampfgeschrei ertönt. Der König steht da und lauscht. Er dreht sich zu seinen Fechtern um:

»Sagt an, was ihr erschaut!
Mein Schwert (ich kenn's am guten Klang),
es gab so scharfen Laut.«

Großvater tritt ein Stück zur Seite und spielt jetzt einen der Kämpfer, der dem König erzählt, was in dem Kampf geschieht:

»Der Räuber ist gefallen,
er hat den blut'gen Lohn.
Heil dir, du Held vor allen,
du starker Königssohn!«

Elisabeth liegt am Boden, und da muß sie nun bis zum Ende liegen bleiben. Der Königssohn steigt mit der Prinzessin in sein Boot und rudert auf die andere Seite. Der König lauscht wieder:

»Was hör' ich kommen übers Meer?
Es rudert und es rauscht.«

Einer seiner Kämpfer antwortet ihm:

»Sie kommen angefahren,
dein Sohn mit Schwert und Schild,
in sonnenhellen Haaren,
dein Töchterlein Gunild.«

Dann ist Großvater wieder der König. Er ruft seinem

Sohn »Willkommen!« zu, und dieser legt ihm die Prinzessin in den Arm. Großvater spricht das Schlußwort:

»Nun wird mein Alter wonnig sein
und ehrenvoll mein Grab.
Du legst mir, Sohn, zur Seite
das Schwert von gutem Klang;
Gunilde, du Befreite, singst mir den Grabgesang.«

Das Gedicht ist zu Ende. Elisabeth ist aufgestanden und kuschelt sich in Großvaters Arm.

»Weißt du was?« Großvater merkt, daß Elisabeth ein bißchen enttäuscht ist. »Du könntest doch das nächste Mal auch noch den Kämpfer spielen, der dem König sagt, was alles passiert ist. Wenn der Räuber tot ist, kommst du einfach hier zu mir rüber. Dann habe ich auch nicht so viel zu tun. Der Räuber liegt doch sowieso nur noch rum. Den brauchen wir doch dann nicht mehr.«

Elisabeth findet, daß das eine sehr gute Idee ist, und gibt ihm einen Kuß.

Ein paar Tage später, als Elisabeth wieder allein in der Wohnung ist, hört sie drüben jemanden an der Tür. Sie läuft raus, um nachzusehen, wer es ist, und entdeckt Großvater. Er dreht ihr den Rücken zu, lehnt halb an der Tür und versucht mühsam mit seinem Schlüssel die Tür aufzuschließen. Als sie »Großvater« ruft, dreht er sich um, und sie sieht, daß er Blut an der Stirn hat.

»Großvater«, Elisabeth ist furchtbar erschrocken, »du blutest ja.« Sie läuft zu ihm.

Großvater faßt mit der Hand an seine Stirn, fühlt, daß dort ein wenig getrocknetes Blut ist, und sagt: »Es ist nichts, Kind, nur ein Kratzer, wirklich nichts.«

»Bist du hingefallen?« fragt Elisabeth.

»Ja«, sagt Großvater, »ich bin gestürzt. Auf der Bautznerstraße. Ich bin plötzlich ohnmächtig geworden, hingefallen und dabei wohl mit der Stirn aufgeschlagen.« Er lehnt immer noch an der Tür und sieht ganz blaß aus. Elisabeth nimmt ihm den Schlüssel aus der Hand und schließt die Tür auf. Es ist niemand da. Auch Dieter ist heute mit Tante Celeste und Großmutter unterwegs.

»Komm«, sagt Elisabeth, »du mußt ins Bett.«

»Aber nein«, sagt Großvater, »es geht mir schon wieder gut.«

Doch Elisabeth läßt nicht mit sich reden: »Komm«, sagt sie noch einmal und zieht ihn an der Hand hinter sich her ins Schlafzimmer.

Großvater protestiert zwar ein bißchen und sagt mehrmals: »Was machst du nur mit mir, Kind? Ich kann mich doch einfach in den Sessel setzen.« Aber dann läßt er sich doch beim Ausziehen helfen. Dabei erzählt er ihr, daß gleich, nachdem er aus der Ohnmacht wieder aufgewacht war, ein russisches Auto neben ihm gehalten hat. Die Soldaten haben ihm aufgeholfen und ihn im Auto mitgenommen. Etwa an der Prießnitzstraße wollte er aussteigen, weil er sich besser fühlte und weil die Russen in eine andere Richtung wollten. Da haben diese Russen einen zufällig vorbeikommenden Herrn herangewinkt und diesen gebeten, Großvater nach

Hause zu bringen. Das habe der Mann auch ganz freundlich getan, und so sei er gut heimgekommen.

»Ja, und nun bin ich da, und du steckst mich ins Bett. Dabei bin ich doch gar nicht krank«, sagt er zum Schluß. In Wahrheit legt er sich aber ganz gern zurück und freut sich, als Elisabeth sorgfältig die Decke um ihn herum feststopft.

»So«, sagt sie dann und betrachtet zufrieden ihr Werk. Dann geht sie in die Küche, um Großvater eine Wärmflasche zu machen. Als sie wiederkommt, sieht sie ihn verschmitzt an und fragt: »Riechst du nichts?«

Großvater schnuppert und schüttelt den Kopf. »Ich habe extra die Küchentür aufgelassen«, sagt Elisabeth, und da ist der Duft auch bei Großvater angekommen. Seine Augen strahlen.

»Bohnenkaffee«, sagt er.

Großvater kommt überhaupt nicht auf die Idee, Elisabeth zu fragen, woher sie den Kaffee hat. Elisabeth hat auch ziemlich lange suchen müssen, um ihn zu finden. Aber schließlich hat sie ihn doch entdeckt. Elisabeth ist genauso gut im Finden wie Großmutter im Verstecken. Sie hat die Bohnen genau abgemessen und sorgfältig gemahlen, und jetzt gießt sie vorsichtig noch ein wenig Wasser nach.

Als sie mit der Tasse zurückkommt, sitzt Großvater schon erwartungsvoll senkrecht im Bett. Genießerisch schlürft er Schluck für Schluck. Dazwischen sagt er kein Wort, sondern verdreht nur immer wieder die Augen verzückt zu Elisabeth hin, die ihm begeistert zusieht. Nach dem letzten und dann nach dem allerletzten

Schlückchen lehnt er sich zurück und schließt glücklich die Augen. »Ich danke dir, mein Kind«, sagt er.

Elisabeth nimmt die Tasse und läuft in die Küche. Sie spült die Tasse sorgfältig aus und stellt sie in den Schrank. Es darf keiner merken, daß sie am Kaffee war. Als sie wieder ins Schlafzimmer kommt, liegt Großvater immer noch mit geschlossenen Augen da.

»Kind«, sagt er schließlich und schlägt die Augen auf, »ich habe wirklich nicht viele Laster. Ich rauche nicht, ich trinke nicht – habe ich nie gemacht –, aber ohne meinen Kaffee bin ich nur ein halber Mensch. Es geht nichts über eine gute starke Tasse Kaffee. Ich bin kein Alkoholiker, ein Nikotiniker bin ich auch nicht, aber ein Coffeiniker, ja, ich gestehe es, das bin ich.«

Elisabeth lacht, weil Großvater sich in seinem Bett ganz gerade aufgerichtet hat und mit einer Hand auf dem Herzen feierlich »ja, ich gestehe es« sagt.

»Ja«, sagt Großvater weiter, »ohne Kaffee bin ich wirklich aufgeschmissen. Ich bringe nichts zustande und kann nicht arbeiten. 1914, als der Erste Weltkrieg ausbrach und es plötzlich keinen Kaffee mehr gab, da dachte ich, ich würde meine Arbeit ohne Kaffee nicht durchhalten. Das war schlimm damals, aber doch nicht so schlimm wie heute. Heute habe ich nämlich nicht nur keinen Kaffee, sondern noch nicht einmal ein Recht auf Kaffee.« Er lacht bitter. »Heute bin ich nur noch ein nutzloser alter Mann, der allen zur Last fällt und frecherweise immer noch seinen Kaffee will, den er nicht verdient. Ich bin nämlich nichts mehr wert heute, gehöre nur noch zum alten Eisen. Nein«, unterbricht er sich selbst, »nicht zum alten Eisen, Eisen ist ja heutzutage auch wertvoll. Ich bin nur noch ein Haufen alter morscher Knochen, die zu gar nichts mehr taugen.«

Elisabeth hat ihn die ganze Zeit reden lassen, ohne etwas zu sagen, doch jetzt schüttelt sie heftig den Kopf: »Das stimmt nicht, Großvater«, sagt sie. »Du taugst wohl noch etwas.«

»Nein, nein«, sagt Großvater müde, »ein Haufen alter Knochen bin ich, die man sogar ab und zu von der Straße auflesen muß wie heute. Früher, ja früher, da war ich wer, da konnte ich mich vor Arbeit nicht retten. Immer hieß es, das muß der Doktor machen, und heute will mich keiner mehr haben. Noch nicht einmal für Aufräumarbeiten.«

»Was für Aufräumarbeiten denn?« fragt Elisabeth.

»Ach, Kind«, sagt Großvater, »ich war heute beim obersten Betriebsrat der Sächsischen Werke. Dort habe ich bis zum Kriegsende gearbeitet, genauer gesagt, bis zum Angriff auf Dresden. Benzin aus Braunkohle haben wir gemacht. Du weißt doch, Deutschland wollte autark sein.«

»Was ist autark, Großvater?«

»Dasselbe wie unabhängig«, sagt Großvater. »Die Nazis wollten doch, daß Deutschland wirtschaftlich unabhängig von anderen Ländern werden sollte. Ja, und weil man für Benzin Erdöl aus anderen Ländern einführen muß, haben wir eben versucht, aus Kohle Benzin zu machen. Kohle haben wir ja genug in Deutschland.«

»Aus Kohle?« fragt Elisabeth. »Aber das sind doch Steine, und Benzin ist flüssig?«

»Ja, eben«, sagt Großvater, »deshalb muß man die Kohle verflüssigen. Weißt du, die Kohle wird erst zermahlen, dann erhitzt und dann unter sehr hohen Druck gesetzt. Außerdem muß man noch bestimmte andere Stoffe dazugeben, damit der Verflüssigungsprozeß abläuft. Das ganze Verfahren ist ziemlich aufwendig und vor allem sehr teuer. Zu teuer, genauer gesagt. Eigentlich hat sich das kaum gelohnt. Aber wir haben es gemacht, weil wir eben autark sein wollten. Man brauchte ja Benzin. Besonders nachher im Krieg.«

»Machen die das immer noch?« will Elisabeth wissen.

»Nein«, sagt Großvater, »die Zeiten sind vorbei. Aber ich wollte ja eigentlich etwas ganz anderes erzählen.« Er denkt einen Moment nach und fängt dann noch mal an: »Ich bin also heute zum Betriebsrat gegangen und habe gesagt, daß ich bereit bin, jede Arbeit zu machen, und daß mir auch keine Perle aus der Krone fällt, wenn ich irgendwelche körperlichen Aushilfsarbeiten übernehme. Siebzig oder achtzig Pfennig Stundenlohn wollte ich, mehr nicht. Weil doch die Betriebsleitung für die alten Leute immer noch keine Rente festgesetzt hat und wir dringend Geld brauchen.« Großvater sieht richtig verzweifelt aus, und er drückt Elisabeths Hand ganz fest, ehe er weiterspricht. »Weißt du, was er gesagt hat? Er hat gesagt, daß ich doch schon fast siebzig bin und warum ich denn noch arbeiten will. Und da habe ich ihm gesagt, daß man für den Wiederaufbau doch alle Kräfte braucht und daß ich mich noch stark genug fühle, meinen Teil dazu zu leisten. Darauf hat er freundlich gelächelt – das mußte er ja wohl auch – und gesagt, daß er an mich denken will und mich berücksichtigen wird. Ja, und dann war ich wieder draußen, und mir war klar, daß er mich schon vergessen hatte, ehe ich noch die Tür richtig hinter mir zugemacht hatte.«

Doch nach einer Weile lächelt er Elisabeth ein bißchen schief an und sagt: »Na ja, so war das also. Aber solange ich dich habe, kann mir ja nichts passieren. Ich liege gemütlich im Bett, und Kaffee gibt es auch noch. Besser kann es mir ja kaum gehen.«

Elisabeth strahlt. Es ist schön, mit Großvater allein zu sein. Deshalb bettelt sie jetzt auch: »Erzähl mir eine Geschichte, bitte, ehe die anderen kommen.«

Großvater freut sich. »Was für eine?« fragt er.

»Eine mit Indianern«, wünscht sich Elisabeth. Von Großvater kann man sich alle Geschichten wünschen, die einem einfallen. Und richtig. Er braucht gar nicht lange zu überlegen.

»Ich war neun Jahre alt«, erzählt er, »da kam eines Tages in meine Heimatstadt der berühmte Oberst Cody, den man auch Buffalo Bill nannte. Der zog durch alle Länder und hatte alles dabei, was man braucht, um die Welt des Wilden Westens aufzubauen. Bei ihm kämpften echte amerikanische Truppen gegen echte Indianer. Es gab Postkutschen und Saloons, eine Bank, Marterpfähle, Indianerzelte, einfach alles, was man sich vorstellen kann. Alles zusammen waren das mindestens zweitausend Personen, die mit Oberst Cody in die Stadt einzogen.«

»So viele?« Elisabeth staunt.

»Ja«, sagt Großvater, »bestimmt. Du kannst dir vorstellen, was das für ein Ereignis war. Jeden Tag fanden wunderbare Vorstellungen statt. Man konnte zum Beispiel mit einer Postkutsche mitfahren, die von zwölf Pferden gezogen wurde. Dann wurde die Kutsche von Indianern überfallen. Man wurde von ihnen auf einem Pferd mitgeschleppt und schließlich an den Marterpfahl gefesselt und mit Pfeilen beschossen. Natürlich nicht richtig. Das Ganze hatte nur einen Haken. So ein Überfall kostete zwanzig Mark Eintritt. Zwanzig Mark! Das war unvorstellbar viel Geld. Das konnte ich mir natürlich nicht leisten. Meistens hatte ich noch nicht einmal das Geld, um überhaupt auf den Platz zu kommen, wo der Wilde Westen aufgebaut war. Das kostete ja auch schon Eintritt. Ich konnte mich nur auf den Bauch legen und versuchen, die Zeltplane ein bißchen hochzuheben. Viel konnte ich da ja nicht sehen, aber ich roch doch die Sägespäne und hörte das Peitschenknallen und die Schüsse. Oder ich bin auf die Umzäunungen geklettert. Da habe ich mir manches Mal meine Hose zerrissen. Jeden Tag war ich dort, und für die Schule war ich ein paar Monate lang fast ganz verloren.«

»Bist du gar nicht hingegangen?« fragt Elisabeth.

»Doch«, sagt Großvater, »meistens jedenfalls. Aber aufgepaßt habe ich nicht, sondern von Indianern geträumt und gehofft, daß die Schule möglichst schnell vorbeigeht und ich in die Nachmittagsvorstellung kann.«

»Gab es auch Tiere dort?« will Elisabeth wissen. »Was hatten sie für Tiere?«

»Oh«, sagt Großvater, »Pferde natürlich, wilde Pferde, und Büffel, ja, natürlich, sie hatten Büffel, rote Büffel. Indianer haben immer Büffel, sie leben davon.«

»Rote Büffel?« Elisabeth sieht ihn fragend an.

»Ja«, sagt Großvater. »Hast du schon einmal einen roten Büffel gesehen?«

Elisabeth schüttelt den Kopf. »Im Zoo in Dresden gab es auch welche«, erzählt Großvater. »Wunderbare Tiere sind das, aber auch gefährlich. Wenn die ausgebrochen wären! Doch ich hatte keine Angst vor ihnen. Der größte war sogar mein Freund. Doch da war ich schon älter, schon erwachsen. Ich bin immer in den Zoo gegangen, um den Büffel zu besuchen. Immer wenn ich gekommen bin, hat er den Kopf gesenkt – Büffel haben riesige schwere Köpfe –, und er hat kurz mit dem Huf gescharrt, und ich, ich habe den Hut gezogen, auch wenn die anderen Besucher mich komisch angesehen haben. Ich bin entschieden der Meinung, daß man auch zu Tieren höflich sein muß, sonst respektieren sie einen nicht.«

Elisabeth nickt. Sie sieht den roten Büffel vor sich, der Großvaters Freund war, und will gerade noch fragen, ob er wohl auch einen Namen hatte, da ist die Ruhe plötzlich vorbei. Großmutter, Tante Celeste und Dieter stürmen alle auf einmal ins Zimmer und wollen wissen, warum Großvater im Bett liegt. Großvater erzählt, und alle sind erschrocken und gleichzeitig froh, weil es so gut ausgegangen ist und weil die Russen so nett zu Großvater waren.

Da sagt Tante Celeste plötzlich: »Vater, warst du am Kaffee? Es riecht hier nach Kaffee.«

»Ich?« sagt Großvater. »Ich, nein, nein, ich war nicht am Kaffee.« Er schüttelt den Kopf.

Doch jetzt schnüffeln alle und finden, daß es hier eindeutig nach Kaffee riecht. Großmutter geht nachsehen im Versteck. Es könnte sein, daß etwas Kaffee fehlt, aber sie ist sich nicht ganz sicher. Elisabeth und Großvater sagen kein Wort und sehen sich auch nicht an, um sich nicht zu verraten. Tante Celeste redet auf Großvater ein, daß er es doch wenigstens zugeben soll, wenn er ihnen schon den Kaffee klaut. »Der eigene Vater«, sagt sie, »das muß man sich mal vorstellen.« Doch Großvater schweigt eisern.

In dem Moment kommt Elly, um Elisabeth zum Essen zu holen. Als sie erfährt, worum es geht, sagt sie nur: »Vater liegt hier im Bett, weil er vor Schwäche ohnmächtig geworden ist. Wie soll er sich da heimlich Kaffee machen? Und Elisabeth würde das nie tun. Außerdem dachte ich, ihr hättet den Kaffee versteckt.«

Dann nimmt sie Elisabeth an die Hand und geht. Es ist schon spät, und Elisabeth muß sich mit dem Essen beeilen, um rechtzeitig zur Schule zu kommen.

Das Stachelschwein

Auf den Straßen ist Hochwasser, weil es seit Tagen ununterbrochen geregnet hat. Und es regnet immer noch. Elly hat schon gesagt, daß sie Elisabeth am liebsten gar nicht mehr zur Schule schicken würde, weil die Kleider und vor allem die Schuhe einfach nicht mehr trocken werden.

Als Elisabeth heute aus der Schule kommt, verfeuert Elly gerade die letzten drei Kohlen und das letzte bißchen Reisig. Das ist alles, was sie noch haben. Das Zimmer wird natürlich nicht warm davon. Frau Sutterlitte opfert ihren allerletzten Holzquirl. Alle anderen sind schon im Ofen verschwunden. Doch was ist schon ein Quirl? Trübsinnig sitzen alle um den kalten Ofen und versuchen sich ein wenig an einer Tasse heißem Tee zu wärmen. Ganz mutlos gehen sie schließlich in ihre klammen Betten. Niemand weiß, woher sie morgen etwas zu heizen nehmen sollen. »Jetzt hilft nur noch ein Wunder«, sagt Elly.

Es ist kaum zu glauben, doch das erhoffte Wunder geschieht tatsächlich. Am nächsten Tag kommt jemand aus Christas Betrieb und richtet aus, daß sie sofort einen halben Festmeter Holz abholen sollen. Sogar geklaftert ist das Holz schon. Elly und Elisabeth ziehen los und transportieren das Ganze im Handwagen in den Hof. Dann sägt und hackt Großvater bis in den Abend hinein.

Als Elisabeth diesmal wieder ganz naß aus der Schule

kommt, ist das Zimmer warm, und Elly sitzt da und flickt Bettücher. Sie setzt Flicken in der Mitte auf. Um dafür Stoff zu haben, schneidet sie von den Tüchern am Rand ein Stück ab. Sie hatte das schon lange vor, aber in den Tagen vorher konnte sie mit ihren klammen Fingern die Nadel nicht halten.

»Komm, setz dich zu mir«, sagt Elly zu Elisabeth. »Ich bin so unruhig. Schon den ganzen Tag ist diese Spannung in mir. Heute früh beim Holzholen ging es noch, aber jetzt am Abend, wo ich hier so sitze, lassen sich die Gedanken nicht mehr aussperren. Weißt du, morgen ist es ein Jahr her, daß Dresden bombardiert wurde und in einer Nacht und einem Tag alles, was ich an dieser Stadt liebte, zerstört wurde.«

Sie macht eine Pause.

»Es war der Faschingsdienstag«, sagt sie dann, »dieser 13. Februar vor einem Jahr. Die Kinder auf der Straße hatten sich ein bißchen verkleidet. Sehr fröhlich war es nicht, wegen des Krieges, aber man ahnte doch trotzdem nichts von dem, was kommen würde. Ja, und dann ... « Elly kneift die Augen ein wenig zusammen und sieht über Elisabeth hinweg. »Alles, was damals geschah, jede Sekunde, steht ganz klar vor meinem geistigen Auge.«

Elly beugt sich über ihr Bettuch, doch dann sieht sie wieder auf und Elisabeth direkt ins Gesicht. »Ich kann immer noch nicht weinen«, sagt sie. »Ich kann über all das, was damals geschehen ist, immer noch nicht weinen.« Sie sieht ganz hilflos und viel kleiner aus als sonst. »Manchmal möchte ich allerdings schreien, einfach schreien. Aber da ich nicht wahnsinnig geworden bin, lasse ich auch das. Ich fühle mich manchmal wie eine Maschine.«

Elly macht wieder eine kleine Pause, doch dann redet sie plötzlich wie aufgezogen: »Es gibt ja genug, die wahnsinnig geworden sind. Ich habe viele gesehen, die völlig kopflos durch die Straßen irrten und nichts mehr wahrnahmen von dem, was um sie herum passierte. Oder andere, die in ihre Häuser wollten, obwohl diese schon brannten. Die Leute wollten noch etwas herausholen aus ihren Häusern, obwohl schon längst nichts mehr zu retten war. Man mußte sie festhalten, um sie daran zu hindern. Und dann die, die im Keller saßen und es plötzlich nicht mehr aushalten konnten und unbedingt raus wollten und deshalb fast verrückt geworden sind. Dabei wußte man gar nicht, wo es schlimmer war, im Keller oder draußen. Aber was erzähle ich dir das«, unterbricht sie sich. »Wer weiß, was du erlebt hast? Vielleicht warst du ja schon in Dresden damals. Und wenn nicht, warum sollte ich dich dann mit meinen Erinnerungen beschweren.«

»Erzähl weiter, Tante Elly«, sagt Elisabeth.

Elly sieht sie kurz an und redet dann weiter. Sie muß reden. »Ich war mit Gerlinde allein. Christa war bei der Hochzeit, und Jutta war auch nicht da. Sie arbeitete ja noch im Haushalt bei dieser Familie, wo sie auf die Kinder aufpassen mußte. Wir beide, Gerlinde und ich, wir saßen auf unseren grünen Sesseln und stopften. Es war genauso wie.jetzt, nur daß du jetzt da bist und nicht Gerlinde. Sonst war alles genauso.« Elly schüttelt sich, um ihre Angst loszuwerden. »Es war kurz vor zehn Uhr abends. Da kam der erste Alarm. Wir sind runter in den Keller, und da hörten wir es dann krachen. Das Ganze hat gar nicht lange gedauert. Zwanzig Minuten vielleicht. Unser Haus hatte nichts abgekriegt, nur die Fenster waren kaputt. Wir sind losgelaufen, weil wir wissen wollten, was in der Innenstadt passiert war. Schon von weitem sahen wir es brennen. Der Rauch trieb bis zu uns hin. Wir kamen nicht weiter und mußten umdrehen. Wir hatten zwar Angst, weil wir ja nicht wußten, wie es in der Stadt aussah, und auch nicht, was mit den Großeltern und den anderen war. Aber wir dachten doch, wir hätten es hinter uns.« Elly blickt weit in die Ferne und hat längst vergessen, daß Elisabeth da ist. Als sie wieder spricht, macht sie nach jedem Satz eine kleine Pause. Es klingt immer, als könne sie gleich nicht weitersprechen, aber dann tut sie es doch.

»Mitten in der Nacht – dann der zweite Angriff – danach brannte unser Haus – das Dach – wir sind noch mal rein in die Wohnung, um etwas zu retten – ich habe einen Packen Briefe aus Gerlindes Schreibtisch geholt – Gerlinde hatte ihren Schreibtisch gerade erst bekommen, und am Nachmittag hatten wir ihn zusammen eingeräumt – wir waren so stolz – und Gerlinde, die hat eine Handvoll Lockenwickler gegriffen, die zufällig auf dem Küchentisch lagen. In solchen Momenten nimmt man immer so verrücktes Zeug mit.« Sie sieht Elisabeth an, als wolle sie sich dafür entschuldigen. »Dann sind wir raus – durch die Hintertür auf den Hof und über die Zäune geklettert. Um uns herum stoben die Funken –

doch bei uns hier war es gar nicht so schlimm – unser Haus war das einzige in der Straße, das getroffen worden war. In der Neustadt hier sind überhaupt nicht sehr viele Bomben gefallen. Wir konnten bei Nachbarn unterkriechen in dieser Nacht. Aber in der Altstadt ... « Elly knüllt das Bettuch zwischen ihren Händen zusammen, und Elisabeth hat Angst, daß sie sich mit der Nadel sticht. Aber die Nadel ist wahrscheinlich längst runtergefallen.

»In der Altstadt«, Ellys Stimme wird ganz heiser, und sie flüstert fast, »da brannte alles – alles – am nächsten Tag – überall war Staub und Rauch, und es brannte immer noch – und nichts stand mehr – das Schloß nicht – die Kreuzkirche nicht, die Frauenkirche – alles weg – ausgebrannte Fassaden – keine Straßen mehr, nur noch riesige Schuttberge – und immer mehr von den brennenden Ruinen stürzten ein – mittags gab es ja dann noch einmal einen Angriff – am Elbufer sind wir langgegangen – Gerlinde und ich – überall waren Menschen – tote, lebende – unter den Brücken – die Brücken waren heil geblieben – ich weiß noch, daß ich dachte: Merkwürdig, ausgerechnet die Brücken sind heilgeblieben – nur die Carolabrücke, die war kaputt – überall lagen die Menschen zu Tausenden – wir mußten doch Christa suchen – Jutta hatte sich inzwischen bis zu uns durchgekämpft – aber Christa – die Toten waren ja gar nicht mehr zu erkennen, verkohlt und ... « Elly kann nicht mehr weiterreden. Sie starrt vor sich hin und sagt nichts mehr.

Elisabeth sieht sie ängstlich an. Schließlich flüstert sie vorsichtig: »Tante Elly.«

Elly hört sie und sagt erschöpft: »Wir haben sie ja gefunden. Das habe ich dir schon erzählt, nicht wahr?« Sie streicht das zerknitterte Bettuch auf ihren Knien glatt und sieht Elisabeth wieder direkt an.

»Und euer Haus, das war auch abgebrannt?« fragt Elisabeth.

»Wie?« fragt Elly. »Ach so, ja. Nein, das war fast komisch. Als wir am Morgen wieder hinkamen, da stand es noch. Es sah ganz heil aus. Der Brand war irgendwie gelöscht worden. Wir sind dann los, um Christa zu suchen. Aber mittags kam der dritte Angriff – das waren hauptsächlich Sprengbomben, und von dem Sog – ich weiß auch nicht, aber das Feuer muß wohl nicht ganz aus gewesen sein. Jedenfalls ist es wiederangefacht worden, und als wir abends zurückkamen, brannte unser Haus. Lichterloh. Wir haben davor gestanden und es brennen sehen. Es sah seltsamerweise schön aus. Wir hatten soviel Schreckliches gesehen den ganzen Tag, aber dieses einzelne brennende Haus sah schön aus. Ich weiß nicht, ob du das verstehst. Aber mir kam es irgendwie richtig vor, daß auch unser Haus brannte, wo ringsherum alles so furchtbar zerstört war. Ich habe Gerlindes Hand genommen und gesagt: ›Familie Winter gibt ihr letztes Fest.‹ Das war der Gedanke, der mir durch den Kopf ging. So habe ich es in dem Moment empfunden.«

»Und habt ihr gar nichts gerettet?« fragt Elisabeth.

»Doch«, sagt Elly, »wir hatten ja unseren Koffer mit den Papieren, ein paar Büchern und Briefen. Der stand immer griffbereit. Den haben wir bei jedem Alarm in den Keller geschleppt. Und dann natürlich die Lockenwickler.« Sie lacht. »Ja, und die Federbetten hatten wir am Vormittag auch noch vorsichtshalber rausgeholt und zu den Nachbarn gebracht. Aber sonst nichts. Wo hätten wir auch damit hin gesollt? Wir hätten alles nur auf die Straße stellen können.«

Elisabeth nickt. Das versteht sie. Dann fragt sie plötzlich: »Darf ich zu Großvater?«

Elly hängt schon wieder ihren Gedanken nach und sagt deshalb nur: »Ja, Kind, geh ruhig.« Und Elisabeth stürmt sofort los.

»Großvater«, sagt sie drüben und ist noch ganz außer Atem, »Großvater«, sie nimmt seine Hand, »was war mit den Tieren?«

»Welche Tiere?« fragt Großvater und versteht überhaupt nichts. »Was soll mit ihnen sein?«

»Die Tiere«, sagt Elisabeth, »die Tiere im Zoo, in der Bombennacht, der rote Büffel, dein Freund.«

»Ach«, sagt Großvater und versteht, aber er antwortet nicht.

»Sind auf den Zoo auch Bomben gefallen?« drängt Elisabeth.

»Ja«, sagt Großvater, »ja, auf den Zoo auch.« Er zögert, und man merkt, daß er nicht weiß, was er sagen soll.

»Und der rote Büffel?« fragt Elisabeth noch einmal.

»Der rote Büffel.« Großvater überlegt immer noch, doch dann sagt er plötzlich ganz fest: »Der rote Büffel ist ausgebrochen. Sein Gehege war zerstört, und da ist er einfach losgelaufen. Zwischen all den Menschen in der Stadt ist er rumgelaufen und war genauso verzweifelt wie sie. Er hat niemandem etwas getan, und ihm hat auch keiner etwas getan, weil jeder mit sich selbst beschäftigt war. Durch die brennende Stadt ist er gelaufen. Auf dem Fürstenplatz – da war ich, weil unser Haus brannte – ist er an mir vorbeigelaufen, aber er hat mich nicht gesehen. Dann ist er runter zur Elbe. Er ist durch die Elbe geschwommen – Büffel können ja schwimmen –, dann durch die Neustadt bis in die Dresdner Heide. Da ist es ja fast so wie in der Prärie, und da lebt er heute noch. Sehr wahrscheinlich jedenfalls.«

Elisabeth ist halbwegs beruhigt. Wenn Großvater den roten Büffel auf dem Fürstenplatz selbst gesehen hat, wird das wohl stimmen. Aber dann fragt sie doch weiter: »Und die anderen Tiere, Großvater? Was ist mit den anderen Tieren? Was ist mit den Tigern und den Löwen?«

»Ach Kind«, sagt Großvater, »die Tiger und Löwen, wo sollen die bei uns leben? Und wenn die Angst haben, fallen sie vielleicht sogar Menschen an.«

»Was ist mit ihnen, Großvater?«

»Ich denke«, sagt Großvater, »der Zoodirektor wird sie erschossen haben. Er wollte nicht, daß sie weiter leiden und daß etwas passiert, wenn sie voller Angst frei herumlaufen.«

»Und die Vögel?« fragt Elisabeth. »Die Vögel konnten sich doch retten?«

»Ja«, sagt Großvater, »die Vögel ja. Die meisten jedenfalls. Sie sind einfach weggeflogen. Ich erinnere mich an die Raubvögel. Die sind nach dem Angriff jeden Tag zur Fütterungszeit wieder zurückgekommen. Man konnte sie über dem Zoo kreisen sehen, bis sie es eines Tages aufgegeben haben, weil niemand mehr da war, der sie füttern konnte.«

»Und die anderen?« Elisabeth ist unerbittlich. »Die Affen?«

»Die Affen?« sagt Großvater. »Einige haben sich sicher retten können, aber – es gab ja nichts zu essen, und das Wasser in den Pfützen, das war vergiftet vom Phosphor, die Tiere haben davon getrunken.«

»Alle tot?« flüstert Elisabeth.

»Nein«, sagt Großvater, »nicht alle«, aber er sieht wieder ganz hilflos und alt aus. Dann spricht er von allein weiter. Doch er redet genauso stockend wie Elly vorhin. »Es war doch so heiß«, sagt er, »der Asphalt hat fast gekocht, die Steine glühten, und dann der Feuersturm – eine Frau hatte sich an einem Laternenpfahl festgebunden, damit sie nicht ins Feuer gezogen wurde – das Feuer hat alles in sich hineingezogen, alles gefressen – ja, damals habe ich begriffen, was es heißt, daß Feuer frißt ... « Er sieht Elisabeth an, ob sie auch versteht. »Es ist so viel Schreckliches passiert – überall Tote – Menschen und Tiere – es fielen tote Vögel vom Himmel – und ich wußte doch auch nicht, wohin ... « Doch dann gibt sich Großvater einen Ruck. »Nein«, sagt er, »nein, nicht alle waren tot. Laß uns überlegen, welche Tiere noch überlebt haben. Laß uns zusammen überlegen.«

Elisabeth sieht ihn hoffnungsvoll an.

»Laß mich nachdenken«, sagt Großvater. »Ein Kamel, ja, ein Kamel bestimmt. Kamele haben ja einen Wasservorrat im Höcker. Weißt du, daß meine Mutter einmal in Ägypten auf einem Kamel geritten ist?«

Doch Elisabeth läßt sich nicht ablenken. »Großvater«, sagt sie, »wer noch?«

»Wie?« fragt Großvater. »Ach ja. Die Affen und Vögel hatten wir schon. Und dann – ja, ich glaube, ich hab's – ein Schwein. Nein, nicht ein gewöhnliches Schwein, ein Stachelschwein. Ja, bestimmt, das Stachelschwein hat überlebt. Da bin ich ganz sicher. Das Stachelschwein ist nämlich ein ganz besonderes Schwein. Eigentlich ist es gar kein richtiges Schwein, es heißt nur so. Es hat Nagezähne wie ein Biber und kann fast so gut graben wie ein Maulwurf. Es gräbt sich lange Gänge, in denen es lebt und schläft. Es ist nur nachts wach, tagsüber schläft es.«

Elisabeth hört gebannt zu. Sie sieht ein rosa Schwein voller Stacheln vor sich, das in einer Erdhöhle sitzt.

»Nein«, sagt Großvater, »das Stachelschwein ist viel kleiner als ein richtiges Schwein. Es sieht eher aus wie ein Igel. Es grunzt nur wie ein Schwein. Deswegen heißt es Stachelschwein. Seine Stacheln sind aber viel länger als die vom Igel. Dreißig oder sogar vierzig Zentimeter lang.« Großvater zeigt mit den Händen, wie lang. »Kein anderes Tier im Tierreich hat so lange Stacheln. Sein Kopf sieht aus wie der von einem Eichhörnchen oder von einem Hasen. Kannst du dir das vorstellen?« Elisabeth nickt. »Seine Stacheln stehen wie ein Kamm auf dem Rücken«, erzählt Großvater weiter, »und wenn es sich ärgert, spreizt es sie ab wie ein Pfau seine Federn und rasselt mit den Stacheln. Das klingt gefährlich, aber in Wirklichkeit ist das Stachelschwein ganz harmlos. Weil es seine Stacheln so leicht verliert, behaupten manche, es könne sie wie Pfeile auf seine Gegner abschießen. Das ist aber nicht wahr. Das Stachelschwein kann sich nämlich nur sehr schlecht verteidigen. Wenn es angegriffen wird, rollt es sich wie ein Igel zusammen. Das ist alles, und das ist kein besonders guter Schutz. Na ja, ein bißchen hilft es schon. Als ich klein war, hatte ich einen Stachel von einem Stachelschwein. Er hat schwarzweiße Streifen wie ein Zebra und fühlt sich an wie der Kiel von einer Hühnerfeder. Man kann Federhalter daraus machen und damit schreiben. Früher hat man das auch getan, als es noch keine Füller gab.«

Jetzt ist Elisabeth wirklich sprachlos: Schwein, Biber, Maulwurf, Igel, Eichhörnchen, Hase, Pfau und Zebra und sogar noch ein bißchen was von einem Huhn – das ist alles ein Stachelschwein. Das muß ein wirklich märchenhaftes Wesen sein. »War das Stachelschwein auch dein Freund?« fragt sie.

»Ach, weißt du«, sagt Großvater, »mit Stachelschweinen ist das so eine Sache. Sie sind sehr scheu und auch ein bißchen ängstlich. Man kann sie zwar zähmen, aber gut Freund mit ihnen zu werden, das ist schwer. Ein Stachelschwein kann man ja noch nicht einmal streicheln. Seine Stacheln würden einem in der Hand hängenbleiben, verstehst du?«

Elisabeth nickt. »Aber warum hat es dann überlebt?« fragt sie.

Auf die Frage war Großvater nicht gefaßt, und so sagt

er ganz ehrlich: »Ich weiß nicht.« Er denkt nach. »Niemand weiß«, sagt er dann, »warum er in diesem Krieg überlebt hat. Warum er und nicht sein Freund oder sein Nachbar. Niemand. Das Stachelschwein hat vielleicht überlebt, weil es sich rechtzeitig in seiner Höhle versteckt hat. Aber wenn es verschüttet worden wäre in seiner Höhle, dann wäre das genau falsch gewesen. Überleben war Zufall. Oder Schicksal. Nenn es, wie du willst.« Großvater blickt gedankenverloren auf Elisabeth. »Ich weiß es wirklich nicht, Kind«, sagt er, »glaub mir. Man konnte so wenig tun ...«

Elisabeth versteht nicht ganz, was Großvater meint, aber was er ihr über das Stachelschwein erzählt hat, das war schön, und sie will ihm gern glauben, daß das Stachelschwein in seiner kleinen Höhle im brennenden Zoo überlebt hat.

Am nächsten Tag in der Schule hält Fräulein Dr. Schäfer den Kindern eine kleine Rede. »Einige von euch haben diesen Tag vor einem Jahr ja miterlebt«, sagt sie, »andere sind erst danach nach Dresden gekommen. Doch euch allen stehen die Folgen dieses Tages vor Augen, wenn ihr durch diese Stadt geht. Euch allen soll dieser Tag immer eine Mahnung sein.« Es sei ein furchtbarer Tag gewesen, voll von unvorstellbarem Grauen. »Und wenn dieser schreckliche Tag, an dem Dresden im englischen und amerikanischen Bombenhagel unterging, so kurz vor dem Ende des Krieges ...« Fräulein Dr. Schäfer blickt gedankenverloren auf die Kinder, die ganz still in ihren Bänken sitzen. »Diese schöne Stadt, die einmal das Elbflorenz hieß, weil es an der Elbe liegt und weil es so schön war wie Florenz ... Ja«, fährt sie fort, »wenn dieser Tag überhaupt irgendeinen Sinn haben soll, dann nur den, daß wir ihn nie vergessen dürfen, damit so etwas nie wieder passiert.«

Es dürfe nie wieder einen solchen Krieg geben, sagt sie. Nie wieder einen solchen Krieg, den die Faschisten in ihrer Machtsucht angezettelt haben und der so vielen Unschuldigen auf beiden Seiten das Leben gekostet hat. Es sei gewiß, fährt die Lehrerin dann fort, daß es nun wieder aufwärtsgehe. Das verdankten die Dresdner der sowjetischen Armee und den deutschen Antifaschisten, vor allem den Kommunisten und Sozialisten. Viele von ihnen hätten schon während der Nazizeit gegen den Hitlerfaschismus gekämpft, viele von ihnen seien dafür ins Konzentrationslager gekommen und dort ermordet worden. Heute arbeiten sie nun, zusammen mit dem sowjetischen Volk, das durch Hitlerdeutschland unendlich viel zu leiden gehabt habe, mit allen ihren Kräften dafür, daß auf deutschem Boden endlich ein freier, demokratischer und gerechter Staat entstehe.

Ganz zum Schluß liest die Lehrerin den Kindern vor, was der Dichter Gerhart Hauptmann geschrieben hat, der in der Nacht, als Dresden bombardiert wurde, oben von den Loschwitzer Höhen aus die brennende Stadt sah: »Wer das Weinen verlernt hat, der lernt es wieder beim Untergang Dresdens.«

Das ist der Satz, den Elisabeth sich gemerkt hat, weil die Lehrerin ihn zweimal vorgelesen hat.

»Gerhart Hauptmann hat das Weinen wieder gelernt,

als Dresden brannte«, sagt Elisabeth dann am Abend zu Elly, »und du kannst nicht weinen.« Es klingt fast ein wenig wie ein Vorwurf.

»Ja, Kind«, sagt Elly, »die Menschen sind verschieden. Und außerdem: Hauptmann sah sein Dresden brennen. Er weinte, weil er nichts tun konnte. Wir aber, wir waren mittendrin, wir sind erstarrt.« Doch dann versucht sie vor Elisabeth ihre Beklemmung abzuschütteln. »Es wird schon irgendwie weitergehen«, sagt sie. »Überall gibt es kleine neue Anfänge. Du bist ja auch ganz neu für mich.« Sie sieht Elisabeth liebevoll an.

Aber Elisabeth hat noch etwas anderes auf dem Herzen. »Die Tiere«, sagt sie, »Tante Elly, die Tiere konnten doch gar nichts dafür. Das war doch nicht richtig.«

»Nein«, sagt Elly, »das war nicht richtig. Aber auch viele von den Menschen konnten nichts dafür: die Kinder zum Beispiel und diejenigen, die keine Nazis waren, oder die Gefangenen, die hier in Dresden waren.«

Elisabeth sieht Elly unverwandt an und wartet, daß sie weiterspricht.

»Komm mal her«, sagt Elly und nimmt sie in die Arme. »Es war nicht richtig, da hast du schon recht. Aber weißt du, wir dürfen nie vergessen, wieviel die Deutschen vorher anderen Menschen und anderen Völkern angetan haben: den Juden und allen, die anderer Meinung waren als sie. Sie haben sie alle ermordet. Auch Kinder. Darunter waren auch viele Kinder. Die Nazis kannten da kein Erbarmen. Oder denk mal an die Menschen, deren Länder sie überfallen haben im Krieg: die Polen, die Russen, die Franzosen, die Holländer. Man kann sie gar nicht alle aufzählen. Die waren auch unschuldig. Siehst du, die Engländer haben unser Dresden bombardiert, doch vorher haben wir Deutschen englische Städte bombardiert. Wir haben den Krieg angefangen, das dürfen wir nie vergessen. Das, was hier bei uns in Dresden geschehen ist, war sicher nicht richtig. Ich glaube es jedenfalls nicht. Doch eins mußt du dir merken, und das ist ganz wichtig: Eine Schuld wird nicht dadurch kleiner, daß dann andere kommen und auch ein Verbrechen begehen. Die eigene Schuld wird kein bißchen kleiner dadurch. Wie viele Verbrechen sind in deutschem Namen geschehen. Wir können heute nicht mehr ändern, was geschehen ist, aber wir können, nein, wir müssen etwas dafür tun, daß das nicht wieder passiert.«

Elisabeth nickt. Sie mag es, wenn die Lehrerin und Elly das gleiche sagen.

An diesem Abend läuten in der ganzen Stadt die Glocken: Dreimal – immer eine Viertelstunde lang. Die ganze Familie sitzt zusammen im Wohnzimmer. Keiner sagt ein Wort.

Die Eichen

Wenn Großvater Zeit hat und das Wetter nicht zu schlecht ist, läuft er oft quer durch die ganze Stadt zur Marschnerstraße. Manchmal nimmt er Elisabeth mit. Der alte Mann – den Elisabeth gar nicht alt findet, nur Großvater selbst sagt immer: »Ich alter Mann« – steht dann meistens ziemlich lange und ohne viel zu reden vor den Trümmern des Hauses, das einmal sein Elternhaus war. Nur die vier Grundmauern sind von dem großen prächtigen Haus übriggeblieben, und die ausgebrannten Fensterhöhlen sehen so leer und traurig aus, daß Großvater manchmal sagt: »Vielleicht sollte ich nicht mehr hierher gehen.« Aber dann tut er es doch immer wieder.

Rings um das Haus ist ein riesiger Garten, den Elisabeth immer noch wunderschön findet, obwohl Großvater behauptet, daß man ihn gar nicht mehr wiedererkennen kann. Früher, ja, da sei das hier ein richtiger Park gewesen. Immer voller blühender Blumen und Sträucher. Mit einem Gartenpavillon und einem kleinen See, auf dem Seerosen blühten.

Großvater redet so, als seien nur die Bomben daran schuld, daß in seinem Garten nichts blüht. Dabei ist es jetzt mitten im Winter.

Natürlich ist der Garten nun kein Park mehr, sondern eine Wildnis, in der im letzten Sommer alles so gewachsen ist, wie es wollte. Und natürlich haben auch die Bomben viel kaputtgemacht. Doch die sieben Eichen, die Großvaters Vater vor mehr als fünfzig Jahren gepflanzt hat, stehen noch.

»Die hat keine Bombe getroffen«, sagt Elisabeth.

»Nein«, sagt Großvater, »die nicht.« Doch er sieht dabei aus, als denke er an etwas anderes. »Fallen müssen sie trotzdem«, sagt er dann plötzlich ganz entschlossen. »Wir brauchen das Holz.«

Großvater schreibt einen Brief an die Stadtverwaltung: Er beantrage die Genehmigung, die Eichen zu schlagen, um daraus Möbel für sich und für seine Familie machen zu lassen. Bis jetzt haben sie nur geborgte Möbel.

»Damit ist Schluß«, sagt Großvater. »Wir schlagen die Eichen, und dann haben wir endlich eigene Möbel. Eigene und eichene«, sagt er und lacht. »Und dann können wir auch noch die Äste verheizen.« Großvater reibt sich die Hände. »Wenn das keine lohnende Investition von meinem Vater war! Ob er sich wohl hätte träumen lassen, daß die Bäume mal so wertvoll für uns werden?«

Die Großeltern hatten in diesem Winter beide Frostbeulen an Händen und Füßen. »Was Wärme ist, können wir uns schon gar nicht mehr vorstellen«, hat Tante Celeste einmal gesagt.

Doch alle Hoffnungen auf Holz und Möbel zerschlagen sich bereits eine Woche später. Die Stadtverwaltung lehnt Großvaters Antrag ab. Die Bäume stehen unter Naturschutz, schreibt sie, und Großvater dürfe sie auf gar keinen Fall fällen. Also fällt Großvater die Bäume nicht.

Ein oder zwei Wochen später geht er mit Elisabeth

wieder einmal zur Marschnerstraße. Schon von weitem sieht alles anders aus als sonst, und nun stehen sie fassungslos vor dem Grundstück. Die Bäume sind weg. Die schönen Eichen, die eigenen Möbel – weg. Großvater faßt nach Elisabeths Hand, und Elisabeth sieht mit Schrecken, daß über Großvaters Wange eine Träne rollt. Nur eine, und er wischt sie schnell weg. Aber Elisabeth hat ihn noch nie weinen sehen.

Schließlich fragt sie: »Wer war das, Großvater?«

»Auf jeden Fall jemand, der nicht so dumm war, vorher zu fragen. Einer, der sich einfach holt, was er braucht.« Großvaters Stimme zittert.

»Geklaut?« fragt Elisabeth.

»Was denn sonst?« sagt Großvater. »Gehört haben sie schließlich mir, und ich habe sie nicht. Also ...«

»Und wer?« fragt Elisabeth.

»Wenn ich das wüßte«, sagt Großvater, »den würde ich ...« Aber er weiß auch nicht, was er mit dem machen würde.

Müde und mutlos gehen sie nach Hause. Dort müssen sie erzählen, was geschehen ist. Großvater hat noch nicht richtig ausgeredet, da fallen schon alle über ihn her: »Siehst du! Das hast du nun davon! Du immer mit deiner Anständigkeit! Da sieht man ja, wie weit man damit kommt! Weiße Weste, aber kein Holz! Dafür machen sich jetzt andere Möbel aus den guten Eichen. Erst alles zerbombt und dann alles geklaut. Alles deine Schuld! Wie kann man bloß so blöd sein.« Vor allem Tante Celeste schimpft und heult fast dabei.

Großvater duckt sich unter den lauten Worten und

verteidigt sich nicht. Aber Elisabeth kann das nicht ruhig mit anhören.

»Hört auf!« schreit sie plötzlich. »Hört doch endlich auf. Großvater kann doch nichts dafür.« Dabei stampft sie sogar mit dem Fuß auf. Und weil sie bisher noch niemand hat schreien hören, sind wirklich alle einen Moment lang still und sehen sie erstaunt an. Am erstauntesten ist aber Elisabeth selbst, und deshalb senkt sie jetzt den Kopf und sagt nur noch leise: »Er war doch selber ganz traurig.«

»Ihr haltet wohl immer zusammen«, sagt Großmutter schließlich. Obwohl das nicht besonders freundlich klingt, hebt Elisabeth den Kopf und sagt laut und deutlich: »Ja.« Und Großvater, der hinter ihr steht, nickt – das weiß sie genau, obwohl sie es nicht sehen kann.

»Na«, sagt Großmutter dann, »ist ja nicht mehr zu ändern, das alles. Du«, dabei sieht sie Elisabeth an, »gehst jetzt rüber zu Elly, und du«, diesmal meint sie Großvater, »erkundigst dich morgen bei der Stadt, was mit den Bäumen ist. Schließlich kann die nicht einer allein geklaut haben.«

Das tut Großvater, und da erfährt er, daß die Stadtverwaltung selbst die Bäume hat fällen lassen. Man brauchte Holz für die Bäckermeister und für die Schulen Dresdens.

»Na ja«, sagt Großvater später zu Elisabeth, »Eichennutz geht vor Eigennutz – das muß man einsehen. Die Bäcker brauchen Holz, um Brot zu backen, und die Schulen brauchen auch Holz. Doch wir auch. Was ist da zu tun?«

»Großvater«, sagt Elisabeth und ist ganz aufgeregt, »hast du das auch gesehen? Der eine Baum, vorn an der Ecke, den haben sie nicht gefällt. Ich weiß es genau.«

»Ja«, sagt Großvater, »daran habe ich auch schon gedacht – und diesmal wird nicht gefragt.«

Sie leihen sich einen Handwagen, ein Beil und eine Säge und ziehen los: Tante Celeste, Großvater und Elisabeth. Der Baum steht ganz nah am Haus, aber nicht an der Gartenseite. Deshalb hat man ihn wohl übersehen. Es ist eine ganz junge Eiche, und sie ist nicht besonders dick. »Dafür ist es einfacher, sie zu fällen«, sagt Großvater.

Sie schlagen eine Kerbe in den Stamm, und zwar so, daß der Baum vom Haus weg fallen muß. »Viel kaputtmachen kann er ja nicht mehr«, meint Großvater, »aber trotzdem.« Dann sägen Tante Celeste und er den Stamm durch, und es dauert nicht lange, bis auch die letzte Eiche fällt.

Als erstes müssen die Äste ab, und dabei kann auch Elisabeth helfen. Sie bricht und sammelt das kleine Geäst und stapelt alles im Handwagen, während sich Großvater und Tante Celeste über die dickeren Äste hermachen. Über zwei Stunden arbeiten sie alle drei verbissen, ohne viel zu reden. Dann laden sie gemeinsam den Wagen bis oben hin voll und ziehen los, durch den Schneematsch nach Hause. Der Wagen schwankt und kippelt gefährlich. Äste fallen runter. Elisabeth läuft hinterher und sammelt sie wieder ein. Tante Celeste schimpft, als Elisabeth einmal nicht schnell genug ist.

Völlig erschöpft kommen sie zu Hause an, laden ab und fahren sofort zurück. Aber als sie wieder in die Marschnerstraße kommen, bleibt ihnen fast das Herz stehen. Sie starren auf die Stelle, wo eben noch der Stamm lag, und wollen nicht glauben, was sie sehen. Doch es bleibt wahr, sooft sie auch hingucken: Der Stamm ist weg. Einfach weg.

Diesmal ist auch Tante Celeste so erschlagen, daß sie nichts mehr sagen kann. Wie konnten sie nur so blöd sein und nicht als erstes den Stamm abtransportieren! Stumm sammeln sie die letzten herumliegenden Äste auf und nehmen dann zu Hause alle drei ohne Widerspruch das wohlverdiente Donnerwetter entgegen. Doch ganz zum Schluß, als Elisabeth eigentlich schon rüber zu Elly will, flüstert ihr Großvater zu, daß die ganze Sache unbestritten ein Gutes habe. Nun müsse er nicht stundenlang Holz hacken und sägen. »Wer weiß«, sagt er, »vielleicht habe ich das alles ja sogar mit Absicht gemacht, um mir die Arbeit zu sparen. Du weißt, wie durchtrieben ich bin.« Er versucht ihr zuzuzwinkern, doch es gelingt ihm nicht richtig. Und Elisabeth kann auch nicht darüber lachen. Großmutter, die natürlich alles gehört hat, murmelt etwas von dummem Geschwätz.

In den nächsten Tagen ist Großvater damit beschäftigt – und das ist viel mehr Arbeit –, die großen Wurzelstöcke der alten Bäume auszugraben. Und damit ihm dabei nicht wieder jemand zuvorkommt und die halbausgegrabenen Wurzeln heimlich abtransportiert, häuft er über jede Wurzel einen Berg von Steinen und ausgestochenen Grasstücken. Damit wird er noch Wochen zu tun haben. Im Frühjahr will er dann das Land umgraben, damit sie Gemüse anbauen können. »Wenigstens«, sagt Großvater zu Elisabeth, die ihm ein bißchen beim Wurzelausgraben hilft, »muß ich mir jetzt keine Sorgen mehr machen, daß das Gartenland für unser Gemüse zu schattig ist.«

Als sie eines Tages nach drei Stunden anstrengender Arbeit nach Hause kommen, hat Elly eine Überraschung für sie. Gerlinde hat ein Päckchen geschickt, und darin ist eine echte Göttinger Mettwurst.

»Die Wurst, so wurde mir versichert, soll eine solche Reise überstehen«, schreibt Gerlinde dazu. »Schreibt mir aber bitte ehrlich, wie sie ankam und ob sie noch genießbar war. Sie ist richtig beim Fleischer gegen volle Markenabgabe gekauft.«

Alle stehen um das Paket herum und staunen. Seit Jahren haben sie so eine Wurst nicht mehr gesehen, geschweige denn gegessen. Alle nehmen sie ehrfürchtig in die Hand, um einmal daran zu riechen. Nur Elly kann sich nicht richtig freuen. Sie macht sich Sorgen um Gerlinde.

»Das soll sie nicht«, sagt sie. »Sie braucht die Fleischmarken doch selbst. Ich werde ihr schreiben, daß die Wurst völlig verdorben war, damit sie nicht wieder für uns so ein Opfer bringt. Wer weiß, wann sie selbst zum letzten Mal so etwas gegessen hat.« Aber dann bringt sie es doch nicht übers Herz und schreibt die Wahrheit. Sie schreibt, wie köstlich die Wurst ist und daß sie Scheibe für Scheibe einteilen und als etwas ganz Besonderes essen.

Am nächsten Tag ist Dieter gerade bei Elly und Elisabeth, weil er auch jeden Tag eine Scheibe von der Wurst bekommt, als freudestrahlend Tante Celeste in die Küche stürmt. Diesmal schwenkt sie einen Brief. »Dieter!« ruft sie. »Dieter, dein Vati hat geschrieben. Aus Jugoslawien. Er ist dort in Gefangenschaft.«

Dieter guckt sie mit großen Augen an. Doch dann begreift er, umarmt seine Mutter, hüpft im Zimmer herum und ruft: »Mein Vati kommt! Mein Vati kommt!«

Tante Celeste hält ihn schließlich fest. »Halt, Dieter«, sagt sie, »er kommt noch nicht sofort. Er hat nur geschrieben, und jetzt wissen wir wenigstens, daß er noch lebt.«

Dieter sieht sie enttäuscht an. »Er kommt nicht?«

»Doch«, sagt Tante Celeste, »irgendwann schon. Nur wann, das weiß ich nicht. Das kann noch sehr lange dauern. Sieh mal, der Brief ist sieben Monate alt. Wir wissen ja noch nicht einmal, ob Vati immer noch in demselben Lager ist. Aber er wird schon kommen, ganz bestimmt.« Sie umarmt Elly und weint ein bißchen. Dann geht sie und nimmt Dieter mit.

Die Tür ist kaum hinter den beiden ins Schloß gefallen, da ertönt ein markerschütternder Schrei von Jutta. Sie schreit: »Schlumpe!« und reißt dann die Tür auf, schleudert ein Stück Wurst auf den Tisch und ruft: »Seht euch das an!«

»Was ist los, Jutta?« fragt Elly, die gar nichts versteht. »Was ist mit der Wurst?«

»Das Mistvieh ...«

»Jutta!« ermahnt sie Elly.

»Also gut«, Jutta ist auf hundertachtzig, »dieses liebe Tierchen hier«, sie zeigt auf Schlumpe, die die ganze Zeit vor dem Tisch sitzt und Männchen macht, »dieses liebe Tierchen war gerade dabei, die Wurst von Frau Sutterlitte zu fressen.«

»Herrgott, Jutta«, ruft Elly, »wie kommt das Tier an die Wurst?«

»Die arme Frau Sutterlitte!« Jutta zerfließt vor Mitleid. »Sie freut sich immer so auf die Wurst, und dann läßt sie sie im Flur fallen, und der Hund stürzt sich drauf. Und sie hat es noch nicht einmal gemerkt.«

»Moment mal, Jutta«, Elly unterbricht sie. »Habe ich das richtig verstanden? Die Wurst lag auf dem Fußboden? Dann kann das Tier doch gar nichts dafür.«

»Aber die arme Frau!« Jutta tut, als hinge Frau Sutterlittes ganzes Lebensglück von der Wurst ab.

Da erscheint Frau Sutterlitte in der Tür. Sie sieht die Wurst auf dem Tisch und greift nach ihr. »Da ist sie ja«, sagt sie und will gehen. »Halt!« schreit Jutta. Frau Sutterlitte zuckt zusammen und läßt die Wurst wieder fallen. Verwirrt guckt sie alle an, weil sie natürlich gar nichts begreift.

Elly erzählt ihr, daß Schlumpe die Wurst im Flur gefunden hat und sie schon in der Schnauze hatte, als Jutta gerade noch rechtzeitig dazukam.

Wider Erwarten lacht Frau Sutterlitte, statt zu schimpfen. »Also«, sagt sie, »ich finde, dafür kann Schlumpe wirklich nichts. Ich schneide eben den Teil ab, den sie angefressen hat. Das wird schon gehen. Wir haben schon ganz andere Sachen gegessen.« Dann wendet sie sich an Jutta und sagt ganz treuherzig: »Fräulein Jutta, seien Sie mal Hund in dieser Zeit und finden Sie auf dem Flur ein Stück Wurst ...« Selbst die empörte Jutta muß bei dieser Vorstellung lachen, und alle anderen lachen erleichtert mit.

Da ertönt plötzlich Pauls Stimme von hinten. Er hat bis jetzt alles nur mit stillvergnügtem Schmunzeln verfolgt und dabei genau wie der Hund, der immer noch Männchen vor dem Tisch mit der Wurst macht, sehnsüchtig auf die Wurst gestarrt. »Bin ich froh«, sagt er, »daß Jutta unsere Schlumpe auf frischer Tat ertappt hat. Sonst hätte doch jeder gedacht, ich hätte die Wurst gegessen.«

Nun gibt es kein Halten mehr, und alle brüllen vor Lachen. Frau Sutterlitte kann den armen Mann nur bedauern, daß man in dieser Familie so schlecht von ihm denkt.

»Gut, daß wir den Hund haben«, sagt Elly. »So viel gelacht haben wir schon lange nicht mehr.«

Als sie und Elisabeth dann nach drüben gehen, um den anderen die Geschichte zu erzählen und sie mitlachen zu lassen, finden sie Tante Celeste und Großmutter beim Rechnen. Tante Celeste wollte immer schon unbedingt eigene Möbel haben. Und nun, wo ihr Mann nach Hause kommt, erst recht. Vor ein paar Tagen hat sie jemanden aufgetrieben, der ihr welche geben will – gegen Brotmarken. Deshalb rechnet sie jetzt mit Großmutter aus, wieviel sie von ihrer Ration abknapsen können und wie viele Monate sie zahlen müssen, um wenigstens das Nötigste zu bekommen. Ein Brot im Monat, beschließen sie, können sie sparen. Ein ganzes Brot. Nur Großvater protestiert schwach, aber Tante Celeste bringt ihn mit einem »Denk an die Eichen, Vater!« zum Schweigen.

»Ich mache mir Sorgen«, sagt Großvater später zu Elisabeth. »Wo doch sowieso alles so knapp ist bei uns. Ich bin ja vielleicht zu verfressen, aber die Frauen brauchen doch auch genug zu essen. Und Großmutter muß sich sowieso schon oft hinlegen, weil sie so schwach ist. Ich mache mir wirklich Sorgen, aber ich kann sie nicht davon abbringen. Auf mich hört keiner.«

Der Gasunfall

»Ach Schlumpe«, sagt Elly eines Tages, »Schlumpe, du bist das entzückendste Tier der Welt, aber du bist teuer. Sehr teuer.« Dabei sieht sie abwechselnd auf Schlumpe und auf den Brief in ihrer Hand. »Vierundfünfzig Mark Steuern wollen die für dich für ein halbes Jahr. Meinst du nicht auch, daß das zuviel ist? Letztes Jahr hast du noch achtzehn Mark gekostet und heute – dreimal soviel.«

Schlumpe sitzt vor ihr, den Blick nach oben gerichtet, als ob sie alles verstünde, und wedelt mit dem Schwanz. Aber kein bißchen schuldbewußt, sondern eher so, als wollte sie sagen: »Bin ich denn etwa nicht dreimal so wertvoll wie letztes Jahr? Ich bin gewachsen, und denk daran, was ich alles gefressen habe und wie ich euch die Füße wärme und wie ich vor den Geschäften, wenn ihr mich anbindet, immer so laut belle, daß ihr sofort bedient werdet. Ist das nichts?«

Elly lacht. »Du hast ja recht, Schlumpe«, sagt sie. »Wir werden das Geld schon irgendwoher kriegen.« Schlumpe springt freudig an ihr hoch und bellt einmal kurz zur Bekräftigung.

»Haben wir soviel Geld, Tante Elly?« fragt Elisabeth.

»Nein«, sagt Elly, »soviel Geld haben wir nicht. Aber keine Angst, mir wird schon was einfallen.«

Als Elisabeth am späten Nachmittag aus der Schule kommt, sieht sie, wie Elly und Christa sich gerade voller Freude um den Hals fallen. Aufgeregt und glücklich versuchen sie gleichzeitig Elisabeth zu erzählen, was geschehen ist. Sie hatten beide versucht, das Geld für Schlumpes Hundesteuer zu bekommen, und keine hatte der anderen etwas davon gesagt.

»Ich wollte Christa überraschen und sie mich«, sagt Elly. Sie hat deshalb am Nachmittag einen ihrer Pullover an eine Bekannte verkauft, und Christa war mit einer halben Flasche Schnaps auf dem Schwarzmarkt gewesen. Nun haben sie das Geld für Schlumpe zweimal, aber beide finden, daß das überhaupt nichts macht. Im Gegenteil. »Das Schöne ist doch«, sagt Elly, »daß wir beide gleichzeitig die gleiche Idee hatten. Findest du nicht auch? Und außerdem bin ich noch nachträglich heilfroh darüber, daß Christa auf dem Schwarzmarkt nichts passiert ist. Hätte ich vorher gewußt, daß sie dahin will, hätte ich das bestimmt verhindert.«

Elly geht selbst nie auf den Schwarzmarkt. »Es ist würdelos«, sagt sie. »Da hungere ich lieber.« Daß sich Jutta oder Christa da herumtreiben, will sie natürlich erst recht nicht. »Ich stürbe vor Angst«, sagt sie. »Die Russen sind da nicht zimperlich. Die stecken jeden ins Gefängnis, den sie dabei erwischen. Kinder, versprecht mir bloß, daß ihr das laßt.«

Aber trotzdem sind Christa und Jutta schon einmal heimlich auf dem Schwarzmarkt gewesen. Das ist ein paar Wochen her, und Christa erzählt es Elisabeth, als Elly nicht da ist und Elisabeth unbedingt wissen will, wie es auf dem Schwarzmarkt ist. Christa hatte drei Flaschen Alkohol aus der Molkerei mitgebracht und wollte versuchen, dafür etwas Eßbares zu bekommen. Sie hatte einen Tip, daß in der Nähe des Alaunplatzes was los sein sollte, und das stimmte tatsächlich. Unauffällig standen dort ein paar Menschen rum mit Aktentaschen oder sogar mit Koffern. Einige versteckten sich in Hauseingängen, und wenn Christa und Jutta vorbeigingen, winkten sie. Doch die beiden gingen schnell weiter. Sie trauten sich nicht, jemanden anzusprechen. Mehrmals waren sie schon auf jemanden zugesteuert, aber in letzter Minute verließ sie immer wieder der Mut.

»Mein Gott, das schaffen wir nie«, hatte Christa gesagt. Und dann gerade, als sie sich ganz fest vorgenommen hatten, jetzt auf den russischen Soldaten da vorn zuzugehen, legte sich von hinten eine Hand auf Christas Schulter. »Polizei«, sagte die Stimme, die zu der Hand gehörte. »Kann ich mal sehen, was Sie da haben?«

Christa öffnete stumm ihre Tasche mit der Flasche Schnaps, und Jutta fing sofort an zu heulen. »Wir haben solchen Hunger«, schluchzte sie. »Unsere Mutti zu Hause ist so krank. Wir haben so was noch nie gemacht«, das stimmte sogar, »und wir werden das auch nie wieder machen. Bestimmt nicht.«

Christa warf ihr zwar einen eisigen Blick zu, aber Jutta hatte doch den gewünschten Erfolg. Der Polizist beschlagnahmte zwar den Schnaps, ließ sie aber sonst laufen.

»Ich glaube Ihnen«, sagte er, »aber lassen Sie sich hier nie wieder blicken. Das ist kein Ort für Sie.« Jutta bedankte sich wortreich, und sie zogen erleichtert ab.

Später wurde Christa dann allerdings mißtrauisch. »Meinst du«, hatte sie zu Jutta gesagt, »daß das wirklich ein Polizist war? Der hätte uns doch eigentlich wenigstens seinen Ausweis zeigen können. Das nächste Mal, das sage ich dir, kippen wir die Flasche vor seinen Augen aus. Mal sehen, ob er dann auch noch so freundlich ist.«

»Glaubst du etwa, daß der jetzt unseren Schnaps trinkt? So ein Halunke.« Jutta war sofort wieder in Fahrt und sah aus, als wollte sie gleich umkehren, um dem angeblichen Polizisten die Flasche wieder abzunehmen.

»Wahrscheinlich verschiebt er sie jetzt selbst, und hinterher aufregen nützt auch nichts«, vermutete Christa. »Wenn ich an deine bühnenreife Vorstellung eben denke: todkranke Mutter und so weiter ...«

»Todkrank habe ich nicht gesagt.« Jutta war eingeschnappt. »Und jedenfalls hat er uns laufenlassen, und das hast du nur mir zu verdanken.«

»Meinst du?« Christa war skeptisch. »Ich glaube, das verdanken wir eher unserem Schnaps.«

Schweigend liefen sie nebeneinander her nach Hause. Elly wollte natürlich wissen, wo sie gewesen waren, doch auch Jutta war ausnahmsweise mal einsilbig und verriet kein Wort. Ganz für sich behalten konnte sie die Geschichte dann aber doch nicht und beichtete deshalb später alles ihrem Vater. Und siehe da, statt zu schimpfen, wollte der nur wissen, ob sie etwa den ganzen Schnaps losgeworden wären.

»Nein«, sagte Jutta, »wir hatten nur eine Flasche mit. Die zwei anderen haben wir unter der Badewanne versteckt.«

»Hol sie«, meinte Paul darauf nur. »Aber paß auf, daß Mutti nichts merkt.« Und dann war er mit den beiden Flaschen losgezogen und mit zwanzig Pfund Kartoffeln wiedergekommen.

Elly konnte den plötzlichen Kartoffelreichtum gar nicht fassen: »Paul, woher?« fragte sie immer wieder. Doch Paul blieb einsilbig. »Von einem Bekannten.« Mehr war aus ihm nicht herauszubekommen. Und mehr wollte Elly in Wirklichkeit auch gar nicht wissen. Sie traute Paul sowieso keine krummen Geschäfte oder Schwarzmarkthandel zu. Das tat niemand. Und Elly war so froh über die Kartoffeln, daß sie ihm einfach glauben wollte. Zur Feier des Tages hatte damals auch Schlumpe drei gekochte Kartoffeln bekommen. Die hatte sie vorsichtig in die Schnauze genommen und so geschickt gefressen, daß nur die Schalen übrigblieben. Die lagen neben ihrem Napf, als Jutta in die Küche kam.

»Seht euch das an«, Jutta war wirklich entrüstet. »Wir kochen uns Kartoffelsuppe aus den Schalen, und unser Hund möchte seine Kartoffeln geschält. So ist es richtig.« Doch Schlumpe hatte nur erhaben über sie hinweggesehen und so getan, als ginge Juttas Geschrei sie überhaupt nichts an.

Heute nun war Christa also erfolgreich auf dem Schwarzmarkt gewesen, und Schlumpe, für die sie das riskiert hatte, bekommt einen Kanten Brot. An dem kaut sie zufrieden herum und wedelt zwischendurch immer mal wieder mit dem Schwanz.

»Sie freut sich, weil wir uns freuen«, sagt Elly. »So einem Tier kann man nichts vormachen. Das spürt, was los ist.«

Schlumpe ist mit ihrem Brot fertig und springt jetzt wieder auf ihren Stammplatz, Christa zu Füßen, die inzwischen wie immer völlig kaputt auf dem Sofa liegt. Christa muß so viel schuften in letzter Zeit, daß sie wirklich am Ende ihrer Kraft ist. Sie hat keinen Tag frei und arbeitet oft bis mitten in die Nacht. Auch sonntags muß die Milch untersucht werden, und im Labor sind sie einfach viel zu wenige für die viele Arbeit. Am letzten Sonntag ist sie vor Erschöpfung in Ohnmacht gefallen.

»Sie sieht aus wie Schneewittchen«, flüsterte Großvater, als sie danach blaß und mit geschlossenen Augen auf dem Sofa lag. Elisabeth fand sie eigentlich sehr schön so, doch alle anderen waren der Meinung, daß sie zum Gotterbarmen aussehe und daß man sich große Sorgen um sie machen müsse. Im Moment schläft sie wie eine Tote.

Auch Jutta ist krank. Sie kommt eben nach Hause und jammert vor Schmerzen. Sie hat eine böse Erkältung und vereiterte Stirnhöhlen. Doch sie geht weiter zu ihrer Lehrerinnenausbildung. Davon kann sie keiner abhalten.

Dann kommt auch noch Paul keuchend und hustend von der Arbeit und muß sich erst einmal setzen, damit sich sein krankes Herz beruhigt. Auch er hat im Moment sehr viel zu tun, und dazu kommt noch der weite Weg bei der Nässe und Kälte. Von der Anstrengung bekommt er Herzkrämpfe. Das tut sehr weh, und dann sitzt er da, Schweiß steht auf seiner Stirn, und man sieht, daß er Angst hat. Elly macht ihm Umschläge um die Hände und um die Arme, doch die helfen nicht immer. Er braucht Nitroglyzerin, doch das kriegt er nirgends. Manchmal schickt Gerlinde etwas, aber sie bekommt es auch nicht immer. Sie muß ein Rezept dafür haben, und auch in Göttingen haben die meisten Apotheken keins. Wenn Paul Nitroglyzerin hat, geht es ihm gleich viel besser, und er macht dann sogar Scherze darüber. »Paßt auf«, sagt er dann oft, »daß ich nicht in die Luft fliege. Schließlich schlucke ich hier Dynamit.«

Doch Großvater hat Elisabeth erklärt, daß in den Medikamenten nur ganz wenig Nitroglyzerin enthalten ist und daß Paul deshalb nicht explodieren kann. »Es macht die Gefäße weiter, verstehst du. Dann kann das Blut besser zirkulieren, und Onkel Paul bekommt keine Krämpfe mehr.« Elisabeth hatte Onkel Paul zwar sowieso nicht ganz geglaubt, fühlte sich nach Großvaters Erklärung aber doch erleichtert.

Heute ist Pauls Anfall zum Glück nicht ganz so schlimm, und schon nach einer halben Stunde geht es ihm besser. Christa ist wach geworden und holt jetzt ein Glas Honig aus ihrer Tasche. »Hier, Papa«, sagt sie, »ganz für dich allein. Iß, soviel du willst. Wenn du magst, sogar mit Suppenlöffeln.« Paul freut sich, doch wirklich helfen kann ihm der Honig nicht.

Am nächsten Sonntag gehen Elly und Elisabeth gemeinsam zu Christa ins Labor, um ihr etwas zu essen zu bringen. Sie nehmen sogar Schlumpe mit. Doch Christa freut sich gar nicht richtig darüber. Sie ißt schnell und kommt danach – o Wunder – mit den beiden nach Hause, obwohl sie sonst auch sonntags immer bis zum Abend arbeitet. Zu Hause legt sie sich hin, steht dann aber gleich wieder auf und sagt, daß sie eine Freundin besuchen will. Elly freut sich darüber, weil Christa so auch mal eine Abwechslung hat. Gegen vier Uhr am Nachmittag geht Christa los und – kommt nicht wieder.

Schon ab acht wird Elly unruhig. Nachts um zehn kann sie es nicht mehr aushalten und schickt Jutta los. Sie soll sich bei Christas Freundin erkundigen. Jutta ist bald wieder zurück. Christa sei nur zehn Minuten bei ihr geblieben, habe die Freundin gesagt, und dann sei sie wieder ins Labor gegangen, um noch zu arbeiten.

Elly kann sich nicht erklären, warum, aber sie hat plötzlich furchtbare Angst. Sie wirft sich den Mantel über, sagt: »Jutta, du kommst mit. Paul, du wartest hier« und stürmt los ins Labor. Als sie zwei Stunden später wiederkommen, ist auch Elisabeth noch wach. Elly weint, und Paul nimmt sie in die Arme.

»Ach Paul«, sagt Elly. Dann erzählt sie kurz, was passiert ist: Als sie ins Labor kamen, war der Arzt schon da. Christa war gerade wieder zu sich gekommen, nahm aber noch nichts um sich herum wahr. Christas Chef war auch dort. Er war zufällig noch einmal ins Labor gegangen und hatte Christa gefunden, die leblos am Boden lag. Der Gaskocher war umgerissen, und das Gas strömte noch aus.

»Wahrscheinlich hat sie ihn umgerissen, weil sie wieder einmal ohnmächtig geworden ist«, sagte Elly. »Ja, so muß es gewesen sein. Sie ist ja so oft ohnmächtig geworden in der letzten Zeit. Wenn er sie nicht rechtzeitig gefunden hätte ... « Sie bricht ab. Jutta weint. »Wir haben ja gewußt, daß es ihr schlechtgeht. Aber wer hätte denn ahnen können, daß so etwas passiert.« Elly ist verzweifelt und hilflos. »Sie ist jetzt im Krankenhaus«, sagt sie. »Wir können sie morgen besuchen. Der Arzt hat gesagt, im Moment können wir nichts für sie tun.«

»Elly«, sagt Paul schließlich, »ich sehe immer ihr Gesicht vor mir – ihr Gesicht nach dem Angriff – so verstört ...« Er spricht nicht weiter, und Elly sagt nur: »Ja, Paul.«

Am nächsten Morgen geht Elly mit Elisabeth gleich früh um sieben ins Krankenhaus in der Wurzenerstraße. Christa sieht ganz klein aus in dem großen Klinikbett. Als sie Elisabeth sieht, lächelt sie ein bißchen. »Na«, sagt sie, »willst du sehen, ob ich wirklich noch lebe?«

Aber ihr Lächeln ist ganz schief, und Elisabeth antwortet nicht. Sie setzt sich vorsichtig auf Christas Bettrand. Eine Zeitlang sagt sie gar nichts, doch dann sprudelt sie plötzlich los. Wenn Christa nach Hause kommt, will sie ihr ein Bild malen und ihr den ganzen Tag Geschichten erzählen, sie weiß viele, ganz bestimmt, und sie will auch gar nicht mehr in die Schule gehen, damit Christa nicht allein ist, und sie kann ihr auch was vorsingen, und Christa kann auch mitsingen, aber wenn sie das nicht will, braucht sie auch nicht. Elisabeth ist nicht zu stoppen.

Elly sieht Elisabeth erstaunt an, und in Christas müde Augen kommt tatsächlich ein Funken Interesse. »In die Schule mußt du aber«, sagt sie.

Doch Elisabeth hört gar nicht hin und sagt plötzlich ganz unerwartet: »Gas macht alle Menschen tot, alle.«

Christa und Elly werfen sich einen Blick zu, doch keine traut sich zu fragen, was Elisabeth damit meint und woher sie das weiß. Dann kommt eine Krankenschwester und sagt, daß Christa jetzt Ruhe braucht und sie morgen wiederkommen sollen.

Eine Woche bleibt Christa im Krankenhaus, und jeden Tag wird sie von Elisabeth und Elly besucht. Auch beim Abholen ist Elisabeth natürlich dabei. Sie nimmt Christas Hand und läßt sie nicht wieder los, bis sie zu Hause sind.

Dort legt sich Christa sofort ins Bett. Schlumpe springt ans Fußende, und Elisabeth bringt Christa etwas zu essen. Honigbrote von dem Honig, den Christa Onkel Paul geschenkt hat. Doch Christa mag nicht essen. Sie ist müde, todmüde, und schläft wirklich gleich ein.

In der Zwischenzeit malt Elisabeth das Bild, das sie Christa im Krankenhaus versprochen hat. Sie malt einen Vogel mit weißem Kopf und schwarzem Häubchen, der mit ausgebreiteten Flügeln quer über das Bild fliegt. Als Elisabeth Christa das Bild zeigt, wird Christa sogar ein bißchen rot vor Freude.

Aber außer Elisabeth läßt sie niemanden an sich heran. Allen anderen gegenüber ist sie abweisend und verschlossen. Immer wieder versucht Elly, mit Christa zu reden. Doch ohne Erfolg. Sie sagt einfach nichts und sieht Elly nicht einmal richtig an.

Dafür sitzt Elisabeth fast ununterbrochen an Christas Bett. »Soll ich dir die Geschichte von Großvater und dem Salamander erzählen?« fragt sie. Christa nickt. »Also«, sagt Elisabeth und setzt sich gerade und ordentlich hin. »Es ist schon lange her, da war Großvater einmal im Harz, und da hat er einen ganz großen Feuersalamander gefunden. Weißt du, was ein Feuersalamander ist?« Sie wartet die Antwort nicht ab. »Großvater sagt, Feuersalamander sind sehr schön. Sie haben so gelbe und schwarze Flecken.« Elisabeth sieht Christa eindringlich an, als wolle sie sich vergewissern, daß Christa sich den Feuersalamander auch richtig vorstellt. Dann erzählt sie weiter: »Ja, und den Feuersalamander wollte Großvater mit nach Hause nehmen. Aber er hatte nichts, wo er den Salamander reintun konnte. Deshalb hat er seinen Hut genommen. Er hat den Salamander in den Hut getan und ihn ganz schnell wieder aufgesetzt, damit der Salamander nicht rausspringen konnte.« Elisabeth lacht.

»Ja, und da war der Salamander also unter dem Hut auf Großvaters Kopf. Natürlich wollte er da wieder raus. Aber das konnte er nicht, weil Großvater den Hut ganz fest aufgesetzt hatte. Deshalb ist der Salamander immer im Kreis auf Großvaters Kopf herumgelaufen, weil er ja nicht rauskonnte. Ja, und dann hat Großvater sich gedacht, daß der Salamander vielleicht Angst hat, weil es so dunkel war unter seinem Hut, und da hat er über sein Gehirn Kontakt mit dem Gehirn des Salamanders aufgenommen, und er hat ihn hypo…«, sie stockt.

»Hypnotisiert«, hilft Christa ihr.

»Ja«, Elisabeth ist erleichtert, »das. Und da hat er ihn so hypnotisiert, daß der Salamander gedacht hat, daß er durch einen wunderschönen Urwald läuft mit Vögeln und Schlangen – Schlangen sind schöne Tiere, sagt Großvater immer.« Elisabeth wirft einen Blick auf Christa, doch die ist einverstanden. »Und mit Sonne und Bäumen und ganz vielen Schnecken und Würmern und so was. Die frißt er nämlich gern.« Elisabeth guckt wieder, aber Christa findet auch das zum Glück nicht eklig. »Und dann hat er ihn hyp – notisiert, daß er denkt, daß er an einem wunderschönen Teich auf einem warmen Stein liegt. Ganz warm, daß er sich richtig wohl fühlt. Und es hat funktioniert. Das konnte Großvater daran merken, daß sich der Salamander auf seinem Kopf ganz ruhig hingelegt hat. Und dann hat er sich immer mehr schöne Sachen für den Salamander ausgedacht, damit der keine Angst mehr hat auf der langen Reise. Großvater mußte ja mit dem Zug wieder nach Hause fahren.«

»Ja«, sagt Christa, »das wär schön, wenn das alles so leicht ginge.«

Doch Elisabeth beruhigt sie gleich: »Das ist überhaupt nicht schwer, hat Großvater gesagt. Man muß nur ganz fest an etwas Schönes denken, und dann denkt der Salamander das auch.«

»Na«, sagt Christa, »ganz so einfach wird es nicht sein.«

Elisabeth guckt sie zögernd an. »Die Geschichte ist aber noch nicht zu Ende«, sagt sie.

»Gut«, sagt Christa, »erzähl weiter.«

»Ja, also«, Elisabeth ist wieder ganz eifrig bei der Sache, »als Großvater dann zu Hause auf dem Bahnhof angekommen ist, da hat er lauter Bekannte getroffen.

Aber er konnte doch wegen dem Salamander seinen Hut nicht abnehmen, um sie zu grüßen. Also hat er immer ganz schnell weggeguckt, damit die denken, daß er sie nicht gesehen hat. Deshalb hat er dauernd seinen Kopf hin und her gedreht, immer wenn jemand kam.« Elisabeth macht das vor, und das sieht wirklich komisch aus. Sie lachen beide. »Und am nächsten Tag, da haben ihn alle Leute nicht mehr gegrüßt, und alle haben gesagt, was Großvater doch für ein unhöflicher Mensch ist und daß er sich nicht benehmen kann. Die wußten ja nichts von dem Salamander.« Elisabeth kichert, weil sie daran denkt, wie Großvater die Leute nachgemacht hat und mit ganz hoher, entrüsteter Stimme gesagt hat: »Nein, was für ein unhöflicher, ungehobelter Mensch das ist. Aber wir haben das ja gleich geahnt. Der war immer schon so merkwürdig. Was soll man da anderes erwarten.«

Christa lächelt.

»Das ist alles wirklich wahr«, beteuert Elisabeth, »das hat Großvater alles wirklich erlebt.«

Christa nickt. Sie weiß das. Denn als sie Kind war, hat ihr Großvater die Geschichte auch schon erzählt. »Ja, das hat Großvater wirklich erlebt«, sagt sie. Dann will sie schlafen, und als Elisabeth rausgeht, sagt sie noch leise: »danke«, und Elisabeth weiß nicht genau, wofür.

Eigentlich sollte Christa ein paar Tage zu Hause bleiben und sich ausruhen. Eine Woche mindestens. Doch schon am nächsten Morgen will sie wieder ins Labor. Elly beschwört sie zu bleiben, und Paul sagt: »Christa, geh nicht, mir zuliebe.«

Aber Christa hört nicht auf sie. »Soll die Milch schlecht werden, weil niemand sie prüft?« fragt sie und geht los.

»Da kann man nichts machen«, sagt Elly. Sie sitzt erschöpft vor dem Frühstück, von dem Christa wieder nur einen winzigen Bissen gegessen hat. »Sie hat ihren eigenen Kopf, schon als Kind war das so. Je mehr man auf sie einredet, desto weniger hört sie zu. Die Arbeit lenkt sie vom Grübeln ab. Aber nie einen Tag Ruhe! Wie soll sie das bloß auf die Dauer durchhalten?«

Eigentlich ist der März schon fast vorbei, aber als Christa heute aus dem Labor kommt, hat es noch einmal geschneit.

»Es ist schön draußen«, sagt sie. »Die Trümmer liegen alle unter einer weißen Decke. Alles ist zugedeckt. Es war richtig schön, durch die Stadt zu laufen.«

Alle finden, daß die Trümmer unter dem frischen Schnee schön aussehen, aber es ist wieder so kalt geworden. Und sie sehnen sich nach dem Frühling, nach Sonne und Wärme.

Ein paar Tage später ist es dann tatsächlich soweit. Die Luft ist von einem Tag zum anderen so lau und voller Düfte, daß sich niemand vorstellen kann, daß vor ein paar Tagen noch Schnee lag.

Frühling

Es ist Frühling, und Dresden blüht. Es blüht grüner und bunter, als es jemals zuvor geblüht hat. Das Gelb der Forsythien überschwemmt ganze Straßen. Die Schuttberge sind überwuchert von Grün. Wenn man genau hinsieht, entdeckt man hier und da ein Gänseblümchen oder versteckt in einer Ecke sogar Veilchen. In den verwahrlosten Gärten blühen Tulpen, Märzenbecher, Primeln, Perlhyazinthen und Osterglocken.

»Traurig schön«, nennt Elly die Blütenpracht. »Man läuft gleich viel leichter und fröhlicher die vielen Wege«, sagt sie. »Es reißt einen richtig mit.«

»Selbst die Trümmer sind in dieser Stadt schöner als in anderen Städten«, hört Elisabeth einen alten Mann auf der Straße sagen.

Elisabeth ist beim ersten Sonnenstrahl draußen und zieht nun täglich mit Schlumpe durch die Gegend. Sie klettert auf die blühenden Trümmerberge und bringt allen kleine Sträuße mit, so daß Ellys vorwurfsvolle Frage: »Wo warst du bloß wieder?« in ein »Oh, wie schön! Danke, mein Kind« verwandelt wird.

Elly macht sich natürlich Sorgen, aber sie hindert Elisabeth nicht daran loszugehen. »Paß gut auf, Kind«, sagt sie nur immer wieder. »Die Trümmer rutschen, und es treibt sich auch allerlei Gesindel dort herum.« Bis jetzt ist Elisabeth nach ein oder zwei Stunden immer wieder dagewesen.

Es ist Frühling, und auch die Gingkobäume in der

Bachstraße bekommen langsam Blüten und Blätter. Elly wird immer ganz feierlich, wenn sie von diesen Bäumen spricht.

»Stell dir vor«, sagt sie zu Elisabeth, »so ein Baum kann über zweitausend Jahre alt werden. Das bedeutet, daß er vor Christi Geburt angefangen hat zu wachsen. Alles, was seitdem geschehen ist, alle Katastrophen hat er überlebt! Ein einzelner Baum!«

»Unsere auch?« fragt Elisabeth.

»Nein«, sagt Elly, »unsere Gingkobäume hier sind noch nicht so alt. Sie sind sogar noch sehr jung. Vielleicht fünfzig oder hundert Jahre alt. Aber denk mal, was allein schon in den letzten fünfzig Jahren alles passiert ist! Zwei Kriege. Überall um uns herum sind Trümmer, aber die Gingkobäume stehen.«

Elly hat ein gepreßtes Gingkoblatt in einem ihrer Bücher liegen. »Früher«, sagt sie, »hatte ich eine kleine silberne Anstecknadel, ein silbernes Gingkoblatt. Vielleicht werde ich dir später auch einmal so etwas schenken können.«

Elisabeth mag die Gingkobäume, und wenn sie an der Baumreihe in der Bachstraße entlanggeht, streicht sie oft über die rissige Rinde. »Diese Bäume werden nie aussterben«, hat Elly gesagt, »sie sind zäh, sie überleben alles.«

Mitten in die allgemeine Frühlingsfreude platzt das Gerücht, daß der 18. Bezirk geräumt werden soll. Davon ist auch die Bachstraße betroffen. Paul hat das irgendwo auf der Straße gehört und kommt nun mit der Nachricht nach Hause. Sie sitzen wie betäubt da, als er es erzählt. Im ganzen Bezirk spricht man davon. Es heißt, die Russen bräuchten die Häuser, weil sie noch relativ gut in Ordnung seien, und sie alle kämen irgendwo anders hin. Aber niemand weiß etwas Genaues.

»Wo will man nur die vielen Menschen unterbringen?« sagt Elly. »Wo bloß?«

Alle haben Angst. Und Elisabeth bleibt ein paar Tage lang auffällig oft in der Wohnung, bis Elly eines Tages halb lachend und doch auch ernst zu ihr sagt: »Lauf nur. Wenn wir hier raus müssen, holen wir dich schon. So schnell passiert das nicht, und ohne dich gehen wir sowieso nicht.«

Zum Glück stellt sich nach zwei Wochen heraus, daß das Ganze nur ein Gerücht war und daß sie in ihren Wohnungen bleiben können. Niemand weiß, wer die Schreckensnachricht eigentlich aufgebracht hat, aber es interessiert auch niemanden. Sie sind alle einfach nur froh, daß sie bleiben können.

Die gute Nachricht kommt an dem Tag, an dem Gerlinde Geburtstag hat. Elly hatte lange gehofft, Gerlinde an ihrem Geburtstag besuchen zu können. Sie hatte ihr sogar schon geschrieben, daß sie kommen würde. Doch dann war das mit Christas Unfall passiert, und sie hatte nicht fahren können. Und Gerlinde selbst kann nicht kommen, weil sie Prüfungen machen muß. Elly ist sehr traurig deswegen und braucht unbedingt jemanden, mit dem sie über Gerlinde reden kann.

Als Elisabeth am Abend aus der Schule kommt, erzählt sie ihr, wie es war, als Gerlinde geboren wurde.

Elisabeth hört ihr zu, ohne sie zu stören. Nur einmal fragt sie dazwischen: »Tante Elly, als ich geboren wurde, war das da genauso?« Und Elly antwortet, ohne zu zögern: »Ja, ganz sicher.«

»Es war der 7. April 1924«, erzählt sie. »Ich bin morgens aufgestanden, und da schien die Sonne plötzlich nicht mehr. All die Tage vorher war es so schön gewesen, Frühling wie jetzt, und ich war noch draußen spazierengegangen. Und nun sah ich aus dem Fenster, und Schnee wirbelte vom Himmel. Ausgerechnet diesen Tag hatte sich Gerlinde ausgesucht, um auf die Welt zu kommen. Es war ein Montag, und obwohl er so trübe begonnen hatte, wurde er der schönste Tag meines Lebens. Denn an diesem Tag wurde mein Kind geboren, und ich konnte es endlich im Arm halten.

Drei Tage später waren wir dann zum ersten Mal ganz allein, Gerlinde und ich. Großmutter und Onkel Paul hatte ich davongejagt. Sie sollten den schönsten Kinderwagen der Welt besorgen. Ich mußte dafür versprechen, mich nicht von meinem Sofa zu rühren. Aber sobald ich hinter ihnen das Gartentor klappen hörte, bin ich aufgestanden. Ich kam etwas wacklig auf die Beine und ging zu dem kleinen Kinderbettchen. ›Sie sind weg – wir sind allein‹, habe ich geflüstert und Gerlinde hochgenommen. Sie kräuselte ihre Stirn und sah mich mit ernsten Augen an. Ich nahm das kleine Fingerchen und tippte auf die Klaviertasten. ›Das ist alles dein‹, flüsterte ich, ›hörst du die Töne?‹ Und dann gingen wir zu den Büchern: ›Die Wörter, Sätze, Gedichte – Gerlinde, alles dein.‹ Dann ans Fenster: ›Die Blümchen auch – alle, auch die giftigen, die immer so besonders schön sind – Vorsicht! – aber sie gehören dir – und die Spielsachen – die Bälle, die Puppen, die Buntstifte, alles.‹ Danach waren wir beide sehr müde, und wir mußten uns wieder hinlegen, damit niemand merkte, was für eine weite Wanderung wir gemacht hatten.«

Elly hat Zeit und Ort vergessen und träumt mit offenen Augen. Sie kommt erst wieder zu sich, als Großvater sich räuspert. Er steht schon eine ganze Weile im Zimmer, und weil es inzwischen dunkel geworden ist, sagt er: »Elly, willst du kein Licht machen? Strom ist da.« Den Strom muß man ausnutzen, wo sie so viele Abende im letzten Winter im Dunkeln gesessen haben, weil der Strom abgeschaltet war.

Elly holt sich etwas zum Stopfen, und Großvater setzt sich zu ihnen. »Erzähl was von früher«, bittet ihn Elisabeth. Und auch Elly nickt: »Ja, tu das, Vater. Ich höre dir auch gern zu.«

Großvater läßt sich nicht zweimal bitten. »Heute morgen bin ich ganz früh schon zur Marschnerstraße gegangen. Da lag auf der ganzen Stadt noch so ein leichter Nebel, und das hat mich an etwas erinnert. Ich habe doch früher«, fängt er an, »in der großen Salzsäurefabrik in Staßfurt gearbeitet. Ich war da der technische Leiter. Ja, und da habe ich einmal etwas wirklich Merkwürdiges beobachtet. Neben unserer Fabrik war gleich die Eisenbahn, und eines Tages hörte ich nun mitten in der Nacht – ich habe oft nachts gearbeitet – ein schrilles Pfeifen, das nur von einer Lokomotive kommen konnte. Ich ging sofort zum Fenster, und da sah ich, wie ein

Zug, der eben noch vorwärts gefahren war, erst zaghaft, dann immer schneller rückwärts fuhr. Es sah aus, als nehme er vor irgend etwas Reißaus. Ich konnte mir erst überhaupt nicht erklären, was los war. Doch dann sah ich es. Auf den Schienen stand eine dichte schneeweiße Nebelwolke, die sich langsam vorwärts bewegte. Nun war mir alles klar. Der Lokführer mußte es wohl gründlich mit der Angst bekommen haben, als da plötzlich mitten in der Nacht diese weiße Wand auf ihn zukam. Er war wie immer seine bekannte Strecke gefahren, dachte sich wahrscheinlich nichts Böses, und plötzlich war, wie von Geisterhand, alles in Nebel und Rauch eingehüllt.«

»Und wo kam der Nebel her, Großvater?« fragt Elisabeth.

»Ja, das habe ich mich damals auch gefragt. Ich hatte eine Vermutung, und die war auch genau richtig. Einige unserer Gasleitungen waren gebrochen, das Gas war ausgeströmt, und weil es geregnet hatte, hatte sich das Gas mit Wasserdampf vereinigt und lief als dichte Nebelwand über die Schienen.«

»Und warum sind eure Gasleitungen gebrochen?« fragt Elisabeth.

Großvater strahlt sie an. »Schön«, sagt er, »schön, daß sich meine jüngste Enkelin so dafür interessiert.«

»Dieter ist jünger«, sagt Elisabeth sofort.

Doch Großvater widerspricht: »Als Enkelin bist du die jüngste. Durch dich bin ich das letzte Mal Großvater geworden.« Das sieht Elisabeth ein. Doch jetzt will sie endlich wissen, warum die Leitungen gebrochen sind.

»Ja«, sagt Großvater und lacht verschmitzt, »das lag daran, daß es bei uns in Staßfurt mal wieder ein kleines Erdbeben gegeben hatte.«

»Ein Erdbeben?« Elisabeth sieht ihn ungläubig an.

»Na ja«, sagt Großvater, »vielleicht nicht ein richtiges Erdbeben, aber doch einen Erdrutsch. Einen ziemlich starken sogar.«

»Und warum ist die Erde gerutscht, Großvater?« Elisabeth versteht das alles nicht.

»Das ist so«, sagt Großvater. »In Staßfurt hatte man schon im vorigen Jahrhundert große unterirdische Kalisalzvorkommen entdeckt. Kalisalz kann man nicht essen, aber man hat herausgefunden, daß es ein hervorragender Dünger ist. Also hat man das Kalisalz abgebaut. So weit, so gut. Das Ganze hatte nur einen Haken. Wenn man das Salz abbaut, entstehen natürlich Hohlräume in der Erde, das ist klar, nicht?«

Elisabeth nickt.

»Und wenn nun so ein Kalibergwerk aufgegeben wird, weil es nicht mehr ergiebig ist, kann Wasser in diese Hohlräume laufen. Nun muß man aber wissen, daß Kalisalz aus ganz verschiedenen Bestandteilen besteht, aus verschiedenen Mineralien. Wenn nun das Kalisalz mit Wasser in Berührung kommt, macht jeder seiner Bestandteile etwas anderes. Ständig wird neues Salz gelöst, die Lösung kommt nie zur Ruhe …«

»Vater«, sagt Elly ein bißchen ungeduldig. Ihr dauern die Erklärungen zu lange. Sie hat Angst, daß sich Großvater vor lauter Begeisterung in der Chemie verliert.

»Ja, schon gut«, sagt Großvater. »Jedenfalls hatte

man die Hohlräume nicht abgestützt, und deshalb waren unter unseren Füßen ständig schlimmste Verheerungen im Gange. Die Wände und vor allem die Decken der alten Stollen brachen langsam ein, und oben senkte sich die Erdoberfläche. Es war wirklich so ähnlich wie ein ganz langsames Erdbeben.«

Elisabeth sitzt vor Großvater und hat ihren Kopf in beide Hände gestützt. Sie hat zwar nicht alles verstanden, was er erklärt hat, aber es ist doch spannend.

»Ja«, sagt Großvater, »durch immer neue Einbrüche ging langsam die ganze Fabrik zum Teufel. Die Gebäude fielen ein – überall in der Stadt war das so. Ja, wirklich. Das ist ein großes Problem über allen alten Kalibergwerken. Und bei uns in Staßfurt war früher das größte Kalilager in Deutschland.« Großvater sieht Elisabeth fast ein wenig stolz an. »Das allergrößte Problem aber waren die hohen Schornsteine. Die waren teilweise siebzig oder achtzig Meter hoch und wurden von Tag zu Tag schiefer. Wie der Turm von Pisa, nur viel schneller.«

»Kippten die denn nicht um?« Elisabeth guckt Großvater ganz besorgt an.

»Doch«, sagt Großvater. »Das war ja das Problem. Da kann ich dir noch eine Geschichte erzählen. Eines Tages ging ich an so einem Schornstein vorbei und hörte, wie zwei Arbeiter, die dort in der Nähe arbeiteten, laut schimpften: ›Was ist denn das? Irgend jemand wirft hier dauernd mit Steinchen. Wenn wir den Kerl erwischen!‹ Na, mir kam das spanisch vor. Ich besah mir die Sache aus der Nähe, und siehe da, es stimmte. Es fielen wirklich dauernd kleine Steinchen auf uns herunter. Nur hatte die niemand geworfen, sondern die fielen aus einem der Schornsteine. Ich rannte sofort zum kaufmännischen Direktor. Der hatte ein sehr starkes Fernrohr. Durch das sah ich es dann ganz genau. Ein neuer Erdrutsch hatte den Schornstein schief gestellt, und aus ungefähr zwanzig Meter Höhe wurden deshalb Steinchen aus dem Mauerwerk des Schornsteins herausgedrückt. Ich wußte, jetzt war höchste Eile geboten. Zuerst mußten alle Leute raus aus der Fabrik und dann alle Öfen gelöscht werden. Um fünf Uhr nachmittags waren ich und ein paar Helfer damit fertig. Dann haben wir in weitem Umkreis das Fabrikgelände abgesperrt, und um elf Uhr nachts kippte der riesige Schornstein um. Er fiel in drei Stücken und schlug alle Anlagen kaputt. Es war alles hin, aber es war kein Mensch verletzt oder gar getötet worden.«

Elisabeth steht auf und gibt Großvater einen Kuß. »Du hast sie gerettet«, sagt sie. »Kann ich auch so was werden«, fragt sie, »so ein technischer Leiter?«

»Aber ja«, sagt Großvater, »eine Leiterin wirst du dann. Aber ich muß dich warnen. Chemie stinkt, und die Gifte und Gase sind gefährlich. Was habe ich nicht schon alles eingeatmet: Chlorgas, die Dämpfe von Brom, Salzsäure, Schwefelsäure ... Ich kann das gar nicht alles aufzählen. Das habe ich nur mit Unmengen von Kaffee überstanden, und gut essen muß man auch. Doch wer weiß, ob das auf die Dauer etwas nützt.«

Elisabeth hat ganz vergessen, daß sie Gas eigentlich nicht mag, so begeistert ist sie von Großvaters Erzählung. »Kann ich denn mit dir zusammen so eine Leiterin sein?« fragt sie.

»Mich wird wohl niemand mehr wollen«, sagt Großvater und guckt wieder ganz traurig. »Aber ich könnte dich beraten«, fällt ihm dann ein. »Alter Chemiker berät junge Chemikerin. Wie wär das?«

Elisabeth ist begeistert.

»Was meinst du«, sagt Großvater zum Schluß, »sollen wir mit unserer Zusammenarbeit schon morgen beginnen? Ich muß in den Garten, weiter umgraben.«

»Au ja«, sagt Elisabeth, und Elly sagt: »Überanstreng dich nicht, Vater. Es hat keiner was davon, wenn du hinterher auf der Nase liegst.« Großvater antwortet nicht, doch er zwinkert Elisabeth zu, als er geht.

Am nächsten Tag ziehen sie ganz früh los. Beide haben einen kleinen Eimer in der Hand und eine Schaufel. Sie wollen auf dem Weg gleich Pferdeäpfel suchen, denn die brauchen sie als Dünger für den Garten.

Als sie die ersten sehen, legt Großvater die Hand über die Augen und ruft wie im Theater: »Da, siehst du in der Ferne wohl den Berg dort dampfen? Ist es vielleicht der Ätna, oder ist es der Vesuv?«

Elisabeth lacht sich halbtot, während sie hinläuft und die Äpfel schnell in den Eimer füllt, ehe ihr jemand zuvorkommt. Denn Pferdeäpfel sind sehr begehrt.

»Nein«, deklamiert Großvater weiter, »der Ätna ist es nicht, und auch nicht der Vesuv, ein Vorgang der Natur ist's – dem Tier- und Pflanzenreich zugleich entstammend.«

»Warum Pflanzen?« fragt Elisabeth kichernd. Doch dann fällt es ihr schon selbst ein. »Ach, weil das Pferd Pflanzen frißt, Heu und Hafer und so.«

»Ja«, sagt Großvater, »wenn das arme Tier heutzutage Hafer bekommt, heißt es. Doch was es frißt, das Tier, das ist uns gleich. Uns interessiert nur, was es sch...« Großvater spricht das letzte Wort nicht aus, und Elisabeth muß stehenbleiben, weil sie vor Lachen nicht weiterkann.

»Wer hätte das gedacht«, sagt Großvater dann, »daß es mit mir, der ich einmal die Verantwortung für Tausende von Tonnen Dünger hatte, noch einmal so weit kommen würde wie heute. Damals war ich nur ein kleiner wissenschaftlicher Hilfsarbeiter und beaufsichtigte und organisierte das Ein- und Ausladen von ganzen Güterzügen mit Stickstoffdünger. Und jetzt – du siehst, der Dünger läßt mich nicht los.« Großvater wird wieder pathetisch und beschreibt mit seinem Eimer einen großen Bogen durch die Luft. »Ich, ein ehemals durchaus geschätzter Wissenschaftler, dessen weißes Haar doch wohl auf ein wenig Weisheit und Ehre schließen läßt. Hab ich recht?« Elisabeth nickt und kichert immer noch. »Ich trage jetzt die Verantwortung für das Ein- und Ausladen dieses Eimerchens: Tempora mutantur et nos mutamur in illis.«

An lateinische Zitate ist Elisabeth schon gewöhnt bei Großvater, und er übersetzt es ihr auch gleich: »Die Zeiten ändern sich, und wir ändern uns mit ihnen.«

Als sie so vergnügt in der Marschnerstraße ankommen, verteilen sie die paar Pferdeäpfel, die sie gefunden haben, ganz sorgfältig und gerecht auf die Beete. Und Großvater sagt bei jeder Schaufel: »Mein lieber Garten, wohl bekomm's« und macht dazu eine kleine Verbeugung.

So viel gelacht wie heute haben sie noch nie. Und als sie mittags müde und froh wieder nach Hause kommen, bringen sie Elly einen Strauß herrlicher Frühlingsblumen aus Großvaters Garten mit.

An einem Sonntag kommt Elisabeth das erste Mal nicht zum Mittagessen nach Hause. Als sie am Nachmittag endlich auftaucht, empfängt Elly sie schon an der Tür: »Kind, wo warst du so lange? Mein Gott, wo kommst du her?«

Aber Elisabeth sagt nur: »Ich habe die Zeit vergessen.«

Elly beschwört sie und bittet: »Kind, versteh doch! Denk daran, was alles passieren kann! Ich muß doch wissen, wo du bist.«

Es nützt nichts. Elisabeth sagt kein Wort mehr. Es ist fast wie am Anfang, als Elisabeth neu zu ihnen gekommen war. Mehr als dieser eine Satz ist aus ihr nicht herauszubekommen. Nur spricht sie heute nicht mehr so leise, und es klingt auch ein bißchen trotzig, wenn sie einfach sagt: »Ich habe die Zeit vergessen, Tante Elly.«

Elly gibt seufzend auf und stellt ihr wie beim ersten Mal einen Teller Butterbrote hin. Dann sieht sie wortlos zu, wie Elisabeth ißt. Nach dem Essen lehnt sich Elisabeth zufrieden zurück. Ihre Augen strahlen, und ihr Gesicht ist ganz rot von Wind und Sonne.

Elly nimmt den leeren Teller und sagt, während sie in die Küche geht: »Der Ausflug scheint dir ja gut bekommen zu sein. Aber tu mir die Liebe, nimm das nächste Mal wieder den Hund mit. Dann bin ich etwas ruhiger. Ein bißchen kann er dich vielleicht doch beschützen, und zu zweit findet ihr auch den Weg besser zurück.«

»Ich verlaufe mich nicht, Tante Elly, bestimmt nicht«, beruhigt sie Elisabeth. Und, als Elly schon halb auf dem Flur ist, sagt sie noch: »Ich muß einfach ab und zu mal allein sein.«

Elly bleibt stehen, dreht sich um und sieht Elisabeth an, als hätte sie nicht richtig verstanden. »Magst du nicht mehr hier sein?« fragt sie erschrocken.

Elisabeth guckt sie erstaunt an, läuft dann zu ihr hin und umarmt Elly, so daß ihr fast der Abendbrotteller aus der Hand fällt. »Doch, Tante Elly, doch. Ich will hier sein«, beteuert sie. »Nur manchmal, manchmal muß ich eben allein sein.«

So ist Elisabeth in der letzten Zeit immer häufiger unterwegs. Zuerst läuft sie nur in der Neustadt herum, die Bautznerstraße entlang zum Albertplatz und von dort über den Neustädter Markt runter bis zur Elbe.

Auf dem Neustädter Markt steht mitten auf dem Platz ein leerer Sockel. Elisabeth weiß von Elly, daß auf dem Sockel August der Starke, der König von Sachsen, auf einem Pferd gesessen hat. Der ist aber nicht mehr da, und der Sockel ist auch ganz schön ramponiert. Zwei Fahnenstangen stehen wie Wachsoldaten noch neben dem Sockel. Drum herum sind meterhohe Schuttwälle aufgetürmt, von denen man abrutscht, wenn man versucht, sie hochzuklettern.

Unten am Elbufer sitzt Elisabeth oft stundenlang, einfach so, ohne etwas zu tun. An einer Stelle, an der man sie nicht so leicht sehen kann. Wenn Schlumpe bei ihr ist, legt die sich geduldig neben Elisabeth, den Kopf auf den Pfoten, und wartet. Wenn jemand kommt, hebt sie den Kopf und knurrt leise, und Elisabeth weiß Bescheid. Elly hat schon recht, Schlumpe kann Elisabeth ein bißchen beschützen.

Nach und nach wagt sich Elisabeth immer weiter weg und läuft auch über die Brücken auf die andere Seite der Elbe in die Altstadt. Meistens geht sie erst einmal zum Zwinger. Elly hat ihr erklärt, daß der Zwinger einmal ein Palast mit wunderschönen Toren, Pavillons und vielen Statuen und Steinfiguren gewesen ist. August der Starke hat ihn bauen lassen. In der Mitte war ein großer Platz für Feste und Theateraufführungen. Elly hat dort früher auch Theaterstücke gesehen. Jetzt ist der Zwinger ziemlich kaputt, aber er ist immer noch schön.

Obwohl rundherum alles abgesperrt ist, schafft Elisabeth es doch, in den Innenhof zu kommen. Sie kann gut klettern, und irgendwo gibt es immer einen Durchschlupf. Drinnen hat man schon angefangen aufzuräumen, und überall liegen sortierte Steinhaufen. Einige der Statuen und Putten, die einmal im Zwinger gestanden haben, sind heil geblieben. Von anderen sind wenigstens ein paar Teile übrig. Es ist alles sorgfältig in verschiedenen Ecken aufgestapelt. Vielleicht kann man die Teile wieder zusammensetzen. Elisabeth probiert es mit einem Arm. Sie will ihn einer Nymphe, die keinen mehr hat, anhalten und sehen, ob er paßt. Doch der Arm ist viel zu schwer. Sie bekommt ihn gar nicht vom Boden hoch. Und die Nase, die die Nymphe auch verloren hat, kann sie nicht finden.

Elisabeth klettert von Stein zu Stein, von Haufen zu

Haufen. Hier findet sie einen Kopf, dort noch einen Arm, woanders ein Stück von einer Zierkante. Ganz oben, über einem der Tore, sitzt Atlas, der die Weltkugel trägt. Er ist noch da. Nicht mehr ganz heil, aber immerhin. Elisabeth steht in der Mitte des Zwingers mit zurückgelegtem Kopf und sieht zu ihm hinauf, wie er sich vor dem blauen Himmel mit seiner Kugel abmüht. Sie steht dort, bis ihr der Nacken weh tut oder bis sie jemand erwischt. Denn es ist natürlich verboten, im Zwinger herumzuklettern. Deshalb ist er ja schließlich gesperrt.

Vom Zwinger aus läuft sie hinüber zur Frauenkirche, von der nur zwei gegenüberliegende hohe Wandreste stehengeblieben sind. Die riesige Kuppel ist eingestürzt und liegt jetzt als gewaltiger Schutthaufen zwischen den beiden Wänden. Vor der Kirche steht Martin Luther auf einem Sockel. Beim Angriff war er von seinem Sockel gefallen, aber er hatte nur einen halben Arm verloren und seine Bibel, und inzwischen hat man ihn wieder aufgestellt. Als Elisabeth das erste Mal dort war, hat Schlumpe den Martin Luther angebellt, weil sich hinter dem Sockel ein fremder Junge versteckt hatte, der Elisabeth erschrecken wollte.

Zwischen den beiden Hälften der Frauenkirche sieht man den Turm der alten Kunstakademie. Er sieht genau wie eine Zitronenpresse aus und wird deshalb auch so genannt. »Ausgerechnet dieses häßliche Ding mußte stehenbleiben«, hat Elly gesagt. Doch Elisabeth findet die Zitronenpresse sehr schön, vor allem weil obendrauf ein Engel mit ausgebreiteten Flügeln auf einem

Bein steht. Sie hat ein paarmal versucht, das nachzumachen: Ein Bein nach hinten, Arm nach vorn, und schon fliegt man los. Doch einmal stand da plötzlich ein Mann hinter ihr. Er hat gelacht und gesagt: »Verblüffende Ähnlichkeit.« Seitdem hat sie es nicht mehr probiert.

Elisabeth läuft zum Altmarkt. Dort sind immer noch die riesigen Löschteiche. Elly hat ihr erzählt, daß beim Angriff auf Dresden in diesen Löschteichen sehr viele Menschen ertrunken sind, weil sie sich aus Angst vor dem Feuer da hineingestürzt hatten. Und wegen der glatten Betonwände konnten sie dann nicht wieder herausklettern. »Die waren nicht dafür gebaut«, hat Elly gesagt, »daß sich Menschen darin retten.«

Das Germaniadenkmal in der Mitte vom Altmarkt steht auch noch, aber Elisabeth mag es nicht besonders. Die Germania steht so steif da mit ihrem Helm, der Fahne und dem Schild an der Seite. Einmal hat Elisabeth versucht, in eine ausgebrannte Telefonzelle hineinzukriechen, die in der Nähe des Germaniadenkmals steht. Dabei hat sie sich an den scharfen Kanten so tief geschnitten, daß Elly hinterher Angst hatte, daß Elisabeth einen Wundstarrkrampf bekommt, weil so viel Dreck in der Wunde war. Doch zum Glück ist der Schnitt problemlos geheilt.

Vom Altmarkt aus läuft Elisabeth bis zur Pragerstraße und dann die ganze lange Pragerstraße entlang bis zum Hauptbahnhof. Dies war früher eine der prächtigsten Straßen Dresdens mit schönen großen Häusern und vielen Geschäften. Jetzt steht fast kein Haus mehr. Nur noch Trümmer und Schutt. In der Mitte zwischen den Schuttbergen fährt eine Trümmerbahn. In der ganzen Stadt hat man Schienen gelegt, und kleine Lokomotiven ziehen Loren, auf die der Schutt geladen wird, der nicht mehr zu gebrauchen ist. Die Steine, die man noch benutzen kann, werden vorher aussortiert, sauber abgeklopft und am Straßenrand gelagert. Das machen Frauen. Überall arbeiten sie, und überall fahren die kleinen Züge. Dresden soll eines Tages wieder ohne Trümmer sein. Elisabeth springt kurz vor einer fahrenden Lok über die Schienen und wird dafür vom Lokführer furchtbar ausgeschimpft. Es ist gut, daß Schlumpe diesmal nicht dabei ist. Die wäre leicht unter die Räder gekommen, weil sie Elisabeth immer hinterherläuft, ohne nach links und rechts zu sehen.

Am Hauptbahnhof fahren richtige Züge, nicht nur Trümmerbahnen. Da steht Elisabeth und sieht zu, wie der Dampf zischend aus den Kesseln entweicht, die Ventile pfeifen und die Pleuelstangen langsam – vor und zurück – die Räder in Gang setzen. Lokführer zu sein, das stellt sie sich schön vor. Oder auch Straßenbahnführer. Sie hat schon viele Frauen gesehen, die Straßenbahnführerinnen sind. Elly hat ihr gesagt, daß sie natürlich auch Lokführerin werden kann, wenn sie das will. »Du kannst alles werden, was du willst«, hat sie gesagt.

Vor ein paar Tagen haben sie die Unterrichtszeiten in der Schule umgestellt, und Elisabeth geht nun am Vormittag in die Schule.

»So ein Blödsinn«, sagt Elly, »im Winter wäre das nötig gewesen, als das Kind immer im Dunkeln nach Hause gehen mußte. Jetzt, im Sommer, hätten sie's auch so lassen können.«

Doch Elisabeth findet es prima, denn jetzt hat sie den ganzen Nachmittag für sich und muß nicht immer aufpassen, daß sie pünktlich zur Schulzeit wieder zurück ist. Gleich nach der Schule läuft sie los. Doch sie geht nicht mehr in die Altstadt zu den Trümmern. Sie läuft jetzt von der Bachstraße aus genau in die entgegengesetzte Richtung: über den Alaunplatz zur Carola-Allee. Die überquert sie, und dann ist sie fast sofort im Grünen und am Prießnitzbach.

Dort am Ufer hat Elisabeth einen wunderschönen Platz entdeckt, wo sie ganz ungestört ist. Sie hat den Platz nur durch Zufall gefunden. Schlumpe war vor ihr hergelaufen und plötzlich irgendwo im Gestrüpp verschwunden. Als Elisabeth hinterherkroch, fand sie Schlumpe, wie sie mit Pfoten und Nase aufgeregt in der Erde grub, so daß von dem ganzen Hund nur noch der wedelnde Schwanz zu sehen war. Elisabeth mußte lachen, weil das so komisch aussah. Erst nach einer Weile hat sich Elisabeth umgesehen, um festzustellen, wo sie überhaupt gelandet war.

Die Büsche, durch die sie gekrochen war, stehen so dicht, daß man von außen nicht hineinsehen kann. Doch innen ist ein kleiner freier Platz. Gerade groß genug für Elisabeth und Schlumpe. In der Mitte kann Elisabeth sogar stehen.

»Hier bleiben wir«, hat Elisabeth zu Schlumpe gesagt und sich auf den Boden gesetzt. Die Sonne schien durch die Blätter, die sich leicht im Wind bewegten. Ab und zu knackte es, weil ein Vogel auf einem Ast wippte oder durch das Unterholz hüpfte. Sonst war alles still. »Hier bleiben wir, Schlumpe«, hat Elisabeth noch einmal wiederholt und sich auf den Rücken gelegt. Schlumpe schien einverstanden zu sein und rollte sich neben Elisabeth zusammen. So lagen sie. Elisabeth, die Arme hinter dem Kopf verschränkt, sah in den Blätterhimmel hinauf und träumte. Schlumpe schlief neben ihr. Und dann kam Elisabeth zu spät zum Abendbrot und erklärte wieder: »Ich habe die Zeit vergessen, Tante Elly.«

Von diesem Tag an geht sie nur noch in ihr Blätterzelt. Sie kriecht hinein, legt sich hin und träumt oder denkt nach und beobachtet die Sonnenflecken auf den Blättern. Manchmal läuft sie kurz an der Prießnitz entlang, doch meistens zieht sie sich bald wieder in ihr Zelt zurück. Dort ist es auch schön, wenn es einmal regnet, was in diesem Sommer selten passiert. Wenn die Tropfen auf das Blätterdach fallen, klingt das geheimnisvoll und beruhigend. Das Dach ist fast dicht, und so kann Elisabeth liegen bleiben, bis die Erde, die nach dem Regen wunderbar riecht, zu feucht wird.

In ihrem Zelt vergißt Elisabeth alles andere: die Nymphen im Zwinger, die keine Arme mehr haben und keine Nasen, auch Atlas, der die Weltkugel trägt, Martin Luther vor der Frauenkirche und den Engel auf der Zitronenpresse, den leeren Sockel von August dem Starken, die Löschteiche und die ausgebrannte Telefonzelle, die Trümmerbahnen und die Frauen, die dort arbeiten, den Bahnhof und sogar, daß sie Lokomotivführerin werden will. Und natürlich vergißt sie wie immer die Zeit.

Als sie deshalb wieder einmal viel zu spät zum Abendbrot kommt, platzt Elly endgültig der Kragen, und sie schimpft: »Jetzt ist Schluß damit! Du gehst entweder überhaupt nicht mehr weg oder bist ab jetzt pünktlich.«

Aber Elisabeth ist nicht beeindruckt. Sie stellt sich ganz gerade vor Elly auf und fragt empört: »Was soll ich denn machen, Tante Elly? Ich habe doch keine Uhr. Im Winter weiß ich, daß ich nach Hause muß, wenn es dunkel wird – aber jetzt, jetzt ist Sommer, Tante Elly.« Und damit hat sie eindeutig recht.

Zwei Tage später kommt Elisabeth schon mitten am Nachmittag wieder nach Hause. Sie rennt. Rennt die Straße entlang, die Treppen hoch, Schlumpe hechelnd hinterher. Schon auf der Treppe ruft sie: »Tante Elly! Tante Elly!«

Die stürzt herbei und ist erleichtert, als sie sieht, daß Elisabeth nichts passiert zu sein scheint. Immer noch ganz außer Atem sagt Elisabeth gar nichts, sondern streckt Elly nur ihre beiden Hände entgegen, die sie wie eine kleine Schale aneinandergelegt hat. Darin sitzt ein kleines Vogelkind. Es hat schon ein wenig Flaum, seine Augen sind zu, und es zittert. Elly und Elisabeth sehen beide stumm auf das kleine Häuflein in Elisabeths Händen.

»Es lag einfach da«, sagt Elisabeth schließlich. »Das andere war schon tot. Das Nest war runtergefallen, und ich – ich bin gleich hierhergerannt. Du sollst es retten.«

»Hoffen wir, daß es sich noch retten läßt«, sagt Elly. »Laß uns erst einmal ein Nest bauen für das Vögelchen.« Sie geht und holt ein paar Strümpfe und eine Schüssel. »Komm«, sagt sie dann, »setz es hier rein.«

Doch Elisabeth sieht angestrengt in ihre Hände und rührt sich nicht. »Ich glaube, es ist tot, Tante Elly.«

»Ja, Kind«, sagt Elly nach einem kurzen Blick auf das Vögelchen. »Es war noch zu klein und zu schwach. Aber sei nicht traurig. Es hat sich zum Schluß in deiner Hand bestimmt wohl gefühlt.« Und als Elisabeth nichts sagt, schlägt sie vor: »Komm, laß uns runtergehen und es begraben.«

Doch Elisabeth schüttelt den Kopf. »Ich begrab es zu Hause.«

»Wo?« fragt Elly.

»Da, wo ich es gefunden habe«, sagt Elisabeth. »Da ist doch auch noch das andere.«

»Soll ich mitkommen?« fragt Elly vorsichtig.

Elisabeth zögert. »Nein, lieber nicht.«

»Gut«, sagt Elly, »dann geh. Aber komm sofort danach wieder, und laß den Hund hier. Der würde das nicht verstehen und vielleicht anfangen zu graben.«

Elisabeth nickt und geht los. Diesmal ganz langsam.

Ein paar Tage später, als Elisabeth von ihrem Blätterzelt nach Hause kommt, findet sie die ganze Familie in heller Aufregung. Großvater ist da, und Elisabeth hört gerade noch, wie Elly zu Jutta sagt: »Du schläfst mit Christa in einem Bett, und du, Vater, schläfst hier, bis sich drüben alles gefunden hat.«

»Was ist denn los?« fragt Elisabeth. Keiner schimpft, weil sie so spät kommt. Dafür reden jetzt alle durcheinander, und Elisabeth hört etwas von einem Huhn und von Tante Erna und kein Platz drüben und deshalb muß Großvater hier schlafen und … Etwas verwirrt guckt sie vom einen zum anderen, bis sie schließlich einen halbwegs zusammenhängenden Bericht von Jutta bekommt.

»Also«, erklärt Jutta, »heute nachmittag stand plötzlich Tante Erna vor der Tür und hat allen eröffnet, daß sie jetzt eine Weile hierzubleiben gedenkt. Dabei treten die sich drüben doch sowieso schon auf die Füße. Mir soll es ja egal sein, aber mir ist schleierhaft, wo sie die da noch hinstecken wollen.«

»Aber sie muß doch irgendwo bleiben, Jutta«, sagt Großvater, »jetzt, wo Goldmann tot ist. Sie will eben wieder in Dresden wohnen.«

»Schon gut«, sagt Jutta. »Aber das Tollste weißt du noch nicht«, sie wendet sich wieder an Elisabeth. »Tante Erna hat ein Huhn mitgebracht.«

»Ein Huhn?« staunt Elisabeth.

»Jawohl!« sagt Jutta. »Ob du's nun glaubst oder nicht, Tante Erna ist mit einem Huhn hier angekommen. Sie hatte einen Pappkarton unter dem Arm, und in dem Karton das Huhn, und sie besteht darauf, daß es bei ihr bleibt – in der Wohnung!!!« Jutta spricht nur noch mit Ausrufungszeichen. »In der Küche! Sie hat es auf den Küchenschrank gestellt, und wehe, jemand wagt, was dagegen zu sagen!«

»Ein Huhn?« fragt Elisabeth noch einmal. »Ein richtiges Huhn? Auf dem Küchenschrank?« Sie ist restlos begeistert und schon halb an der Tür.

»Halt! Hiergeblieben!« Jutta hält sie fest. »Du läufst jetzt nicht rüber. Wir sind froh, daß wir unsere Ruhe haben vor dem Tierchen und vor Tante Erna. Wärst du heute nachmittag hier gewesen, hättest du sie alle beide sehen können. Jetzt mußt du bis morgen warten. Basta.«

»Das Huhn schläft sowieso schon«, fügt Onkel Paul begütigend hinzu. »Hühner gehen früh schlafen.« Also bleibt Elisabeth nichts weiter übrig, als dazubleiben.

»Du hättest das heute nachmittag erleben sollen«, Jutta ist immer noch in Fahrt. »Ein Getue um das liebe Puttchen – sie sagt ›Puttchen‹ zu dem Tier. Keiner durfte dem Vieh zu nahe treten, und mindestens hundertmal hat sie uns erzählt, daß das rührende Tier auf der Bahnfahrt – im Zug – ein Ei gelegt hat. Sie hat es vorgezeigt, das Ei – als sei es aus Gold – das liebe Puttchen, stellt euch vor, auf der Fahrt.« Jutta macht Tante Erna nach. »Ich sage euch«, sagt sie dann, »wenn das morgen so weitergeht, dann gute Nacht. Und wenn ich mir den Dreck vorstelle! In der Küche! Vielleicht braucht das rührende Puttchen ja auch ab und zu Auslauf und läuft dann im Wohnzimmer rum. Oder noch besser, wir nehmen es an die Leine und führen es aus – links Schlumpe, rechts das Puttchen.«

Elisabeth findet die Idee prima und will sich ausschütten vor Lachen. Auch Christa lacht laut mit. Onkel Paul schmunzelt. Elly lächelt, nur Großvater sieht ganz erschöpft vor sich hin und sagt gar nichts.

»Schluß jetzt, Jutta«, spricht Elly schließlich ein Machtwort. »Elisabeth braucht etwas zu essen und muß dann schleunigst ins Bett.«

Beim Essen in der Küche, halb im Stehen, weil es schnell gehen soll, ist Elisabeth mit Elly allein und kann sie fragen: »Wer ist überhaupt Tante Erna?«

»Ach Gott«, sagt Elly, »natürlich. Das weißt du ja gar nicht. Tante Erna ist meine Schwester, genau wie Tante Celeste. Sie hat in Dessau gelebt mit ihrem Mann. Goldmann Schlesinger hieß er. Er war Jude, und deshalb hatten sie es in den letzten Jahren sehr schwer. Du weißt doch, wegen der Nazis.«

»Wo ist ihr Mann denn jetzt?« fragt Elisabeth.

»Er lebt nicht mehr«, antwortet Elly.

»Haben ihn die Nazis umgebracht, Tante Elly?« Elisabeth sieht Elly ganz erschrocken an.

»Nein«, sagt Elly, »er ist erst nach dem Krieg gestorben. Er war krank. Tante Erna hat die ganze Zeit über zu ihm gestanden. Sie hat sich nicht scheiden lassen, obwohl ihr das viele geraten haben. Das hat ihn gerettet. Die Juden, die mit einer Nichtjüdin verheiratet waren, hat man etwas besser behandelt. Es war trotzdem schwer, aber Tante Erna kann kämpfen, wenn es sein muß, und sie läßt sich nichts gefallen. Man muß aufpassen, wenn man ihr in die Quere kommt.«

Den letzten Satz hat Jutta gehört, die gerade in die Küche kommt. »Weißt du noch, Mutti«, sagt sie, »die Sache mit dem Radio?« Elly nickt, und Jutta erzählt Elisabeth die Geschichte.

»Die Juden durften doch kein Radio haben, jedenfalls zum Schluß nicht. Aber Tante Erna hatte immer noch eins. Doch einmal, als sie nicht zu Hause war, ist jemand von der Polizei gekommen und hat das Radio abgeholt. Doch die kannten Tante Erna nicht. Als sie wiederkam, hat sie natürlich getobt. Dann ist sie los zur Polizei, wie eine Furie, und als sie rauskam aus der Polizeiwache, hatte sie ihr Radio wieder.« Jutta lacht.

»Die werden froh gewesen sein, daß sie sie wieder los waren«, auch Elly lacht mit.

»Ja, und ich wette mit euch«, sagt Jutta, »daß sie mit einem besseren Radio als vorher wieder nach Hause gekommen ist. Die haben sie wahrscheinlich gefragt, welches ihres ist, und dann hat sie auf das schönste gezeigt. Das kann ich euch garantieren.«

»Na, na«, Elly wiegelt ein bißchen ab. »So leicht war das alles auch wieder nicht, und im Grunde war es kein Spaß. Aber es stimmt schon, gegen Erna waren selbst die machtlos. Aber jetzt ist endgültig Schluß für heute. Elisabeth muß endlich schlafen.«

Das Huhn

Am nächsten Morgen will Elisabeth sich noch vor der Schule das Huhn ansehen. Aber als sie es gerade geschafft hat, an Elly vorbei auf den Flur zu huschen, kommt Tante Erna, um Großvater zum Frühstück zu holen.

»Na, wer bist du denn?« fragt Tante Erna und beugt sich runter zu Elisabeth.

»Die ist uns zugelaufen«, sagt Jutta, die in der Küchentür steht.

Elly, die das natürlich gehört hat, schenkt Jutta einen vernichtenden Blick. »Das ist Elisabeth, sie gehört jetzt zu uns«, sagt sie.

»Ich habe schon von dir gehört«, sagt Tante Erna und streicht Elisabeth übers Haar.

Elisabeth sagt gar nichts, weil sie unbedingt noch rüber zu dem Huhn will. Doch es hilft nichts, es ist inzwischen so spät, daß sie in die Schule muß. Sie muß rennen, um noch pünktlich zu kommen.

Nach der Schule läuft sie so schnell wie möglich nach Hause und dort sofort nach drüben, wo Dieter sie schon stolz empfängt. Und tatsächlich, es stimmt, was Jutta gesagt hat! Oben auf dem Küchenschrank sitzt wirklich ein Huhn. Es sitzt in einer Kiste, die Großvater inzwischen organisiert hat. Elisabeth steigt auf einen Stuhl und holt die Kiste runter. Sie kann sie gerade heben, und als sie beim Absteigen ein bißchen kippelt, flattert das Huhn aufgeregt mit den Flügeln. Viel bewegen kann es sich nicht in seiner kleinen Kiste, aber es dreht geschäftig den Kopf hin und her und beäugt Elisabeth. Es ist ein schwarzbraunes Huhn, und Großvater hat einen Ast durch die Kiste gesteckt, auf dem es sitzen kann. Sonst liegt nur eine Lage Sand auf dem Boden.

Als Dieter jetzt ein bißchen Brot in die Kiste krümelt – nur ein ganz kleines bißchen –, da fängt das Huhn gleich ganz eifrig an zu picken. Dabei stößt es dauernd mit Kopf und Hinterteil an die Kistenwände.

»Das arme Huhn!« sagt Elisabeth. »Die Kiste ist viel zu klein. Wir müssen es rauslassen.«

»Bloß nicht!« sagt Dieter und hebt entsetzt die Hände. »Wenn Tante Erna kommt! Sie hat gesagt, ich darf es auf keinen Fall rauslassen.«

Elisabeth überlegt. »Ich hab eine Idee«, sagt sie schließlich. Sie holt einen kleinen Teller, krümelt darauf etwas Brot und stellt den Teller vor die Kiste. Das Huhn äugt und blinzelt, äugt noch einmal, steckt dann den Kopf zwischen den Latten der Kiste hindurch, dreht und wendet ihn und pickt.

»Es geht!« freut sich Elisabeth. »Es geht! Guck mal, es stößt sich nicht mehr.« Auch Dieter ist begeistert und klatscht in die Hände.

In dem Moment klappt die Wohnungstür. Die Kiste muß sofort wieder auf den Schrank. Elisabeth balanciert noch auf dem Stuhl, als Tante Erna reinkommt. »Mein Gott«, sagt sie zu Dieter, »du bist doch nicht etwa schon wieder bei dem Huhn. Raus mit euch. Wie soll das Tier jemals wieder ein Ei legen, wenn ihr es nicht in Ruhe laßt?«

Drüben bei Elly sitzt Großvater. Seitdem Tante Erna da ist, rückt er so oft wie möglich aus seiner eigenen Wohnung aus, weil es ihm da zu ungemütlich ist. Alle beratschlagen ununterbrochen, was nun werden soll. Wie Tante Erna an eine Zuzugsgenehmigung kommt und wie sie eine eigene Wohnung kriegt. Tante Erna hat große Pläne. Sie will auch wieder arbeiten. Und dann ist da auch noch das Huhn. Grundsätzlich ist Großvater natürlich für das Huhn, sehr sogar. Aber in der eigenen Küche ist es doch etwas anderes.

»Soll ich dir eine Geschichte erzählen?« fragt er Elisabeth, als er sieht, wie enttäuscht sie ist, weil auch Elly sagt, daß sie die da drüben möglichst in Ruhe lassen soll.

Etwas zögernd nickt Elisabeth mit dem Kopf. Von Tante Ernas Huhn will sie sich nicht so leicht ablenken lassen.

»Sie handelt von einem Huhn«, sagt Großvater, »genauer gesagt von dem Huhn Rosamunde.« Er macht eine geheimnisvolle Pause, und Elisabeth sieht ihn nun doch gespannt an.

»Also«, fängt Großvater an, »hör gut zu und merk dir alles gut, denn jedes Wort ist wahr. Ich war ungefähr so alt wie du jetzt, und so oft wie möglich trieb ich mich im Zoologischen Garten rum. Hier in Dresden, du weißt schon.« Elisabeth nickt. »Die Wärter kannten mich schon, und ab und zu bekam ich etwas von ihnen geschenkt: eine Pfauenfeder, einen Stachel vom Stachelschwein« – Elisabeth erinnert sich noch genau an das Stachelschwein – »oder auch mal ein Entenei. Eines Tages sah ich nun im Straußengehege ein frisch von einer Straußenmutter gelegtes Ei. Ein Riesenei war das. So groß wie ein Fußball fast, nur eben in Eiform. Ein herrliches Ei. Ich mußte es haben. Koste es, was es wolle.« Elisabeth hat das Kinn in die Hand gestützt und hört jetzt völlig selbstvergessen zu.

»Na ja, ich hatte nur fünfzig Pfennig, und dafür würde mir der Wärter das Ei nicht geben, so viel war klar. Was sollte ich also tun?« Großvater macht eine Pause und sieht Elisabeth fragend an. »Ich hatte keine Wahl«, sagt er und zuckt bedauernd die Schultern. »In einem unbeobachteten Moment bin ich über den Zaun geklettert, rein in das Gehege, das Ei unter den Arm geklemmt und schwuppdiwupp wieder raus – und dann gelaufen, was das Zeug hielt. Der Wärter hatte mich bald entdeckt und lief hinter mir her. Ich rannte, was die Lunge hergab, doch er kam immer näher. Fast hätte er mich gehabt – doch da – der Ausgang! Gerade noch rechtzeitig. Am Ausgang war keine richtige Tür, sondern so ein Drehkreuz, weißt du.« Diesmal nickt Elisabeth nicht einmal, so gespannt ist sie.

»Also, ich da durch, Bindfaden aus der Tasche – so was muß man immer dabeihaben, merk dir das – und das Drehkreuz festgebunden. Da stand er nun, der Wärter, schimpfte und rüttelte an dem Kreuz, aber das rührte sich nicht, das hatte ich gut festgebunden. Und so konnte ich ganz gemütlich mit meinem Ei nach Hause spazieren.«

Elisabeth lacht und stellt sich Großvater vor, wie er mit einem Riesenei unter dem Arm durch Dresden spaziert. »Da haben die Leute ganz schön geguckt, oder?« sagt sie.

»Wie?« fragt Großvater. »Ach so, ja, natürlich. Aber ich habe so getan, als sei es das Normalste von der Welt, mit so einem Ei durch die Gegend zu laufen, und deshalb hat mich keiner angehalten. Das mußt du dir merken: Wenn irgend etwas ungewöhnlich ist oder komisch, tu immer so, als sei das ganz natürlich, dann sagt kein Mensch was. Dann halten die anderen das auch für natürlich, glaub mir.«

»Großvater«, erinnert ihn Elisabeth, »erzähl weiter. Was hast du mit dem Ei gemacht?«

»Ja«, sagt Großvater, »zu Hause hatte ich freie Bahn. Es waren Ferien, und meine Eltern waren ohne mich weggefahren. Als erstes mußte eine heiße Sandwanne konstruiert werden: doppelter Boden, oben Sand rein, und unten ließ ich heißes Wasser durchlaufen. In den Sand kam das Ei, und dann habe ich die Oberfläche wieder schön geglättet. Nun mußte eine Glucke her. Zum Glück hatten meine Nachbarn eine. Die hatten sie mir schon oft geliehen für meine Enten- oder Puteneier oder was ich sonst an Eiern schon früher mal aus dem Zoo mitgebracht hatte. Sie gaben mir die Glucke – sie hieß Rosamunde – gegen mein heiliges Versprechen, das Tier gut zu behüten und unversehrt zurückzubringen.

Stundenlang saß ich nun vor der Wanne und sah dem brütenden Tier ins Auge. Tagelang passierte gar nichts. Das Ganze wurde schon ein wenig langweilig. Doch eines Tages sah ich plötzlich unverkennbar jähes Entsetzen in den Augen von Rosamunde. Unter ihr hatte ein gewalttätiges Pochen begonnen. Die Glucke sprang von ihrem Sitz und sah voller Schrecken, wie aus dem immer größer werdenden Loch in dem Ei unter ihr erst ein Hals emportauchte, der überhaupt nicht wieder aufzuhören schien. Dann kamen ein winzig kleiner Körper und schließlich zwei Beine zum Vorschein. Zuerst waren sie noch zusammengefaltet, doch dann erhob sich das Tier, das eben aus dem Ei geschlüpft war, und da wurden die Beine lang und länger. Die Glucke erstarrte. Sie hatte ja schon so manche mütterliche Enttäuschung hinnehmen müssen, weil ich ihr schon oft fremde Eier untergeschoben hatte. An kleine Gänse, Enten, Puten war sie gewöhnt. Aber ein solches Urvieh hatte sie noch nicht gesehen. Sie hatte deshalb nur noch einen Gedanken: Flucht. Halb irrsinnig vor Angst rannte sie los. Das langbeinige Ungetüm hinter ihr her. Es war sechsmal so groß wie sein treusorgendes Mütterchen. Und im Laufen rief es immer wieder: ›Aber liebes Mütterchen, ich bin's doch, dein lieber Sohn Jonathan.‹ Doch daß dieses Ungeheuer ihr Sohn sein sollte, war ja gerade das, was Rosamunde so entsetzte. Sie bemerkte, daß die Wintergartentür nur angelehnt war. Ihr Entschluß stand fest. Sie lief hinaus und stürzte sich in den leeren Karpfenteich. Lieber sterben als mit so einem Sohn geschlagen sein, das muß sie wohl gedacht haben. Mir tat es leid um die gute Rosamunde, und ich trauerte aufrichtig um sie. Ja, ja, auch Mutterschaft kann manches Mal ein Schrekken sein. Doch sie hätte abwarten sollen, vielleicht wäre ihr Jonathan ja doch noch ein guter Sohn geworden.

Wie dem auch sei, ich fing den Strauß ein und sperrte ihn in den Geräteschuppen. Dann mußte ich Rosamundes Besitzern alles beichten. Sie überschütteten mich mit den bittersten Vorwürfen, und ich mußte ihnen als Ersatz für Rosamunde den Strauß geben.«

»Oh, wie schade.« Elisabeth ist sichtlich enttäuscht.

»Ja«, sagt Großvater, »ich war auch erst ganz traurig. Doch letztendlich war es nur gut, daß ich den Strauß los war. Die Nachbarn hatten große Ausgaben durch das Vieh. Sie mußten ein riesiges Gehege bauen und verbrauchten allein dafür 56,5 Quadratmeter engmaschigen Maschendraht. Dann wollten die beiden kleinen Kinder unbedingt einen Kinderdogcart für den Strauß.«

»Was ist das, ein Kinderdogcart?« fragt Elisabeth.

»Ein Dogcart ist ein ganz leichter zweirädriger Wagen. Ja, und vor so einen Wagen, einen ganz kleinen, eben für Kinder, haben die Nachbarskinder meinen Jonathan gespannt und sind mit ihm spazierengefahren. Man konnte sie noch lange Zeit später damit auf den Reitwegen im Großen Garten fahren sehen.«

»Und das ist alles wirklich wahr?« Elisabeth ist etwas unsicher.

»Aber ja doch«, sagt Großvater. »Kind, ich schwöre es, jedes Wort.« Doch bei Großvater weiß man nie, ob man ihm trauen kann. Er hat zum Schluß so verräterisch gezwinkert. Aber gefallen hat Elisabeth die Geschichte trotzdem, obwohl, wenn sie an die arme Rosamunde denkt ... Auf jeden Fall wird sie das Huhn drüben jetzt auch Rosamunde nennen und nicht mehr Puttchen wie Tante Erna.

Tante Ernas Huhn hat seit dem Ei in der Eisenbahn noch nicht wieder gelegt. Jeden Tag kontrolliert Tante Erna sorgfältig seine Kiste. Doch da ist nichts. Jutta mutmaßt schadenfroh, daß das liebe Tierchen sich wahrscheinlich durch das eine Ei auf der Bahnfahrt schon vollständig verausgabt habe. Mehr als dieses Wunderei könne man wohl kaum erwarten.

Doch Tante Erna glaubt unerschütterlich weiter fest an ihr Huhn. »Ihr werdet schon sehen«, sagt sie, »mein Puttchen wird wieder ein Ei legen. Es muß sich nur erst eingewöhnen. Ihr werdet es schon erleben.«

»Das einzige, was dieses Huhn produziert, ist Scheiße«, sagt Jutta, »und die stinkt.«

Doch Jutta bekommt Unrecht. Eines Tages verkündet das Huhn mit aufgeregtem Gegacker die Wiederholung des glücklichen Ereignisses. Tante Erna ist zu Hause und versteckt das Ei, das noch ganz warm ist, im Küchenschrank.

Elisabeth findet das Ei sofort. Sie nimmt es vorsichtig in die Hand und verschwindet ganz leise wieder aus der Küche. Drüben wickelt sie das Ei in einen Pullover, steckt das Ganze unter ihre Bluse und geht los. Sie will in ihr Blätterzelt. Dort baut sie aus Ästen, Blättern und Gras ein Nest und legt das Ei hinein, den Pullover breitet sie darüber. Die Sonne scheint, und Elisabeth biegt die Äste an einer Stelle ein wenig auseinander, damit möglichst viel Sonne auf das Nest fällt. Sie hat Großvater gefragt. Im Notfall kann man ein Ei auch ohne Glukke ausbrüten. Es muß nur warm genug sein.

Elisabeth legt sich neben das Nest auf den Boden und

träumt davon, wie schön es sein wird, ein eigenes Küken zu haben. Wenn es ein Hahn wird, will sie ihn Jonathan nennen, auch wenn es natürlich kein Strauß sein wird – aber immerhin.

Am Abend packt sie das Ei vorsichtig wieder ein. Sie will es zu Hause mit ins Bett nehmen, denn hier draußen ist es nachts sicher zu kalt. Sie wird es in eine Schachtel tun, damit sie es im Schlaf nicht zerdrückt. Sie schafft es tatsächlich, das Ei unbemerkt in ihr Bett zu schmuggeln und am nächsten Morgen auch wieder raus. Sie muß es mit in die Schule nehmen, weil es sonst Elly oder jemand anderes finden könnte.

Inzwischen hat Tante Erna den Verlust entdeckt. Der Reihe nach bezichtigt sie alle des Eierdiebstahls. Niemand weiß etwas. Und obwohl natürlich auch Großvater beteuert und schwört, ja sogar eidesstattlich versichert, daß er es nicht gewesen sei, bleibt der Verdacht an ihm hängen. »So gierig, daß er sogar schon rohe Eier schlürft«, ist Tante Ernas vernichtendes Urteil.

Elisabeth tut es leid, daß Großvater ungerecht verdächtigt wird, doch sie kann ihm nicht helfen. Noch nicht einmal ihn hat sie ins Vertrauen gezogen. Das Küken soll ihr Geheimnis bleiben, bis sie ihn eines Tages damit überraschen kann. Daß alle glauben, Großvater habe das Ei gegessen, hat außerdem den Vorteil, daß nun niemand mehr nach dem Ei sucht. Denn gegessen ist gegessen, da kann man nichts mehr machen. Und so kann Elisabeth ungestört ihre Brutversuche fortsetzen.

Drei Tage lang macht sie alles wie beim ersten Mal. Doch es passiert nichts. Das Ei liegt völlig unverändert im Nest. Und so oft Elisabeth auch daran horcht oder es vorsichtig schüttelt, es rührt sich nichts darin. Langsam zweifelt sie daran, daß es wirklich ohne Huhn geht. Deshalb faßt sie einen Entschluß.

Zum Glück ist am nächsten Nachmittag drüben bei Großvater niemand da. Elisabeth geht in die Küche, holt die Kiste mit dem Huhn vom Küchenschrank, macht den Deckel auf und klemmt sich Rosamunde unter den Arm. Die gluckst ein paarmal vor Verwunderung, ist aber sonst ganz ruhig. Vorsichtig guckt Elisabeth erst nach links und dann nach rechts, ehe sie sich auf den Flur wagt. Es kommt niemand, und so rennt sie so schnell wie möglich die Treppe runter, raus auf die Straße, die Straße entlang, um die Ecke und noch einmal um die Ecke. Erst dann hält sie an. Sie streichelt das Huhn über den Kopf und sagt ihm, daß ihm nichts passiert und daß es keine Angst haben soll. Dann bindet sie ihm vorsichtshalber ein Stück Schnur um das eine Bein, damit es ihr nicht aus dem Arm flattert. Doch das Huhn hält ganz still, und sie kommen ganz einfach bis zur Prießnitz und ins Blätterzelt.

Dort setzt Elisabeth das Huhn ab und behält nur noch die Schnur in der Hand. Das Huhn schüttelt sich, hüpft verwundert ein paar Schritte hin und her und fängt dann eifrig an zu scharren und zu picken. Elisabeth bindet das andere Ende der Schnur an einem Ast fest und bringt das Nest in Ordnung. Sie läßt das Huhn erst noch eine Weile picken, doch dann nimmt sie es entschlossen hoch und setzt es auf das Nest.

Aber das Huhn denkt gar nicht daran, ruhig sitzen zu

bleiben. Elisabeth versucht es immer wieder, doch es flattert jedesmal weg. Elisabeth fängt es wieder ein, drückt es runter, hält es fest. Das Huhn will nicht. Verzweifelt schreit sie es schließlich an: »Du dummes Vieh, du sollst sitzen bleiben und brüten! Hörst du nicht! Brüten sollst du. Das ist doch schließlich dein Ei.«

Da hört sie hinter sich ein Knacken. Und als sie sich umdreht, entdeckt sie Dieter, der der Länge lang auf dem Bauch liegt und unter den Zweigen durchguckt. Auch das noch! Elisabeth setzt sich erschöpft und den Tränen nah auf den Boden. Das Huhn hüpft befreit unter den Busch, an dem sie es festgebunden hat.

»Was machst du denn hier?« fährt sie Dieter an. »Wie kommst du hierher?«

Dieter ist inzwischen ganz durchgekrochen. Er sitzt jetzt neben ihr und sieht sich mit staunenden Augen um. Auf ihre Frage sagt er nur: »Ich bin dir nachgegangen.«

Wütend und enttäuscht, weil Elisabeth sich immer geweigert hatte, ihn auf ihren Streifzügen mitzunehmen, hat er heute die günstige Gelegenheit ergriffen. Elisabeth war so mit dem Huhn beschäftigt, daß sie auf nichts anderes achten konnte, und da ist er ihr nachgeschlichen. Geschickt hat er sich herangepirscht, als Elisabeth im Gebüsch verschwunden war. Dort hatte er dann schon eine ganze Weile gelegen, bis sie ihn entdeckt hat.

Nun bewundert er das Zelt und Elisabeths Schätze. Im Laufe der Zeit hat sich eine ganze Menge angesammelt. Da liegen wunderschöne Steine, ganz flache oder welche mit Loch, dann andere, die glitzern, und einer, der in der Mitte geteilt ist. Seine obere Hälfte ist schwarz, die untere weiß. Außerdem hat Elisabeth kleine Holzstücke, Wurzeln und Äste gesammelt. Einer davon sieht aus wie ein Mond mit einem Bart, ein anderer fast wie ein Boot. Dann liegen da mindestens zehn Schneckenhäuser, und getrocknete Pflanzen gibt es auch. Dieter entdeckt auch noch einen kleinen Topf, der allerdings ein Loch hat, eine Tasse, bei der am Rand ein kleines Dreieck rausgebrochen ist, und ein Stück Spiegelscherbe.

»Alles gefunden?« fragt er.

Elisabeth nickt. »Der Topf, die Tasse und der Spiegel sind aus den Trümmern«, sagt sie. »Die hatte ich schon lange. Die anderen Sachen sind vom Fluß.«

Ganz vorsichtig nimmt Dieter Stück für Stück in die Hand, und Elisabeth läßt ihn sogar den Spiegel anfassen, mit dem sie immer die Sonnenflecken einfängt und von Blatt zu Blatt wandern läßt.

»Warum hast du das Huhn so ausgeschimpft?« fragt Dieter schließlich.

Elisabeth zuckt mit den Schultern. »Nur so«, sagt sie. Aber dann erzählt sie ihm doch von dem Ei und dem Küken.

»Dann hat Großvater das Ei ja gar nicht gegessen«, sagt Dieter sofort und sieht Elisabeth groß an.

»Nein«, gibt Elisabeth ein bißchen kleinlaut zu. »Aber wehe, du verrätst was von dem Zelt oder von dem Ei oder von Rosamunde.«

»Wer ist Rosamunde?« fragt Dieter. Er weiß ja nichts von dem neuen Namen.

»Das Huhn«, sagt Elisabeth. »Es heißt jetzt so. Du mußt mir versprechen, daß du nichts verrätst.«

»Ich verrate bestimmt nichts, Elisabeth«, versichert Dieter und legt sogar eine Hand aufs Herz.

Doch Elisabeth weiß, daß sie ihr Zelt ab jetzt nie wieder wirklich für sich allein haben wird. Und da fragt Dieter auch schon: »Nimmst du mich denn dafür jetzt manchmal mit, Elisabeht?«

Elisabeth seufzt. Aber weil sie jetzt sowieso nicht mehr nein sagen kann, sagt sie: »Vielleicht, aber nicht immer.« Dann sitzen sie eine Weile schweigend nebeneinander.

»Der Fluß hier«, sagt Dieter plötzlich, »ist allerdings ziemlich mickrig. Wirklich Elisabeth, gegen die Elbe ist er ganz schön mickrig.«

»Überhaupt nicht wahr«, verteidigt Elisabeth die Prießnitz. »Die Prießnitz ist überhaupt nicht mickrig. Weißt du nicht, daß die Prießnitz so stark ist, daß sie die Elbe zur Seite drücken kann? Jedenfalls früher konnte sie das. Deshalb macht die Elbe so einen großen Bogen durch Dresden. Nur weil die Prießnitz in sie hineingeflossen ist und so gedrückt hat. Das kommt von ihrer starken Strömung, hat unsere Lehrerin gesagt.«

Wenn Elisabeth so redet, weiß Dieter nie, was er sagen soll. Doch diesmal ärgert er sich nicht. Er sitzt hier mit Elisabeth im Blätterzelt. Er weiß endlich, wo sie immer hingeht, und nie wieder wird sie ihn einfach wegschicken können. Das ist die Hauptsache.

Sie sitzen dann noch ziemlich lange nebeneinander, ohne viel zu reden. Auch das Huhn lassen sie in Ruhe.

Schließlich müssen sie aber doch los. Das Huhn hat sich mit seiner Schnur in den Ästen verheddert, und sie müssen es erst befreien. Dann nimmt Dieter das Ei und Elisabeth das Huhn, und sie gehen einträchtig zusammen nach Hause.

Dort stehen schon alle auf dem Balkon und erwarten sie. Tante Erna rennt runter und entreißt Elisabeth noch auf der Straße das Huhn. »Mein armes Puttchen, was haben sie bloß mit dir gemacht?« jammert sie und trägt es wie einen kostbaren Schatz nach oben.

Tante Celeste nimmt Dieter an die Hand, ohne Elisabeth eines Blickes zu würdigen. »Siehst du«, schimpft sie zu Elly hin, »ich wußte ja gleich, daß nur deine Elisabeth dahinterstecken konnte. Ständig treibt sie sich in der Gegend rum, und nun hat sie auch noch meinen Jungen damit angesteckt. Und du unterstützt das auch noch. Wirklich, Elly, ich verstehe dich nicht.« Dann zieht sie Dieter hinter sich her in ihre Wohnung.

Elly sagt zu Elisabeth nur: »Komm rein und erzähl!« Und Elisabeth erzählt von Großvaters Straußengeschichte und wie dann Tante Ernas Huhn endlich ein Ei gelegt hat und sie auch so gern ein Küken haben wollte. Wie sie versucht hat, es nur mit Wärme auszubrüten, wie sie dann das Huhn geholt hat, das aber nicht brüten wollte, und wie sich dann auch noch Dieter angeschlichen hat.

»Aber Kind«, sagt Elly und nimmt sie in die Arme, weil sie sieht, wie traurig Elisabeth ist, »aber Kind.« Und dann erklärt sie ihr, daß aus diesem Ei niemals ein Küken werden kann, auch wenn es noch so lange und noch so gut bebrütet wird, weil das Ei nicht befruchtet ist. Es fällt Elly schwer, die richtigen Worte zu finden, aber Elisabeth versteht sie doch endlich. Sie wußte eigentlich schon, daß man zum Kinderkriegen immer Mann und Frau braucht, sie hatte nur nicht gedacht, daß das bei Hühnern genauso ist.

»Was soll ich nun mit dem Ei machen?« fragt sie und bemüht sich, ihre Enttäuschung zu verbergen.

»Gib es Tante Erna wieder«, sagt Elly. »Wahrscheinlich kann man es ja sogar noch essen, es ist ja nur ein paar Tage alt. Zum Kochen oder Backen kann man es in jedem Fall noch nehmen. Und dann wird Großvater auch von dem falschen Verdacht reingewaschen. Den hättest du eigentlich nicht auf ihm sitzenlassen dürfen.« Elisabeth nickt. Sie weiß das.

Zu ihrer großen Erleichterung ist der Großvater nicht böse auf Elisabeth. Er weiß, daß sie erst durch seine Straußeneigeschichte auf die Idee mit dem Küken gekommen ist. Außerdem ist Tante Erna jetzt viel freundlicher zu ihm, weil sie wegen des falschen Verdachtes ein schlechtes Gewissen hat. Doch das hält nicht lange vor. Denn kurz danach passiert die Geschichte mit dem Eierlegpulver. Und die geht nun wirklich auf Großvaters Konto.

Tante Erna hatte – Gott weiß, wo – Eierlegpulver für das Huhn aufgetrieben. Das hatte sie in einem kleinen Schälchen angerührt und dann auf dem Küchentisch stehenlassen. Als nun Großvater in die Küche kommt, sieht er da diesen gelben Brei stehen, und, ohne viel zu überlegen, nimmt er den Löffel und ißt. Es schmeckt zwar nicht gerade wie Pudding, obwohl es so aussieht, aber wenn man Hunger hat …

Großvater steht noch in der Küche, als Tante Erna kommt. Mit einem Blick sieht sie, was geschehen ist, und schreit los: »Vater, das Eierlegpulver!«, und dann bitterböse und todernst: »Jetzt legst du aber auch die Eier.«

Großvater steht da wie ein begossener Pudel, und Tante Erna knallt die Tür zu, als sie die Küche verläßt.

Als Tante Erna, noch immer böse, die Geschichte den anderen erzählt, schütten sich alle aus vor Lachen über Tante Ernas Ansinnen an Großvater. Sogar Tante Erna muß mitlachen und Großvater auch.

»Aber als Erna in die Küche kam«, gesteht Großvater später Elisabeth, »hab ich mich nur geschämt, weil ich immer so viel Hunger habe und mich dann nicht beherrschen kann.«

Das Eierlegen bleibt Großvater dann aber doch erspart. Denn Tante Erna zieht aus. Kein Mensch weiß, wie sie das gemacht hat, aber sie hat eine Wohnung gefunden, und das Huhn nimmt sie mit.

»Wenn sie klug ist, schlachtet sie es endlich«, sagt Jutta. »Dann hätte sie wenigstens was davon.«

Elisabeth hofft inständig, daß Tante Erna das nicht tun wird. Und sie ist bitter enttäuscht von Dieter, weil er gesagt hat, daß er auch froh ist, daß das Huhn nicht mehr bei ihnen in der Küche rumsteht und gackert und pickt und kackt. Er mußte nämlich immer die Kiste saubermachen.

Aufenthalt unbekannt

Es ist ein friedlicher und ruhiger Sommertag, als es plötzlich morgens um zehn Uhr klingelt. Es sind Ferien, und Elisabeth ist zu Hause. Sie macht die Tür auf. Draußen stehen zwei junge Männer und sagen, daß sie zu Paul Winter wollen. Elisabeth holt Elly, und auch Jutta kommt mit zur Tür.

»Paul Winter?« sagen die beiden noch einmal. »Wo ist er?« Der Mann spricht deutlich, aber mit einem starken Akzent.

»Im Dienst«, antwortet Elly verwundert. »Wo sonst?«

»Wo arbeitet er?« Elly sagt es ihnen, und die beiden verabschieden sich und gehen. Elly bleibt im Flur stehen. »Komisch«, sagt sie, »was die wohl wollten?« Doch dann gibt sie sich einen Ruck und geht wieder in die Küche, wo sie Erdbeeren einkocht. Sie hat ganz überraschend welche geschenkt bekommen und freut sich, daß sie so für ihre Silberhochzeit im nächsten Monat einen Erdbeerkuchen haben wird.

Ungefähr eine Stunde später sind die beiden Männer wieder da. Sie haben Paul mitgebracht. »Pack mir ein paar Sachen ein, Elly«, sagt er, »und hab keine Angst. Ich soll nur zum Verhör.«

Elly sieht ihn an, fragt nichts und geht, um ein bißchen Wäsche und ein frisches Hemd zusammenzupakken. Die beiden Männer warten auf dem Korridor.

»Wohin bringen Sie ihn?« fragt Jutta.

»Zum Verhör«, sagt der eine – es spricht immer nur der eine –, »in die Zittauerstraße.«

Elly ist schnell fertig. Paul braucht ja nicht viel. Er wird ja nicht lange weg sein. Dann gehen die drei.

»Bis bald, Paul«, sagt Elly. Dann steht sie da, und die Tür ist zu. Elly starrt auf die Tür. Angst kriecht in ihr hoch. Es werden so viele in der letzten Zeit abgeholt. Sie schüttelt ihre Angst ab. Viele kommen auch nach ein paar Stunden oder höchstens ein paar Tagen zurück.

»Komm«, sagt sie zu Elisabeth, »das muß ein Irrtum sein. Diesem Mann können sie wirklich nichts vorwerfen. Das werden die bald rauskriegen. Wahrscheinlich wollen sie wirklich nur etwas von ihm wissen. Vielleicht über irgendeinen anderen, den er kennt. Heute abend – nein, was sage ich – heute nachmittag schon wird er wieder dasein. Ganz bestimmt. Laß uns die restlichen Erdbeeren einkochen.« Sie arbeiten weiter, aber Elisabeth kommt es vor, als sähen die Erdbeeren nicht mehr ganz so wunderbar rot aus wie vorher.

Paul kommt nicht am Nachmittag. Auch am Abend ist er noch nicht wieder da. Sie haben schweigend gegessen, und schweigend gehen sie ins Bett. Er klingelt auch nicht am frühen Morgen.

»Laß mich das machen, Mutti«, sagt Jutta. »Ich geh los und erkundige mich. Ich werde schon was rauskriegen.«

Wider Erwarten nickt Elly nur. Sie gibt Jutta noch nicht einmal Anweisungen, wo sie überall nachfragen und zu wem sie gehen soll. »Das muß ein Irrtum sein«, ist das einzige, was sie immer wieder sagt.

»Laß mich nur machen, Mutti«, sagt Jutta und ist schon halb aus der Tür, als sie Elisabeth im Flur stehen sieht. Sie hat eine Idee. »Du kommst mit«, sagt sie, »dich nehme ich mit. Das kann nützlich sein. Sollen doch alle sehen, daß Paul Winter fremde elternlose Kinder aufnimmt, obwohl er selbst nichts hat.« Elly widerspricht nicht, und Elisabeth wäre sowieso hinterhergelaufen, wenn Jutta sie nicht von allein mitgenommen hätte.

»Wir gehen in die Zittauerstraße«, sagt Jutta.

Es ist gar nicht weit bis dorthin. Zweimal laufen sie die Straße auf und ab, beide Seiten, und finden nichts. Sie sehen auf jedes Klingelschild, in jeden Hausflur, fragen jeden, den sie treffen. In der Zittauerstraße gibt es keine Polizeiwache, keine Behörde, nichts, was auch nur so aussähe. Hier wohnen nur Menschen, die noch nie etwas davon gehört haben, daß in ihrer Straße Verhöre stattfinden sollen.

Schließlich gibt Jutta auf, sagt »Komm!« zu Elisabeth und läuft in einem Tempo los, daß Elisabeth kaum hinterherrennen kann. Jutta will zu Pauls Dienststelle. Die ist im ehemaligen Schauspielhaus. Doch seine Kollegen dort wissen auch nichts, nur daß er gestern gegen halb elf gegangen ist.

Jetzt gibt es nur noch eine Möglichkeit. Sie müssen zu Elsa Fenske. Elsa Fenske ist Stadträtin für Sozialwesen und Pauls oberste Vorgesetzte. »Sie muß uns helfen«, sagt Jutta, »sie kennt ihn, sie hat ihn eingestellt. Die hätten ihn doch gar nicht eingestellt, wenn da irgendwas gewesen wäre.«

Jutta erklärt nicht, was sie meint, aber Elisabeth weiß auch so Bescheid: Die alten Nazis werden abgeholt und eingesperrt. Doch Onkel Paul, da ist sie sich ganz sicher, war kein Nazi. Sie will Jutta danach fragen, aber die läuft schon wieder weiter. Jutta hat inzwischen längst vergessen, weshalb sie Elisabeth eigentlich mitgenommen hat. Im Moment sieht es so aus, als sei sie einfach froh, daß sie zu jemandem dauernd »Komm!« sagen kann und daß jemand bei ihr ist.

Elsa Fenske ist da und hat sofort Zeit für Jutta. Jutta erzählt, was geschehen ist.

»Ich weiß von gar nichts«, sagt Elsa Fenske. Dann stellt sie Fragen: »Trugen die Männer Uniform?«

»Nein«, sagt Jutta, »Mantel und Anzug. Sie waren in Zivil, und sie waren ziemlich jung.«

»Sie sagen, daß sie einen Akzent hatten«, sagt Frau Fenske. »Was für einen? Wissen Sie das?«

»Russisch«, sagt Jutta, »vielleicht auch polnisch. So genau kann ich das nicht sagen. Mein Vater war doch im Krieg in Polen. Zur Gefangenenbewachung. Ja, vielleicht waren es Polen.«

Elsa Fenske sagt darauf gar nichts und dann: »Wie konnten Sie ihn nur mitgehen lassen? Warum haben Sie uns bloß nicht vorher Bescheid gesagt?«

Jetzt setzt sich Jutta doch auf den Stuhl, den ihr Elsa Fenske schon am Anfang angeboten hatte, und sagt ganz leise: »Wer konnte denn ahnen ... Wir dachten doch ... Er hat sich doch nichts vorzuwerfen. Wir dachten, er käme sofort wieder.« Und dann sitzt sie eine Weile ganz zusammengesunken da, bis es plötzlich aus ihr herausbricht: »Er hat doch alles getan für seine gefangenen Polen. Wenn er zu Hause war, hat er immer alles mögliche mitgenommen, zu den Polen ins Lager. Seine eigenen Socken, er selbst hatte ja Militärsocken, also hat er seine eigenen Socken für die Polen mitgenommen. Meiner Mutter war das manchmal schon fast zuviel, wir hatten ja auch nichts. Und dann haben die Polen Ringe gemacht für uns – aus Fünfmarkstücken, die waren doch damals noch aus Silber. Sie haben für uns drei Kinder Siegelringe gemacht und von ihm dafür zu essen bekommen. Ich kann Ihnen den Ring zeigen, wenn Sie wollen. JW, Jutta Winter, ist eingraviert. Und dann, als der Typhus ausgebrochen war bei den Kriegsgefangenen. Kein anderer von der deutschen Wachmannschaft wollte rein in das Lager. Alle hatten Angst, daß sie sich anstecken. Da hat sich mein Vater freiwillig gemeldet, zusammen mit seinem Freund. Und die beiden haben dann dort aufgeräumt, die Kranken versorgt, die Toten rausgeholt, bis er selbst infiziert war. Wochenlang hat er deshalb im Lazarett gelegen. Glauben Sie mir, er hat immer dafür gesorgt, daß die Polen gut behandelt wurden. Soweit es in seiner Macht stand jedenfalls. Er war ja auch nur ein kleiner Soldat. Einmal hat er sogar einen deutschen Bauern mit der Reitpeitsche geschlagen, weil der die Polen, die bei ihm arbeiteten, richtig gequält hat. Der war zu seinen Tieren besser als zu den Polen. Mein Vater hat sich darüber so aufgeregt, daß er zugeschlagen hat. Und er hat sonst nie einen Menschen geschlagen. Das können Sie mir glauben. Das war schließlich nicht ungefährlich, einen deutschen Bauern zu schlagen, nur wegen ein paar Polen.«

Elsa Fenske hat die ganze Zeit ruhig zugehört, aber jetzt unterbricht sie Jutta. »Das wissen wir alles, Fräulein Winter«, sagt sie. »Wir wissen das. Ihre Familie, Sie sind bekannt als Antifaschisten. Sie selbst, habe ich gehört, werden Neulehrerin?« Jutta nickt. Frau Fenske lächelt sie an. Doch dann erscheint wieder eine Sorgenfalte auf ihrer Stirn. »Es muß sich um eine Verwechslung handeln. Nur so kann ich mir das erklären. Die werden einen Paul Winter gesucht haben, aber doch nicht unseren. Wer ihn kennt ...«. Sie bricht ab, und jetzt wirkt auch Elsa Fenske hilflos.

»Mein Vater ist so ein sanfter Mann. Der könnte keiner Fliege was zuleide tun«, sagt Jutta.

»Lassen Sie's gut sein«, sagt Elsa Fenske und steht auf. »Viele waren die sanftesten Männer zu Hause, und draußen haben sie gleichzeitig die furchtbarsten Verbrechen begangen.«

Jutta starrt sie an, und Elsa Fenske erschrickt. »Nein«, sagt sie, »nein, Ihren Vater meinte ich nicht. Ich meinte nur so allgemein ... Ich verspreche Ihnen«, sagt sie dann, »daß ich mich darum kümmern werde. Ich werde tun, was ich kann. Sofort.« Sie überlegt. »Ich werde alles versuchen. Und seien Sie sicher, wir geben die Hoffnung nicht auf. Wir werden auch niemanden anderen einstellen für ihn. Dafür werde ich sorgen. Für mich gehört er weiter zu uns.«

Jetzt erst zeigt sie, daß sie auch Elisabeth wahrgenommen hat. »Ach«, sagt sie, »das ist wohl das kleine Pflegekind. Kollege Winter hat uns davon erzählt.«

Man sieht ihr an, daß sie möchte, daß die beiden jetzt gehen. Doch da fällt Jutta noch etwas ein.

»Damals in dem Lager in Polen«, sagt sie, »da ist der deutsche Fleischer ermordet worden. Wenn ich mich recht erinnere, hat mein Vater erzählt, daß er das untersuchen mußte.« Jetzt sieht Elsa Fenske wirklich sehr besorgt aus, und Elisabeth bekommt furchtbare Angst, als sie das sieht.

»Das ist nicht gut«, sagt Elsa Fenske schließlich, nachdem sie sich eine Notiz gemacht hat. »Wo war Ihr Vater eigentlich in Polen?«

»Das weiß ich nicht«, antwortet Jutta. »Er hat nie darüber gesprochen. Er hat sowieso nie etwas erzählt. Die Typhusgeschichte wissen wir nur von seinem Freund. Es war doch verboten, zu sagen, wo man im Krieg eingesetzt war. Mein Vater hat nie geredet. Ich weiß nur STALAG, davon hat er immer gesprochen. So hießen doch die Kriegsgefangenenlager.« Elsa Fenske nickt.

»Sie hätten ihn nicht mitgehen lassen sollen«, sagt sie dann noch einmal, so daß der riesige Kloß, der Elisabeth in Kehle und Magen sitzt, steinhart wird. »Ich werde alles tun, was ich kann«, verspricht Elsa Fenske zum Schluß und gibt beiden die Hand. »Wir können nur hoffen ...«

Auch in den nächsten Tagen kommt Paul nicht zurück, und sie hören auch nichts von ihm. Ununterbrochen überlegen sie alle, warum man ihn abgeholt haben könnte. Warum bloß?

»Was meint ihr, könnte es nicht auch sein«, sagt Elly, »daß der Bauer ihn angezeigt hat und irgendwas behauptet hat, was Paul angeblich Schreckliches getan haben soll? Ihr wißt schon, der, den er damals mit der Reitpeitsche geschlagen hat. Vielleicht wollte der sich rächen.« Möglich ist das.

»Oder«, sagt Jutta, »die Sache mit dem ermordeten Fleischer. Elsa Fenske war doch deswegen so erschrokken. Vielleicht hat Papa ja rausgekriegt, wer ihn ermordet hatte, und dann haben sie den Schuldigen erschossen, und daran geben sie ihm jetzt die Schuld.« Auch das ist möglich.

Oder war es doch eine Namensverwechslung, wie Elsa Fenske ja auch erst gedacht hat? Sie wissen es nicht. Sie wissen gar nichts. Noch nicht einmal, wohin er gebracht wurde.

Ein paar Tage ist Elisabeth wegen Onkel Paul zu Hause geblieben, doch jetzt ist sie wieder jeden Nachmittag unterwegs. Sie macht ihre Streifzüge durch die Stadt. Das Blätterzelt an der Prießnitz ist ihr verleidet, weil sie es nicht mehr für sich allein hat. Und außerdem ist sie im Moment auch viel zu unruhig, um sich irgendwo still hinzulegen und nur der Sonne und den Blättern zuzuschauen. Das Wetter hat sich nicht geändert seit dem Tag, an dem sie Paul abgeholt haben. Es ist schön geblieben, und Elly läßt Elisabeth ziehen, ohne viel zu sagen. Sie sagt überhaupt wenig in der letzten Zeit, und auch deswegen, weil es jetzt immer so bedrückend still ist zu Hause, ist Elisabeth wieder jeden Tag unterwegs.

Auch am Sonntag. Aber diesmal läuft sie nicht einfach durch die Stadt, sondern geht richtig arbeiten. Sie muß mit ihrer Klasse zum freiwilligen Arbeitseinsatz, zum Enttrümmern. Dabei sollen alle Dresdner Bürger helfen, damit die Stadt bald wieder trümmerfrei ist. Also hat auch die Klasse von Elisabeth einmal im Monat einen Einsatz. »Alle vier Wochen ein Sonntag«, hat die Lehrerin gesagt, »das ist zu verkraften.« Wenn sie sich anstrengen und gut arbeiten, bekommen sie sogar eine Urkunde.

Mit der Spitzhacke dürfen sie nicht hacken, dafür sind sie noch zu klein, aber mit einem Hammer Steine abklopfen und die dann aufschichten, das geht. Elisabeth macht die Arbeit Spaß, vor allem am Anfang. Am Ende hat sie Blasen, und der Rücken tut ihr weh. Aber trotzdem – die Trümmer müssen weg, und um das zu schaffen, müssen alle mitarbeiten. In vielen Straßen liegen die Schuttmassen noch so hoch, daß man nicht durchkommen kann.

»Du willst doch auch, daß Dresden wieder aufgebaut wird«, hatte Elisabeth deshalb in Ellys zweifelndes Gesicht hinein gesagt. Als Elisabeth nämlich zum ersten Mal von ihrem freiwilligen Arbeitseinsatz erzählte, war Elly gar nicht begeistert gewesen. »Holt man jetzt schon wieder die Kinder?« hatte sie gefragt.

»Wir können doch auch etwas tun. Alle können etwas tun, auch die Kinder, hat unsere Lehrerin gesagt.« Elisabeth war fast ein bißchen empört. »Willst du denn nicht, daß Dresden wieder aufgebaut wird?«

»Doch, Kind, natürlich«, hatte Elly gesagt, »natürlich will ich auch, daß die Stadt wieder aufgebaut wird. Und es ist gut, wenn du dabei hilfst.«

Nachdem Elisabeth ihren ersten Trümmersonntag hinter sich hat, springt sie nie mehr vor die Loks, die den Schutt aus der Stadt ziehen. Und sie lacht die Frauen, die dort jeden Tag arbeiten, jetzt immer ganz freundlich an. Manchmal ruft sie ihnen guten Tag zu, so daß die Frauen ganz erstaunt hochgucken und denken: »Was für ein nettes Kind.« Doch ehe sie etwas sagen können, ist Elisabeth meistens schon wieder weg.

Heute nachmittag hat sie es besonders eilig, weil sie schnell wieder nach Hause will. Elly war heute mittag sehr traurig. »Schon zehn Tage«, hat sie gesagt, »und immer noch keine Nachricht.« Und deshalb will Elisabeth sie heute nicht so lange allein lassen.

Doch als sie durch die Straßen nach Hause läuft, stößt sie plötzlich auf einen Demonstrationszug. Sie bleibt am Straßenrand stehen und guckt, was auf den Transparenten steht: »Wir fordern Enteignung der Nazi-Bonzen und Kriegsverbrecher«, liest sie.

Überall in der Stadt hat man ähnliche Schilder aufgestellt: »Millionen Tote des Zweiten Weltkrieges mahnen zum Frieden! Übereignet die Betriebe der Naziverbrecher und Kriegsinteressenten!« und »Stimme mit JA beim Volksentscheid« steht auch noch überall. Elisabeth weiß, was das bedeutet. Es soll eine Abstimmung darüber geben, wer dafür ist, daß die alten Nazis ihre Betriebe und Fabriken nicht behalten dürfen. Die Betriebe sollen dann das »Eigentum des Volkes« werden. Sie haben in der Schule darüber gesprochen, daß es Leute gegeben hat, die am Krieg verdient haben, und die sollen nun nicht weiterverdienen, sondern ihren Besitz dem Volk geben. Dann gehört er allen, und niemand kann sich daran bereichern.

Der Demonstrationszug hält an. Ein Mann steigt auf ein Podium und hält eine Rede. Zuerst sagt er, daß er ein alter Arbeiter ist. Dann spricht er davon, daß die Deutschen eine große Schuld auf sich geladen haben. »Millionen Tote in vielen Ländern belasten unser Gewissen«, sagt er. »Die Geschichte lehrt, daß alle Staaten, die andere Völker unterdrücken und auf deren Kosten leben wollen, letztlich immer schlecht enden.« Die Mehrheit des deutschen Volkes habe sich von der nazistischen Propaganda mitreißen lassen. Auch er selbst, sagt er, habe zu wenig gegen die Nazis getan. Der Volksentscheid sei nun eine gute Gelegenheit zu zeigen, daß auch die Deutschen endlich etwas begriffen haben und daß sie bereit sind, einen neuen Weg zu gehen, um das Vertrauen der anderen Völker wiederzugewinnen. Er sei den Russen dankbar, daß gerade sie, die am meisten unter den Deutschen gelitten haben, den Deutschen eine solche Möglichkeit geben.

Danach klatschen alle ganz laut, und eine alte Frau sieht Elisabeth böse an, weil sie nicht mitklatscht. Aber Elisabeth ist das Ganze unheimlich, und als die Frau dann auch noch sagt: »Komm mit! Du bist alt genug, um mitzugehen«, da läuft sie so rasch wie möglich weg. Sie drückt sich an einer Hauswand entlang, denn neben dem Zug ist kaum Platz, und schafft es tatsächlich, zwischen all den Menschen hindurchzutauchen und auf ein freies Stück Straße zu kommen.

Endlich zu Hause, nimmt sie sich noch nicht einmal

Zeit, die Schuhe auszuziehen, sondern stürzt gleich zu Elly ins Wohnzimmer. »Ist Onkel Paul ein Naziverbrecher?« fragt sie, ohne Luft zu holen. Elly sieht sie einen Moment starr an. »Tante Elly«, sagt Elisabeth drängend.

»Nein, das ist er nicht«, sagt Elly endlich. »Nein, sicher nicht.«

»Hat er am Krieg verdient?« Elisabeth ist noch nicht zu Ende.

»Nein«, sagt Elly fest.

»War er in der Nazipartei?« Elisabeth hört nicht auf.

»Nein«, sagt Elly, »das war er auch nicht.«

Elisabeth setzt sich hin. Sie sieht erleichtert aus, aber nicht beruhigt.

Elly sieht das und sagt: »Quäl dich nicht, Kind. Das hilft nicht.« Sie spricht ganz leise.

Elisabeth guckt sie an. In ihren Augen ist gleichzeitig Hoffnung und Angst. Und dann stellt sie ihre letzte Frage: »Hat er denn – ich meine, der Mann hat gesagt ...«

»Welcher Mann, Kind?« fragt Elly.

»Der auf der Demonstration.«

Elly kann sich ungefähr vorstellen, wovon Elisabeth spricht. Denn es gibt viele Demonstrationen in der letzten Zeit. »Was hat der Mann gesagt?« fragt sie.

»Er hat gesagt, daß er zu wenig gegen die Nazis getan hat. Hat Onkel Paul – ich meine, hat er was dagegen getan?«

Jetzt zögert Elly. Sie muß überlegen. »Wir haben alle nicht genug getan, Kind«, sagt sie schließlich. »Ich auch nicht. Und Paul ist kein starker Mensch. Er ist lieb, aber nicht stark. Er hat soviel getan, wie er konnte. Da kannst du ganz sicher sein. Soviel, wie er konnte.« Ellys Stimme klingt müde. »Weißt du«, spricht sie dann weiter, »wir wissen ja fast nichts von ihm. Er hat doch so wenig erzählt. Auch mir hat er nicht alles erzählt. Die Menschen sind eben verschieden. Manche schreien, und manche schweigen. Er hat sicher auch viel Schreckliches erlebt.«

Bei diesen Worten stürzt Jutta zur Tür herein. Sie ist kreideweiß. »Mutti«, sie schreit fast, »Elsa Fenske ist tot. Ein Autounfall. Sie ist überfahren worden. Ich wollte noch mal zu ihr, und da hat man mir das erzählt. Gestern ist es passiert. Jetzt ist alles aus. Sie war unsere letzte Hoffnung.« Sie läßt sich auf einen Stuhl fallen.

Elly sieht sie an, begreift langsam, und man sieht, daß sie erschrocken ist. Doch dann – was niemand erwartet – richtet sie sich ganz gerade auf und ist von einer Minute auf die andere plötzlich wieder die alte Elly. Ihre Stimme ist klar und laut. »Merk dir eins, Jutta«, sagt sie, »Hoffnung haben wir, solange wir leben und keinen Tag und keine Stunde weniger. Ich werde meinen Mann nicht aufgeben, auch nicht, wenn uns niemand mehr hilft. Ich habe noch Hoffnung.«

Jutta sitzt völlig erschlagen da. Christa ist noch nicht zu Hause. Sie stürzt sich immer mehr in die Arbeit, seitdem Paul abgeholt wurde. Doch Elisabeth trösten Ellys Worte. Der Kloß in ihrem Magen wird ein wenig kleiner, und sie sieht vertrauensvoll zu Elly hoch.

Elly steht auf und geht in die Küche. »Frau Sutterlitte«, ruft sie, »wollen Sie mit uns Abendbrot essen? In diesem Haus muß endlich wieder normales Leben einkehren.«

Alle sind mit in die Küche gekommen und stehen um Elly herum, die immer weiterredet. »Ich war heute auf dem Amt«, sagt sie. »Gerlinde hatte doch geschrieben, daß sie eine Bescheinigung braucht, daß ihre Eltern in Dresden wohnen. Bei Paul haben sie eingetragen: ›Aufenthalt unbekannt‹. Wohin auch immer sie ihn verschleppt haben, eines Tages werden wir das herausfinden. Und wenn wir das wissen, dann können wir auch dafür kämpfen, daß er zurückkommt. Wir haben keinen Grund anzunehmen, daß er nicht mehr am Leben ist. Also kann er jeden Tag wieder hier vor der Tür stehen.«

Inzwischen ist auch Christa nach Hause gekommen. Sie hört gerade noch, wie Elly sagt: »Das Leben muß weitergehen. Laßt uns jetzt essen.«

Es ist merkwürdig, zum ersten Mal, seit Paul weg ist, wird beim Essen wieder richtig geredet. Als Jutta einfällt, wie Paul einmal einen Witz erzählt hat, lachen sie sogar. Der Witz war gar nicht besonders komisch, aber Paul, der nie etwas erzählt hat, schon gar keine Witze, hat so gelacht, daß sie damals alle mitlachen mußten.

Sondershausen

Es ist drei Uhr nachts. Elisabeth wird wach, weil Schlumpe bellt. Elly liegt nicht neben ihr. Elisabeth schläft, seit Onkel Paul weg ist, wieder neben Elly im Ehebett. Sie taumelt ganz benommen aus dem Bett und sucht Elly. Es ist nichts passiert. Elly konnte nur nicht schlafen. Sie sitzt seit Stunden wach im Wohnzimmer und raucht eine Zigarette nach der anderen. Schlumpe hat gebellt, weil Christa und Jutta gerade nach Hause gekommen sind.

Sie waren auf einer Feier in Christas Molkerei. Der Direktor der Molkerei hatte alle zu einem großen Fest eingeladen. Man hatte ihn nämlich erst enteignet und ihm dann seinen Betrieb doch wiedergegeben. Der ganze Betrieb hatte sich gefreut. Und zu dem Fest war Jutta einfach mit Christa mitgegangen. Sie haben die ganze Nacht fast ununterbrochen getanzt, nun sind sie beide müde und aufgedreht.

Als sie Elly und Elisabeth im Wohnzimmer vorfinden, sind sie ganz erschrocken. »Ihr schlaft nicht? Habt ihr etwa auf uns gewartet?« Doch Elly antwortet nicht auf die Frage. Sie hat einen Entschluß gefaßt, und den muß sie sofort loswerden.

»Ich fahre weg«, sagt sie, kaum daß die beiden richtig im Zimmer sind. »Ich nehme das Kind und fahre weg. Wir brauchen beide mal eine Abwechslung. Wir fahren nach Sondershausen zu Brückchen. Ich habe mir das genau überlegt. Das ist zu schaffen. Elisabeth hat Ferien.

Da lassen wir uns von Brückchen ein paar Tage verwöhnen. Das Kind sieht mal was anderes als Trümmer und kriegt genug zu essen, und vielleicht können wir auf dem Rückweg sogar etwas Obst mitnehmen. Aber das wichtigste ist, daß wir mal auf andere Gedanken kommen. Für mich ist es eine Reise in meine Vergangenheit, und ich kann Elisabeth alles zeigen.«

»Das ist eine gute Idee, Mutti«, sagt Christa nach einer Weile. Jutta findet das Ganze verrückt: »Wer kann denn heutzutage Urlaub machen?« Aber sie protestiert nicht wirklich. Und Elisabeths Freude ist so groß, daß es sowieso niemand übers Herz bringen würde, etwas gegen Ellys Reisepläne zu sagen. Doch als Elisabeth genau wissen will, wohin sie fahren, zu wem und wann, stoppt Elly sie erst einmal. »Ab ins Bett«, sagt sie. »Das sehen wir alles morgen.«

Als sie dann beide im Bett liegen, muß Elisabeth aber doch eine Frage noch unbedingt loswerden: »Müssen wir über die Grenze, Tante Elly?«

»Aber nein, Kind«, antwortet Elly. »Sondershausen liegt auch in der russischen Zone, ganz nah an der Grenze, aber noch hier bei uns.«

Am nächsten Tag schreibt Elly an Brückchen. »Wahrscheinlich sind wir eher da als der Brief«, sagt sie, »aber Brückchen wird uns auch unangemeldet aufnehmen.«

Dann fangen sie mit den Reisevorbereitungen an. Erst einmal brauchen sie etwas für das Gepäck. Einen Koffer haben sie nicht mehr, den hat Gerlinde mit. Und ein Koffer wäre auch unpraktisch.

»Der zieht einem nur die Arme runter«, sagt Elly.

»Ein Rucksack wäre gut.«

So etwas besitzen sie aber auch nicht. Doch da gibt es noch den guten festen Bezug von Gerlindes Strohmatratze, auf der sie früher geschlafen hat. Rot-weiß gestreift ist er. Daraus näht Elly zwei Rucksäcke, einen großen und einen kleinen. Sogar Riemen treibt sie irgendwo auf.

Jetzt kann es eigentlich losgehen. Doch da spielen Elisabeths Schuhe nicht mehr mit. Die Sohlen waren sowieso schon ganz dünn und sind mehrfach geklebt, und jetzt ist auch noch die Naht am Hacken kaputt, und der Schuh klafft in zwei Teilen auseinander. Neue Schuhe zu bekommen, ist aussichtslos. Aber Reparaturen sind auch ein Problem, weil es kein Material zum Reparieren gibt. Deshalb hat die Stadtverwaltung bestimmt, daß jeder Dresdner jetzt nur noch Kunde bei einem Schuster sein darf. Damit will man verhindern, daß sich einer fünf Paar Schuhe besohlen läßt und ein anderer gar nichts abkriegt. Die Stadtverwaltung hat Kundenkarten ausgegeben. Die muß man bei einem Schuster abgeben, und bei dem ist man dann Kunde. Das bedeutet, daß man nur zu diesem Schuster gehen darf und daß der einen als Kunden annehmen muß. Aber daß er einem dann auch die Schuhe repariert, ist deshalb noch lange nicht gesagt. Der Schuster von Winters – der, der ihre Karte hat – hat jedenfalls keine Zeit und kein Material. Da ist nichts zu machen.

In solchen Fällen hilft nur eins: Sie müssen Jutta losschicken. Sie kann das am besten. Ausgestattet mit einem Stück Butter und einer Tüte braunen Zucker zieht sie los, und diesmal will sie Elisabeth auf gar keinen Fall dabeihaben. Nach zwei Stunden kommt sie wieder. »Morgen früh sind sie fertig«, sagt sie und läßt sich aufs Sofa fallen.

»Dafür sind meine Schuhe jetzt hin«, schimpft sie. »Das war vielleicht 'ne Rennerei. Ich hab richtig Blasen an den Füßen. Der erste wollte nicht, der zweite konnte nicht, erst der dritte hat sich gnädigerweise herabgelassen. Aber was tut man nicht alles für ...«, hier stockt sie, »... für seine kleine Schwester.« Und so bekommt sie zu den Blasen und zu Ellys »Prima, Jutta, danke!« auch noch einen Kuß von Elisabeth.

An Brückchen schicken sie ein Telegramm, daß sie erst übermorgen fahren können. »Falls der Brief doch ausnahmsweise rechtzeitig angekommen sein sollte«, sagt Elly, »damit sie sich keine Sorgen macht, wenn wir später kommen.«

Und als Jutta am nächsten Tag tatsächlich die Schuhe bekommt – »Fragt mich nicht, was ich außerdem noch dafür bezahlen mußte«, sagt sie –, kann es wirklich losgehen.

Jutta bringt sie zum Bahnhof, und zum ersten Mal steigt Elisabeth in einen von den Zügen, die sie sonst nur von weitem gesehen hat. Sie finden sogar einen Sitzplatz, und Elisabeth zeigt auf das Fenster, in dem die Scheibe fehlt. »Guck mal«, sagt sie, »wie bei Gerlinde.«

»Ja«, sagt Elly, »nur war damals, als Gerlinde gefahren ist, Winter, und jetzt ist Sommer und alles halb so schlimm.«

Der Zug braucht nur vier Stunden bis Leipzig. Sie

werden nicht erdrückt und verlieren sich auch nicht beim Aussteigen, obwohl alles voller Menschen ist. In Leipzig erfahren sie, daß zwei Stunden später schon ein Zug nach Erfurt fahren soll.

»Das ist ja fast zu schön, um wahr zu sein«, sagt Elly.

Sie kämpfen sich zum richtigen Bahnsteig durch, und dort setzen sie sich auf ihre Rucksäcke und warten. Während sie warten, erzählt Elly, daß sie als Schülerin in Sondershausen in einem Mädchenpensionat war und daß sie damals zusammen mit ihrer Freundin Lotte manchmal zu kranken Menschen gegangen ist, um ihnen etwas vorzusingen. Lotte hat gesungen, und Elly hat Laute gespielt. Und so sind sie eines Tages zu der gelähmten Frau Brückmann gekommen, die von ihrer Tochter Anna gepflegt wurde.

»Die Anna war ungefähr so alt wie ich, vielleicht etwas älter«, erzählt Elly. »Brückmanns hatten sechs Kinder, doch außer der Anna waren schon alle aus dem Haus. Die Anna war dageblieben, um ihre Mutter zu versorgen, die seit Jahren im Rollstuhl saß.«

»Warum saß sie denn im Rollstuhl?« will Elisabeth wissen.

Doch das weiß Elly nicht. Sie hat nur Laute gespielt und nicht gefragt. Dafür weiß sie noch ganz genau, daß die Anna ihr und Lotte manchmal etwas zu essen zugesteckt hat. »Das war ja in der Zeit unmittelbar nach dem Ersten Weltkrieg«, erklärt Elly. »Da haben auch schon so viele Menschen Hunger gelitten.«

In Sondershausen hat Elly eines Tages Paul Winter kennengelernt. »Onkel Paul ist in Sondershausen geboren«, erzählt sie. »Er war gerade aus dem Krieg zurückgekommen, als ich ihn kennenlernte. Weißt du, Onkel Paul war durch diesen Krieg ganz aus der Bahn geworfen worden. Vor dem Krieg wollte er nämlich ursprünglich Lehrer werden. Doch das ging nicht, weil schon damals sein Herz nicht mehr ganz gesund war. Da hat man ihm gesagt, daß der Lehrerberuf für ihn zu anstrengend sei. Er hat dann statt dessen eine Buchhändlerlehre gemacht. Ja, und als er gerade damit fertig war, brach der Krieg aus – 1914 war das –, und er mußte Soldat werden. Dafür war sein Herz nicht zu krank. Erst im November 1918, als der Krieg zu Ende war, kam er wieder nach Hause. Vier Jahre seines Lebens hat ihn dieser Krieg gekostet. Und dabei hat er noch Glück gehabt. Wie viele sind nicht wiedergekommen oder waren verkrüppelt! Ja, und nach dem Krieg kaufte dann kein Mensch mehr Bücher. Onkel Paul konnte keine Stelle als Buchhändler finden. Deshalb ist er zur sozialen Fürsorge gegangen.« Elly guckt zwischendurch kurz auf Elisabeth, ob ihr das Erzählen vielleicht zuviel wird.

Doch Elisabeth fragt sofort: »Und dann, Tante Elly?«

»Ja, und dann hat er bei der amtlichen Fürsorgestelle für Kriegsbeschädigte und Hinterbliebene gearbeitet. Männer, die zu Krüppeln geworden waren, und Witwen und Waisen gab es ja durch den Krieg mehr als genug. Aber schon nach kurzer Zeit ist er wieder entlassen worden, weil es so viele Arbeitslose gab und er noch jung war und keine Kinder hatte. So waren die Bestimmungen. Ja, und bald darauf ist unsere Gerlinde geboren. Davon habe ich dir schon erzählt.« Elisabeth nickt.

»Danach war Onkel Paul fast immer arbeitslos«, erzählt Elly weiter. »Er konnte keine neue Stelle finden, sosehr er sich auch bemühte. Er hat sogar versucht, als Versicherungsvertreter Geld zu verdienen. Doch dabei war er nicht besonders gut. Du kennst ihn ja. Er kann schlecht andere zu etwas überreden. Das waren schwere Jahre für uns. Ab und zu konnte er mal irgendwo als Aushilfe arbeiten, dann war auch das wieder vorbei, und er hatte wieder keine Arbeit. Aus diesem Grund sind wir dann auch nach Dresden gegangen. Großvater schrieb uns, er habe in Dresden einen Freund, Dr. Sommer hieß er, der könne Paul eine Stelle besorgen. Es war alles fest vereinbart, und wir sind frohgemut nach Dresden umgezogen. Das war Anfang des Jahres 1933. Aber dann kamen Hitler und die Nationalsozialisten. Dr. Sommer war Jude. Er war zu der Zeit gerade im Ausland und blieb glücklicherweise dort. Aber für uns war das ein Unglück. Wir saßen in Dresden, hatten alles hinter uns abgebrochen, und Paul war immer noch ohne Arbeit. Erst viel später hat er dann eine Stelle beim Steueramt gefunden.«

Elly schweigt.

»Aber was läßt du mich das alles erzählen?« sagt sie dann. »Ich wollte dir doch eigentlich nur erklären, wer Brückchen ist. Als ich schon ein paar Jahre mit Onkel Paul verheiratet war und wir noch in Sondershausen wohnten, bin ich eines Tages mit meinen drei Kindern – die Zwillinge waren auch schon geboren – wieder einmal zu Brückmanns gegangen. Ich war nach meiner Schulzeit nicht mehr dort gewesen und wollte sehen, wie es Mutter Brückmann ging. Aber sie lebte nicht mehr. Anna war mit ihrem Vater allein. Anna und ich haben uns unterhalten und sehr gut verstanden, und dann bin ich wieder mal hingegangen und noch einmal, und so wurde die Anna meine Freundin. Aber was viel wichtiger war, sie wurde die Freundin von Gerlinde, Christa und Jutta. Sie hat alles für sie getan, hat mit ihnen gespielt, ist mit ihnen rodeln gegangen, hat für sie gekocht und gebacken. Wir hatten ja nur wenig, weil Onkel Paul meistens arbeitslos war. Einmal, daran erinnere ich mich noch genau, da ist Brückchen – den Namen haben ihr die Kinder gegeben – mit einem ganzen Koffer voller Windbeutel für uns durch Sondershausen gelaufen. Sie wohnte am anderen Ende der Stadt. Und die Schüssel mit der Sahne, die man ja für die Windbeutel braucht, die hatte sie unter dem anderen Arm. Aber weißt du überhaupt, was Windbeutel sind?«

Elisabeth schüttelt den Kopf.

»Das ist ein luftiges kugelförmiges Gebäck. Oben schneidet man einen Deckel ab und füllt dann Sahne hinein. Nie werde ich vergessen, wie Brückchen mit dem Koffer bei uns ankam. Frag Jutta und Christa, die wissen das auch noch ganz genau.«

Elisabeth versucht sich einen Koffer gefüllt mit Kuchen vorzustellen. Aber es gelingt ihr nicht. Ein ganzer Koffer voller Windbeutel! Unvorstellbar!

»Weißt du«, sagt Elly in Elisabeths Gedanken hinein, »Sondershausen ... Es ist so schön dort. Überall blühen die Heckenrosen. Und der Wald ... Von überall sieht man den Wald am Horizont. Es gibt dort einen See, der heißt Stille Liebe. Wirklich. Dort war ich oft mit Onkel Paul, mit den Kindern ...« Sie macht eine Pause und sieht in weite Ferne. »Ich hatte so viele Träume, als ich jung war. Die Welt wollte ich aus den Angeln heben. In meiner Erinnerung ist Sondershausen immer mein Sonnen- und Jugendland geblieben. Wenn ich an Sondershausen denke, sehe ich es immer blühen und duften. und jetzt fahren wir hin, und ich werde dir alles zeigen.«

Die zwei Stunden sind inzwischen um, doch der Zug ist noch nicht da. Elisabeth lehnt sich an Elly und döst ein. Plötzlich wird die Menschenmenge um sie herum unruhig. Der Zug fährt ein.

Sofort geht von allen Seiten ein furchtbares Geschiebe los, aber Elly erkämpft für sie beide einen Stehplatz im Abteil.

In Erfurt müssen sie wieder umsteigen, und da haben sie dann wirklich unverschämtes Glück, wie Elly sagt. Auf den Zug nach Sondershausen müssen sie nur eine Stunde warten, und am Abend sind sie tatsächlich schon da.

Auf dem Bahnhof fährt ihnen dann aber der Schreck in die Glieder. Zwei russische Soldaten kommen auf sie zu und fragen sie, wo sie hinwollen.

»Wir sind da«, sagt Elly. »Wir wollen nach Sondershausen.« Doch die beiden sind mißtrauisch.

»Weil wir so nah an der Grenze sind«, erklärt Elly später.

Geduldig versucht Elly, den russischen Soldaten klarzumachen, daß sie wirklich nicht vorhaben weiterzureisen. »Wir wollen zu Anna Brückmann«, sagt sie. »Sie wohnt im Heerweg, hier in Sondershausen.«

Der eine von den Soldaten sieht sie endlich etwas freundlicher an. Vielleicht kennt er den Heerweg. Aber ihre Rucksäcke müssen sie trotzdem auspacken. Sie zeigen alles vor, auch das Stück Butter und Ellys Zigaretten. Dann dürfen sie alles wieder einpacken. Die beiden rühren nichts an, und der eine, der die ganze Zeit so streng geguckt hat, sagt einfach: »Sie können gehen.«

Zu Brückchen müssen sie noch etwa eine halbe Stunde laufen, und dann sind sie wirklich da und klingeln. Die Tür geht auf. Vor Elisabeth steht eine große Frau mit aufgelösten Haaren in einem riesigen weißen Nachthemd, über das sie einen Straßenmantel geworfen hat.

»Brückchen!« ruft Elly und liegt der Frau in den Armen. »Ach, Brückchen«, sagt Elly immer wieder.

Dann drückt Brückchen Elisabeth an ihren Busen. Dort ist es warm und riecht nach Sonne und Kuchen. Im ganzen Haus riecht es nach Kuchen, und Elisabeth hält einen Koffer voller Windbeutel nun doch nicht mehr für völlig unwahrscheinlich.

»Kommt rein«, sagt Brückchen endlich, »und seid nicht so laut. Vater schläft schon.«

»Wer schläft hier?« ertönt es da hinter ihr.

Elisabeth sieht hoch und ist überzeugt, daß sie in einem Märchen gelandet ist. Hinter Brückchen steht ein alter Mann, der ein ebenso riesiges und weißes Nachthemd anhat wie sie. An den Füßen trägt er Pantoffeln, und er hat einen unglaublichen Schnurrbart mit lang herabhängenden Enden.

»Da seid ihr ja endlich«, sagt er durch diesen Schnurrbart hindurch. »Wollt ihr hier vielleicht Wurzeln schlagen? Kommt rein.« Und zu Elisabeth gewandt, die mit offenem Mund dasteht: »Na, Mädelchen, da staunst du. Ich bin der Vater Brückmann. Zweiundachtzig Jahre bin ich alt. Das hättest du nicht gedacht, was? Ist aber doch die Wahrheit. Das kannst du mir glauben. Aber nun setzt euch doch endlich. Die Anna macht euch was Warmes.« Inzwischen stehen sie alle im Wohnzimmer.

»Wir müssen schlafen«, wehrt Elly ab. »Das Kind ist todmüde.«

»Setzt euch!« sagt Vater Brückmann. »Mit leerem Magen kommt mir die Kleine nicht ins Bett.«

Da kommt auch schon Brückchen mit einer Tasse Kakao für jeden. Kakao hat Elisabeth seit Weihnachten nicht mehr getrunken, und sie beschließt, daß sie hier offensichtlich im Schlaraffenland gelandet ist.

So wie am ersten Abend bleibt es die ganze Zeit. Elisabeth kommt es wie ein Traum vor. Sie geht mit Elly im Wald spazieren. Sie wandern zur Stillen Liebe. Es blühen wirklich überall Heckenrosen in Sondershausen, und von überall sieht man den Wald am Horizont. Sie gehen auch zu dem Haus, wo Elly und Paul mit Gerlinde, Christa und Jutta früher gewohnt haben.

»Alles ist noch genauso wie damals«, sagt Elly. Sogar dieselben Leute wohnen noch dort. Und Tiere haben sie: Kaninchen, Hühner, Ziegen und sogar einen Esel. Elisabeth darf mit ihnen den ganzen Nachmittag spielen und sooft sie will wiederkommen.

Abends sind sie dann bei Brückchen, die am Tage den Bauern bei der Ernte hilft. Sie ist deshalb braun wie ein Sommerurlauber. »Nichts bräunt so gut wie die Arbeit in der Sonne«, sagt sie.

Für ihre Arbeit wird sie in Naturalien bezahlt. So gibt es immer ganz wunderbare Dinge zu essen: Hefeklöße mit Vanillesoße und Apfelkompott vom letzten Jahr oder Bohneneintopf mit richtigem Fleisch. Brückchen backt Brot und Kuchen, und es gibt von allem genug. Ja, manchmal sogar so viel, daß Elisabeth fast nicht alles aufessen kann.

»Dich füttern wir raus«, sagt Brückchen. »Das wäre doch gelacht, wenn wir das nicht schaffen würden. Nur länger müßtet ihr bleiben.«

Doch Elly schüttelt im Hintergrund den Kopf, und Elisabeth tut so, als hätte sie das nicht gesehen. Sie will am liebsten gar nicht wieder weg. Sie sitzt bei Vater Brückmann auf dem Schoß und darf seinen Schnurrbart zwirbeln, und er brummt dazu und erzählt ihr, daß er früher Bergmann war. »Kalibergbau«, sagt er, und Elisabeth nickt. Über Kali weiß sie Bescheid. Das freut den alten Mann.

»Über vierzig Jahre war ich unter Tage«, sagt er, »mein halbes Leben«, und dann greift er in seine Jakkentasche. »Willste 'nen Bolschen?« Er zieht einen klebrigen Bonbon aus der Tasche und hält ihn ihr hin. Manchmal versucht Elisabeth den Bonbon heimlich in der Hand zu behalten, weil sie ihn Dieter mitbringen will. Doch wenn Vater Brückmann das merkt, muß sie ihn vor seinen Augen in den Mund stecken. »Der ist für dich«, sagt er. »Du mußt doch zu Kräften kommen.« Und Elisabeth steckt ihn brav in den Mund.

Dann muß sie ihm immer wieder von Dresden erzählen. Vater Brückmann kann es nicht glauben. »Der Zwinger, das Schloß, die Pragerstraße«, er zählt noch ein paar Straßen auf, die er kennt, »alles weg? Alles Schutt?« fragt er.

»Ein paar Häuser sind noch da«, sagt Elisabeth. »Und Atlas im Zwinger auch. Und wir bauen alles wieder auf.«

»Wer will'n das alles wieder aufbau'n?« brummt Vater Brückmann. »Das wird nischt, das kann ich dir sagen. Das schlag dir man gleich aus'm Kopf. Wie soll'n das geh'n? Alles wieder aufbau'n. Da hat man Jahrhunderte für gebraucht, und jetzt – alles weg.« Er läßt sich von Elisabeth durch nichts von seiner Meinung abbringen. »Mir machen die nischt vor«, sagt er. »Ich war über vierzig Jahre im Schacht. So eine Stadt – die baut man nicht wieder auf.«

Dann zeigt er Elisabeth seine Bergmannsuniform. Sie ist schwarz mit blitzenden Knöpfen, und er hat einen Hut dazu, zu dem er Kappe sagt. Aber soviel Elisabeth auch bettelt, Vater Brückmann will die Uniform auf keinen Fall anziehen. »Die zieh ich nur an, wenn was Besonderes ist«, sagt er. »Das ist nicht einfach irgendwas, das ist meine Bergmannsuniform.« Elisabeth muß den guten festen schwarzen Stoff fühlen. »Der hält, Mädelchen«, sagt er, »der hält.«

Vater Brückmann erreicht sogar bei Elly, daß sie tut, was er für richtig hält. Wenn er Elly nervös rauchend am

Frühstückstisch findet – vielleicht sogar stehend, weil sie ein Gedanke nicht losläßt, bei dem sie nicht sitzen kann –, dann nimmt Vater Brückmann einfach seinen Kaffeetopf und sagt: »Dann geh ich wohl besser.«

»Ist ja gut, Vater Brückmann. Ich setze mich ja schon«, sagt Elly dann. Und sie setzt sich tatsächlich. »Keinem anderen Mann, Vater Brückmann«, sagt sie halb lachend, halb ernst, »keinem anderen Mann habe ich mich je so gefügt wie dir.«

Dann brummt er zufrieden und sagt: »Kaffee im Stehen, das ist nischt.«

Elisabeth sieht und hört das alles und ist glücklich.

An einem Tag besuchen Elly und Elisabeth zusammen den Konzertmeister Gallitschke. Er ist ein Freund von Paul. Als er Elly kommen sieht, streckt er ihr beide Hände entgegen.

»Frau Winter«, sagt er, »was für eine Freude! Aber wo ist Paul, der Treulose? Er hat versprochen, mich zu besuchen.« Elly erzählt ihm, was geschehen ist. »Aber doch nicht Paul«, sagt Gallitschke, »dieser sanfte Mensch! Da hat dieser kranke Mann den Krieg überstanden, das Lazarett und die Gefangenschaft, ist zurückgekommen, und jetzt das. Ich kann das gar nicht glauben. Wozu? Was hat das für einen Sinn? Und wie lange wird sein krankes Herz das mitmachen?«

Elly ist ihm dankbar, daß er alles ausspricht, was sie denkt und fürchtet.

Als es klingelt und an der Tür ein Schüler von Gallitschke steht, der zum Klavierunterricht kommt, schickt Gallitschke ihn weg. »Ich kann heute nicht spielen«, sagt er.

»Und für ihn? Können Sie vielleicht für ihn spielen – für Paul? Er hat sich immer so gefreut über Ihre Musik«, fragt Elly leise.

Gallitschke sieht sie kurz an und setzt sich dann einfach ans Klavier. Er vergißt Elly und Elisabeth, und die Musik trägt auch die beiden fort: Elly zu Paul, und Elisabeth in ein Land, das immer voller Sonne ist, voller Musik und voller Blüten und Kuchenduft. Es ist alles so, wie Elly es ihr beschrieben hatte. Sondershausen gibt es wirklich.

Doch dann kommt der Tag, an dem Elly sagt, daß sie zurückmüssen. »Die Schule fängt wieder an, und zu Hause brauchen sie uns«, erklärt sie. Elisabeth will nicht weg, und sie sieht erst ein, daß sie wirklich fahren müssen, als Elly ihr sagt: »Wir müssen doch dasein, wenn Onkel Paul kommt.« Aber wenn Onkel Paul wieder da ist, das nimmt sich Elisabeth fest vor, dann wird sie sofort mit ihm nach Sondershausen fahren. Schließlich wartet Gallitschke auf ihn, und sie will mit ihm Boot fahren auf der Stillen Liebe.

Brückchen packt ihnen Obst in die Rucksäcke. Sie sagt kein Wort, aber man merkt deutlich, daß sie auch nicht will, daß die beiden fahren. Sie verstaut so viel in den Rucksäcken, daß Elly bremsen muß.

»Brückchen, wir brechen zusammen«, sagt sie, »das können wir nicht tragen. Die Rucksäcke reißen.«

Morgens um sieben Uhr müssen sie los. Sie kommen

bis Nordhausen und von dort aus problemlos weiter. Doch dann heißt es plötzlich mitten auf der Strecke: »Alles raus – die Strecke bis Halle ist bis zum nächsten Morgen gesperrt.« Niemand erklärt ihnen, warum, und sie wissen noch nicht einmal, wo sie sind. Elly erwischt jemanden, der sich auskennt und der ihnen sagt, daß sie in Oberröblingen sind.

»Und wie weit ist es noch bis Halle?« fragt Elly.

»Noch zweiundzwanzig Kilometer.«

»Und wie weit noch bis zur Hauptstraße?«

»Drei Kilometer. Sie müssen bis Axfeld laufen.«

Überall stehen die Menschen, reden durcheinander, laufen hin und her und wissen nicht, wo sie hin sollen.

Elly sieht Elisabeth an. »Drei Kilometer«, sagt sie, »das schaffen wir. Dann nimmt uns vielleicht ein Auto mit, und wir kommen heute noch weiter. Wenn nicht, ruhen wir uns im Straßengraben aus, laufen dann langsam zurück und fahren morgen.«

Sie laufen los. Die Rucksäcke sind schwer und drükken, aber es geht. Langsam kommen ihnen die anderen nach. Ab und zu nimmt ein vorbeifahrendes Auto ein paar von ihnen mit. Elisabeth und Elly sind nicht dabei, weil sie so weit vorn laufen. Doch dann hält ein Lastwagen. Eine Frau reicht ihnen die Hand und zieht erst Elisabeth hoch und dann Elly. Dabei schrammt Elly sich das Bein auf, doch zum Glück bleibt der Strumpf heil. Nach ein paar Kilometern sehen sie dann diejenigen wieder, die gleich am Anfang mitfahren durften. Die sind inzwischen abgesetzt worden, weil die Wagen, die sie mitgenommen hatten, nicht so weit fuhren. Der

Lastwagen hält noch einmal und nimmt auch diese Menschen mit. Zum Schluß müssen alle fünf Mark bezahlen und sind in Halle. Zum Bahnhof ist es nur noch ein ganz kurzes Stück.

Am frühen Nachmittag sind sie auf dem Bahnhof, und eine halbe Stunde später fährt ein Zug nach Leipzig. Der ist zwar übervoll, aber die Menschen, die zusammen die Strecke nach Halle geschafft haben, sind nett zueinander. Einer hilft Elisabeth sogar beim Einsteigen.

In Leipzig erfahren sie, daß der Zug nach Dresden um halb sechs fahren soll. Sie haben noch fast zwei Stunden Zeit. Elly kauft eine Brause für Elisabeth, ein Bier für sich und eine Zeitung. Die Zeitung legt Elly auf den Boden, direkt an die Bahnsteigkante, und beide setzen sich darauf und lassen ihre Füße zu den Gleisen hin baumeln. Die Rucksäcke stehen hinter ihnen. Auf denen können sie diesmal nicht sitzen, weil sie voll mit Obst sind. Sie warten. Heute erzählt Elly keine Geschichte. Zwei Stunden sind vorbei, der Zug kommt nicht – drei Stunden – vier Stunden – fünf Stunden, immer noch nichts.

Elisabeth ist müde und traurig, und als Elly ihr etwas zu essen anbietet, mag sie nicht. Elly braucht dringend eine Zigarette. Sie findet einen Mann, der ihr eine für vier Mark verkauft. Ein anderer, der ganz nahe bei ihnen auf seinem Koffer sitzt, beobachtet das und schenkt ihr noch eine. Elly fängt an, sich mit ihm zu unterhalten, und Elisabeth lehnt den Kopf an ihren Rucksack und schläft ein.

Endlich kommt der Zug. Der Kampf um die Sitze beginnt. Durch das lange Warten sind die Menschen nervös, gereizt und rücksichtslos. Beim Einsteigen bekommt Elisabeth einen Ellenbogen ins Gesicht. Ihre Nase blutet, aber sie läßt Elly trotzdem nicht los, und sie schaffen es irgendwie, daß sie schließlich beide mit ihren Rucksäcken im Gang stehen. Genau vor ihnen ist ein Dienstabteil. Elly zögert erst, weil die Beamten gerade eine Frau aus dem Abteil geworfen haben, die sich einfach auf den freien Platz dort setzen wollte. Aber dann fragt sie doch vorsichtig, ob sie vielleicht ihre Rucksäcke in das Gepäcknetz legen dürfen. Sie dürfen, und nicht nur das. Die Beamten bieten Elly sogar den freien Sitzplatz an. Elisabeth kann zwischen ihren Beinen stehen und sich an Elly anlehnen. Nach kurzer Zeit schläft sie wieder ein.

Um halb zwei Uhr nachts sind sie endlich in Dresden. Nun müssen sie noch durch die dunkle Stadt, und das mit ihren Schätzen auf dem Rücken. Bei jedem Geräusch sieht sich Elly um, weil sie Angst hat, daß ihnen jemand folgt und ihnen die Rucksäcke abnehmen will. Elisabeth ist alles egal, so müde ist sie. Sie trottet neben Elly her. Antonstraße – Bautznerstraße – Markgrafenstraße – Görlitzerstraße – Sebnitzerstraße. Es ist, als nähme dieser Weg kein Ende. Dann sind sie endlich in der Bachstraße. Elly holt die Schlüssel raus. Elisabeth klingelt gleichzeitig, die Tür geht auf – und sie sind in Sicherheit.

Christa und Jutta sind aus dem Schlaf aufgeschreckt und stehen im Nachthemd da. Schlumpe begrüßt Elly und Elisabeth stürmisch und mit Gebell. Und nun, da Angst und Spannung vorbei sind, ist auch die Müdigkeit plötzlich verflogen. Sie müssen erzählen und auspakken.

»Gleich morgen koche ich ein«, sagt Elly. »Brückchen hat uns Kirschen, Johannisbeeren, Stachelbeeren und auch noch ein paar von den letzten Erdbeeren mitgegeben. In Vaters Garten müßte doch auch schon was reif sein. Ich bin so froh, daß wir was für den Winter haben!«

Als sie um vier Uhr früh schließlich ins Bett gehen, läuft Schlumpe ganz selbstverständlich hinter Elisabeth her, und Christa ruft sie nicht zurück.

»Schlumpe hat kaum gefressen, als ihr weg wart«, flüstert Christa Elisabeth beim Gutenachtsagen zu. Elisabeth strahlt und gibt Christa einen Kuß. Es ist doch auch schön, wieder zu Hause zu sein. Dann holt sie sich Schlumpe vom Fußende in ihren Arm, und beide schlafen sofort ein.

Die Prüfung

Seit Tagen macht Elly nichts anderes mehr als Einkochen. Alles, was es in diesem Sommer an Früchten gibt, wird eingekocht: Gurken, Tomaten, Äpfel, Birnen, Himbeeren und Brombeeren, sogar Blaubeeren. Die pflückt Elisabeth in der Dresdner Heide. Dafür muß sie morgens sehr früh aufstehen, weil sonst zu viele Leute dort sind, die auch alle Blaubeeren sammeln. Doch selbst wenn sie um fünf Uhr früh losgeht, kann es ihr passieren, daß schon andere vor ihr da sind und sie einfach wegjagen.

Mit Jutta zusammen geht Elisabeth auch Holunderbeeren pflücken. Allein ist sie zu klein, um an die hohen Äste zu kommen. Doch wenn Jutta hochspringt und die Äste runterzieht, geht es. Die Büsche sind übervoll mit den großen blauen Dolden. Später wollen sie auch aus Hagebutten Marmelade machen. Doch die sind noch nicht soweit. Die Stellen, wo es welche gibt, hat sich Elisabeth genau gemerkt.

Großvater hofft, daß auch seine Bohnen noch reif werden. Er hat sie viel zu spät ausgelegt, weil er erst keine Samen bekommen konnte. Gerlinde hat ihm dann welche geschickt. Nun fürchtet er, daß ihm die Bohnen geklaut werden. Das war bei den Tomaten schon so. Sie mußten sie grün pflücken, damit ihnen wenigstens ein paar blieben. »Was soll ich tun?« sagt Großvater. »Der Garten ist einfach zu weit weg, und ich kann doch keine Wachen aufstellen.«

Elly steht meistens schon um halb sechs morgens am Herd, und oft macht sie erst nach Mitternacht Schluß. Elisabeth hilft ihr. Sie schneidet Äpfel und Gurken und stopft alles in Gläser. Elly macht sich Sorgen, daß die Gläser nicht reichen könnten. Woher soll sie dann neue nehmen? Sie will doch soviel wie möglich einkochen. Sie hat Angst vor dem Winter, Angst vor der Kälte und vor dem Hunger. Elisabeth kann sich gar nicht vorstellen, daß es wieder Winter wird, doch Elly denkt dauernd daran.

Wegen der vielen Arbeit ist Elly gereizt und ungeduldig. Keiner kann ihr etwas recht machen. Und wenn dann zum Beispiel ein Glas nicht zu ist nach der langen Schufterei oder sonst irgend etwas schiefgeht, dann schnauzt sie auch schon mal Elisabeth an und gibt ihr die Schuld. Elisabeth findet das furchtbar ungerecht, wo gar nicht sie die Ringe aufgelegt und die Deckelränder kontrolliert hat, ob sie vielleicht schartig sind und Luft durchlassen. Das hat Elly selbst gemacht. Aber wenn Elisabeth sich auch sonst gegen alle Ungerechtigkeit wehrt, diesmal traut sie sich nicht. Sie guckt Elly nur verletzt und ein bißchen wütend an. Aber Elly achtet nicht auf sie.

Als Elly wieder einmal schimpft, kommt Jutta gerade dazu und sieht, wie traurig Elisabeth deswegen ist. »Na, kriegste auch dein Fett ab?« fragt sie. »Aber laß man, daran merkst du wenigstens, daß du jetzt wirklich zur Familie gehörst.« Dabei zwinkert sie Elisabeth zu, und die fühlt sich ein wenig getröstet.

Meistens besorgt Jutta das Obst. Sie fährt über Land

und versucht, etwas von den Bauern zu kriegen. Doch auch für sie ist es nicht leicht, welches zu bekommen. Weil sie ausgebombt sind, haben sie nichts zum Tauschen. Sie besitzen kein Silber, keine Teppiche oder irgend etwas anderes Wertvolles. Und die Bauern wollen kein Geld, weil man sich dafür fast nichts kaufen kann. Deshalb hat auch Jutta oft keinen Erfolg. Einmal allerdings kommt sie strahlend mit dreißig Pfund Pflaumen nach Hause. Gerade als sie umkehren wollte, weil sie überall gehört hatte, daß die Bauern nichts mehr rausrücken, hat sie zufällig die Bäuerin wiedergetroffen, bei der sie im Krieg gearbeitet hatte. Die hat ihr die Pflaumen ganz billig verkauft.

»Nur dreißig Pfennig das Pfund?« fragt Elly. »Das ist wirklich eine echte Liebestat. Es ist kaum zu glauben, daß es so was heutzutage noch gibt!« Sie ist so froh über die nette Bäuerin und über die Pflaumen, daß sie so tut, als merke sie nicht, daß sich Elisabeth und Jutta ab und zu eine Pflaume in den Mund stecken.

Mitten in diesem ganzen Einkoch-Tohuwabohu eröffnet ihnen Frau Sutterlitte eines Tages, daß sie sich entschlossen hat, zu ihrer Tochter nach Bayern zu fahren. Das ist amerikanische Zone, und bisher hatte Frau Sutterlitte immer zuviel Angst vor der Fahrt. Doch jetzt hat sie gehört, daß man zur Grenze fahren kann, daß dort ein Transport zusammengestellt wird und daß man dann rüber kann, wenn man einen Verwandten angibt, den man besuchen will.

Elly kann sich zwar nicht so recht vorstellen, daß das

wirklich wahr sein soll, aber Frau Sutterlitte ist überzeugt davon. »Die müssen mich doch zu meiner Tochter lassen«, sagt sie immer wieder. Trotzdem bekommt sie oft Angst vor ihrer eigenen Courage. Dann muß Elly ihr versichern, daß sie es schon schaffen wird und daß ihre Tochter sich sicher sehr freuen wird, wenn sie plötzlich vor ihr steht. »Aber ja, Frau Sutterlitte«, sagt Elly, »ganz bestimmt freut sich Ihre Tochter.«

Elly hilft Frau Sutterlitte bei den Reisevorbereitungen, und die läßt sogar zu, daß Elly ihr den halben Koffer wieder auspackt. »Das können Sie unmöglich alles schleppen«, sagt Elly, »und Ihre Tochter wird schon etwas für Sie haben, falls etwas fehlt.«

Und dann soll es nach Tagen der Aufregung und des Hinundherüberlegens wirklich losgehen. Alles ist gepackt und steht bereit. Und am Abend vor ihrer Abfahrt setzt sich Frau Sutterlitte hin und ißt ihre ganze Wochenration auf. »Ich brauch's ja nicht mehr«, sagt sie. »Ich fahr ja morgen, und das habe ich mir schon immer gewünscht, am Montag die ganze Ration für die Woche auf einmal zu essen.«

Alle stehen um sie herum, während sie ißt, und freuen sich, weil sie jeden Bissen genießt. Elisabeth bekommt sogar eine Scheibe Wurst ab. Zum Schluß ist fast alles aufgegessen, nur etwas Brot bleibt übrig. Das nimmt sie für die Fahrt mit.

Dienstag früh fährt sie tatsächlich ab. Alle atmen erleichtert auf. Die letzten Tage mit ihr waren ziemlich anstrengend. Aber als sie am Abend zusammensitzen, fehlt sie ihnen doch. Frau Sutterlitte fragt nichts, hat nichts verloren und kann auch nicht gerufen werden, wo doch heute ein Brief von Gerlinde gekommen ist.

Zwei Tage später klingelt es. Christa geht zur Tür. »Frau Sutterlitte!« hören die anderen. »Wie sehen Sie denn aus, und wo um Gottes willen kommen Sie her?«

Alle stürzen auf den Flur, auch Schlumpe. Wirklich, da steht Frau Sutterlitte! Ein wenig verbogen und verbeult. Der kleine schwarze Hut, auf den sie so stolz war, sitzt schief auf einem Ohr. Der Koffer ist eingedellt, und am Mantel fehlen zwei Knöpfe. Sie hat nur noch einen ihrer schönen weißen Handschuhe in der Hand, und der ist ganz schmutzig.

Sie starren sie alle an, als sei sie ein Gespenst, so daß Frau Sutterlitte schließlich sagt: »Ich bin's wirklich, und ich tät mich gern setzen.«

Da kommt endlich Bewegung in die anderen. Elisabeth zieht den Koffer in die Wohnung. Elly hilft Frau Sutterlitte aus dem Mantel, und Jutta geht in die Küche und setzt Teewasser auf. Frau Sutterlitte wird aufs Sofa gepackt, bekommt ihren Tee, schlürft ihn langsam, und das einzige, was sie schließlich in die wartenden Gesichter hinein sagt, ist: »Und die ganze Woche nichts mehr zu essen.« Das kommt so tieftraurig-komisch raus, daß alle anfangen zu lachen, auch Frau Sutterlitte.

Dann erzählt sie, daß sie an der Grenze zurückgewiesen worden ist. Alle, die an dem Tag da waren, sind zurückgeschickt worden. Man hat sie für eine Nacht in ein Lager gesteckt und sie am nächsten Morgen einfach rausgeschmissen.

»An dem Tag ist keiner über die Grenze gekommen«,

sagt sie. »Alle waren umsonst da, und ich bin doch zu alt, um es auf eigene Faust zu versuchen.« Sie vergießt ein paar Tränen vor Müdigkeit und Enttäuschung. Doch als Christa ihr ein Butterbrot hinstellt und zwei Fondantplätzchen, kehren ihre Lebensgeister zurück, und sie erzählt, was ihr auf der Rückfahrt passiert ist:

Sie stand im Zug im Gang und konnte sich nirgends festhalten. Der Zug schwankte, dazu das Geschiebe und Gedränge von den Menschen. Jedenfalls verlor sie zweimal das Gleichgewicht und setzte sich auf ihren Allerwertesten. »Und nach dem zweiten Mal bin ich dann einfach sitzen geblieben. Da konnte ich wenigstens nicht mehr umfallen«, erzählt sie. Ja, und als dann so ein junges Ding, das über sie hinwegsteigen mußte, auf die Alten geschimpft hat, die immer im Wege seien, da hat Frau Sutterlitte ganz laut und deutlich gesagt: »Fräulein, Sie werden auch mal alt. Und wenn Sie das nicht wollen, hilft nur eins: Hängen Sie sich jung.« Alle im Zug hätten gelacht und seien auf ihrer Seite gewesen, erzählt Frau Sutterlitte.

Hier lachen jetzt auch alle. Vor allem Christa. Sie kann gar nicht wieder aufhören. Immer wenn sie sich gerade ein wenig beruhigt hat, fängt sie wieder an. Ganz vergnügt gehen sie schließlich alle ins Bett. Für den Rest der Woche werden sie ihr Essen eben mit Frau Sutterlitte teilen.

Diese Aufregung ist kaum überstanden, die letzten Äpfel sind im Glas, da fällt Elly auf, daß Jutta immer um sie herumschleicht und so merkwürdig rumdruckst.

»Was ist los, Jutta?« fragt Elly schließlich. »Raus mit der Sprache.«

Da beichtet ihr Jutta, daß sie eine Abschlußarbeit für ihre Lehrerinnenausbildung schreiben muß. Seit sechs Wochen weiß sie das, und nun kommt raus, daß sie noch nichts dafür gemacht hat. Und es sind nur noch fünf Tage bis zur Abgabe.

»Und was willst du jetzt von mir?« fragt Elly.

»Ich schaff das nicht, Mutti«, sagt Jutta. »Mir fällt einfach nichts ein.«

»Du glaubst doch nicht etwa, daß ich dir die Arbeit schreibe!« Elly ist empört. »Wie soll ich das denn? So kaputt wie ich bin, und schließlich habe ja nicht ich die pädagogischen Vorlesungen gehört, sondern du. Wie heißt denn überhaupt dein Thema?«

Jutta ist über die Frage schon ganz glücklich und läuft los, um ihre Unterlagen zu holen. »Welche kindlichen Kräfte sind geeignet, mich bei meiner Unterrichtsarbeit zu unterstützen?« liest sie vor und sieht ihre Mutter erwartungsvoll an.

Doch Elly schüttelt den Kopf. »Nichts da, Jutta«, sagt sie, »das machst du schön allein. Du wirst von allen für deinen Unterricht gelobt, und die Kinder besuchen dich sogar zu Hause, weil sie dich so gern haben. Da wirst du ja wohl wissen, wie du die kindlichen Kräfte, oder wie das hieß, für deinen Unterricht nutzt.«

»Aber das ist was ganz anderes.« Jutta ist ganz kleinlaut. »Mit den Kindern, das kann ich, aber aufschreiben ... «

»Mensch Jutta«, sagt Elly, »das Unterrichten, das

machst du doch irgendwie. Da überlegst du dir doch vorher was. Das fällt doch nicht vom Himmel.«

»Doch«, sagt Jutta und sieht dabei so kindlich verzweifelt aus, daß Elly lachen muß.

»Das glaube ich dir nicht.« Elly bleibt trotzdem unerbittlich. »Laß mich mit der Sache in Ruhe. Du hättest bloß rechtzeitig anzufangen brauchen.«

Als Christa nach Hause kommt, sieht sie sofort an Juttas Schmollmund und an Ellys Augen, daß ein Familiengewitter bevorsteht. Das will sie verhindern.

»Komm, Mutti«, sagt sie, »Elisabeth, du auch. Auf dem Alaunplatz ist Jahrmarkt. Laßt uns Karussell fahren. Es soll Rostbratwürste geben.«

Elisabeth ist Feuer und Flamme, obwohl ihr Jutta leid tut. Und Elly, der man ansieht, daß sie eigentlich gar keine Lust hat, kommt auch mit. Soll Jutta doch wirklich einmal sehen, wie sie allein zurechtkommt.

Als Elly schon im Hausflur ist, ruft Jutta ihr verzweifelt und wütend hinterher: »Für Gerlinde hättest du das gemacht!«

Elisabeth sieht, daß Jutta sich die Ohren zuhält, als Elly ihr antwortet: »Für Gerlinde hätte ich das nicht zu machen brauchen.«

Als sie auf dem Alaunplatz ankommen, sind die Rostbratwürste natürlich schon alle, und selbst Elisabeth kann sich nicht richtig freuen. Sie fährt einmal mit dem Karussell, doch obwohl sie auf einem wunderschönen Schimmel sitzt, ist sie nicht glücklich. Sie denkt die ganze Zeit an Jutta, und Elly scheint es ähnlich zu gehen. Also machen sie sich bald wieder auf den Heimweg.

Zu Hause erwartet sie eine Überraschung. Großvater sitzt am Wohnzimmertisch über ein Blatt gebeugt und schreibt wie ein Wilder. Um ihn herum stapeln sich die Bücher. Er guckt noch nicht einmal hoch, als Elly und Elisabeth ins Zimmer kommen, so vertieft ist er. Jutta sitzt ihm gegenüber und kaut schuldbewußt an ihrem Bleistift.

Elly ist in der Tür stehengeblieben und sagt gar nichts. Christa erfaßt die Lage mit einem Blick und ist sofort verschwunden. Sie wird bei einer Bekannten schlafen, weil sie morgen schon um vier Uhr früh anfangen muß zu arbeiten. Nur Elisabeth freut sich. Sie schlüpft unter Ellys Arm durch und setzt sich in die Sofaecke. Schlumpe springt neben sie aufs Sofa. Elisabeth weiß, daß Elly jetzt vielleicht anfängt zu schimpfen, aber das macht nichts. Die Hauptsache ist, daß alle zusammen sind. Aufregung, Gereiztheit, ja, selbst lautes Schreien – das kennt Elisabeth alles schon. Das macht ihr keine Angst mehr.

Doch diesmal passiert nichts dergleichen. Elly geht zum Tisch, nimmt wortlos das erste Buch und setzt sich. Es ist ganz still. Man hört nur Großvaters quietschenden Füllfederhalter und das Streichholz, als Elly sich die erste Zigarette an diesem Abend anzündet. Elisabeth kuschelt sich zufrieden in ihre Sofaecke. Es ist die Ecke, in der sonst immer Onkel Paul gesessen hat.

»Du bleibst bei mir, nicht wahr, Kind? Du gehst nicht auch noch weg?« hat Elly neulich Elisabeth gefragt, als sie in dieser Ecke saß. Elisabeth war sehr verwundert. Natürlich bleibt sie. Warum denn nicht? Sie hat inzwischen ganz vergessen, daß sie vor ein paar Monaten selbst noch ständig Angst hatte, wieder wegzumüssen.

Jetzt flüchtet Elly erst einmal vor dem Bücherberg und der erwartungsvollen Jutta in die Küche und kocht eine große Kanne Tee. Dann setzt sie sich wieder hin, greift nach einem neuen Buch und liest.

Jutta ist ungeduldig. »Mutti, sag doch was!« drängelt sie. »Hast du immer noch keine Idee?«

»Herrgott, Jutta, nun sag mir bloß, wo ich die so schnell hernehmen soll.« Jetzt wird Elly doch ein bißchen laut. »Ich kann mir die Ideen schließlich nicht aus dem Ärmel schütteln. Ich muß doch erst mal wissen, worum es überhaupt geht.«

»Ach, Mutti, du machst das schon«, sagt Jutta aus tiefstem Herzen und ehrlich überzeugt.

Elly muß lachen. »Wer hätte das gedacht«, sagt sie, »wo ich doch in den Augen meiner Kinder eigentlich pädagogisch völlig untauglich bin.«

In der Zwischenzeit hat Großvater, ohne sich stören zu lassen, ununterbrochen weitergeschrieben und will jetzt vorlesen. Elly ist etwas skeptisch – das merkt man –, aber Jutta ist so verzweifelt, daß sie für alles dankbar ist, wenn nur überhaupt etwas dasteht. Großvater fängt an zu lesen, und nach kurzer Zeit hört auch Elly gespannt zu.

Jutta strahlt. Natürlich ist die Arbeit noch nicht fertig, aber was Großvater da geschrieben hat, ist wirklich gut.

»Weißt du«, erzählt er später Elisabeth, »wenn ich nicht Chemiker geworden wäre, dann wäre ich Lehrer geworden. Mein Vater hatte eine eigene Schule, und die sollte ich eigentlich übernehmen.«

»Und warum hast du das nicht gemacht?« will Elisabeth wissen.

»Ach, na ja«, sagt er, »als ich einmal mit der Chemie angefangen hatte, da hat sie mich nicht mehr losgelassen. Das weißt du ja.«

Elly und Großvater beschließen, daß es für heute erst einmal genug ist, und sie gehen alle ins Bett.

Der nächste Tag ist ein Sonntag. Großvater kommt gleich morgens von drüben, und alle drei gehen sofort wieder an die Arbeit. Auch Jutta schreibt diesmal ganz eifrig. Seit sie hoffen kann, daß die Arbeit doch noch fertig wird, fällt ihr selbst auch wieder etwas ein.

Elisabeth setzt sich in ihre Sofaecke, aber nach einiger Zeit wird es ihr dort doch zu langweilig. Sie ruft leise nach Schlumpe und sagt: »Wir gehen ein bißchen raus.«

Elly guckt kaum hoch und sagt nur: »Ja, ja, geht nur, aber bleib nicht zu lange.« Jutta winkt ihr ungeduldig zu. Bloß keine Störung, soll das heißen.

Zuerst ist Elisabeth ein wenig unschlüssig, was sie tun soll. Dann entscheidet sie, doch wieder einmal zur Prießnitz zu gehen. Sie fragt sogar Dieter, ob er mitwill.

Im Blätterzelt ist alles unverändert. Sogar die Schätze sind noch da, aber mit Dieter fühlt sich Elisabeth dort nicht wohl. Sie ist lieber allein in ihrem Zelt. Sie steigen zusammen in das ausgetrocknete lehmige Flußbett. Dort kann man prima Dämme bauen oder auch eine Burg. Der Lehm ist gerade richtig, noch naß genug zum Formen und so trocken, daß er nicht zerläuft. Ihre Burg bekommt sogar einen Graben mit Brücke, und die Türme schmücken sie mit zwei Vogelfedern.

Stundenlang bauen sie so und sind schließlich von oben bis unten mit Lehm beschmiert. Es ist spät geworden, und obwohl sie eigentlich noch einen zweiten Graben und einen Wall mit Wachtürmen bauen wollten, möchte Elisabeth diesmal wegen Dieter doch lieber rechtzeitig nach Hause. Aber da weigert sich Dieter mitzugehen.

»Ich will hierbleiben«, schreit er. »Ich will nicht nach Hause.« Als Elisabeth ihn am Arm faßt und mitziehen will, stemmt er seine Beine fest auf den Boden. Elisabeth gibt schließlich auf, und sie setzen sich nebeneinander vor ihre Burg. Dieter weint.

»Warum willst du denn bloß nicht nach Hause?« fragt Elisabeth. »Wir können doch morgen wiederkommen und weiterbauen.«

»Können wir eben nicht«, sagt Dieter.

»Warum denn nicht?« Elisabeth versteht ihn nicht.

»Weil heute nacht kleine Bomben auf meine Burg fallen, ganz viele kleine Bomben, und die machen alles kaputt.« Dieter nimmt ein paar Steine und läßt sie auf die Burg fallen. »So!« sagt er.

Elisabeth sieht ihn an, die Stirn gekraust. »Du spinnst«, sagt sie schließlich. »Es fallen keine Bomben mehr. Komm jetzt mit.« Sie steht auf, und Dieter läßt sich wider Erwarten hochziehen. »Es fallen keine Bomben mehr«, sagt Elisabeth noch einmal. Dabei ist sie sich selbst nicht ganz sicher.

Zu Hause schreit Jutta entsetzt auf, als sie sieht, wie dreckig Elisabeth ist. »Ausgerechnet heute! Konntest du nicht ein bißchen Rücksicht nehmen, wo wir so viel zu tun haben?«

»Du hast viel zu tun, Jutta«, unterbricht Elly sie, »nicht wir. Wir helfen dir nur dabei.« Und zu Elisabeth gewandt fragt sie: »Wo warst du denn bloß?« Als Elisabeth ihr vom Fluß und von der Burg erzählt, lacht sie. »Klar, daß man dabei schmutzig wird. Aber waschen mußt du dich allein. Die schmutzigen Kleider legst du ins Bad. Und was zu essen mußt du dir auch selber machen.«

Am nächsten Morgen kommt Elisabeth ins Wohnzimmer und findet dort Großvater auf dem Sofa vor. Er schläft noch. Sie weckt ihn, und er erzählt, daß sie gestern nacht noch bis halb vier Uhr früh gearbeitet haben und daß ihm dann drüben keiner mehr die Tür aufgemacht hat. Deshalb hat er hier geschlafen.

»Großmutter und Tante Celeste finden, daß ich verrückt sei, mir zwei Tage lang die Nächte um die Ohren zu schlagen und mir einen Schreibkrampf zu holen«, schmunzelt er. »Aber mir hat es Spaß gemacht. Ich habe immer schon gern geschrieben.«

Juttas Arbeit ist vierundzwanzig Seiten lang geworden, und sie muß jetzt nur noch alles abschreiben und eine Mappe dafür kleben. Sie ist sanft wie ein Engel, schimpft nicht und ist vor allem lieb zu ihrer Mutter.

»Ihr muß das Elbsandsteingebirge vom Herzen gefallen sein«, sagt Elly.

Heute mittag soll es zur Feier des Tages Thüringer Klöße geben. Frau Sutterlitte hat sie gemacht. Den ganzen Vormittag hat sie dafür Kartoffeln geschält und gerieben. Sie essen alle zusammen, auch Großvater ist dabei, und ausgerechnet heute kommt Elisabeth zu spät zum Essen.

Sie haben in der Schule noch mit dem Chor geübt, weil nächsten Sonntag Wahlen sind, und da sollen sie vor den Wahllokalen singen. Auch wenn die Kinder noch nicht mitwählen können, hat Elisabeths Lehrerin gesagt, so sollen sie doch auch ihren Teil dazu beitragen, daß nun eine Demokratie geschaffen wird. Außerdem seien die Kinder die Zukunft des deutschen Volkes, und es werde alles für sie aufgebaut: der neue Staat und die neue Gesellschaft.

Kurz vor dem Essen hat Elly eine Wahlsendung im Radio gehört, über die sie sich furchtbar aufregt. Sie läuft hin und her und hält eine Rede, während Jutta, Frau Sutterlitte und Großvater den Kopf einziehen. Aber Elly achtet gar nicht auf sie, und sie merkt auch nicht, daß Elisabeth inzwischen nach Hause gekommen ist.

»Ekelhaft«, sagt Elly gerade, »es ist wirklich ekelhaft. Nichts als Hetze und Verleumdungen. Kann mir mal einer erklären, warum die sich dauernd so beschimpfen müssen?« Keiner antwortet. »Da hat man nun die zwölf langen Jahre unter Hitler gegen alle Ungerechtigkeiten und Scheußlichkeiten gekämpft. Und jetzt das. Wahlen, ja, die gibt's nun endlich. Aber kriegen wir wirklich eine Demokratie? Überall Versprechungen und Beteuerungen, doch ich frage mich, ob die überhaupt wissen, wovon sie reden?« Sie sieht alle der Reihe nach an, aber es sagt immer noch keiner etwas.

»Oh, diese Politik«, stöhnt Jutta später, als sie mit Elisabeth allein ist. »Wie ich das hasse. In der Nazizeit war sie schon genauso. Immer im Zimmer auf und ab, wenn Hitler im Radio sprach, und dabei hat sie Reden geschwungen: gegen Hitler, gegen die Nazis, gegen alles. Mein Gott, hat Mutti sich aufgeregt! Und je mehr sie sich aufregte, desto lauter wurde sie. Wir Kinder lagen im Bett und fürchteten uns zu Drecke, daß die Nachbarn sie hören. Das war doch alles verboten, auf Hitler zu schimpfen oder auf den Krieg. Laß mich bloß mit Politik in Ruhe, wir haben genug davon gehabt.«

Elisabeth macht es zwar auch ein bißchen Angst, wenn Elly so durchs Zimmer rennt, sich ereifert und immer lauter wird. Aber sie mag es auch. Sie findet, daß Elly dann ein bißchen wie der blinde König aussieht, wenn er mit lauter Stimme über das Meer ruft.

Elly wendet sich jetzt an Großvater. »Vater«, sagt sie, »du weißt, daß ich von Jugend an für jeden Menschen, egal welcher Partei, Achtung gehabt habe. Einerlei was sie waren: Kommunisten, Sozialdemokraten oder Liberale. Hauptsache, es waren anständige Menschen, die wirklich von ihrer Idee überzeugt waren und dafür kämpften. Ausgenommen natürlich«, sie fällt sich selbst ins Wort, »ausgenommen natürlich die Nationalsozialisten. Für die hatte ich nie Verständnis. An denen konnte ich wirklich nichts Gutes entdecken, nur Grausamkeit, primitiven Hochmut und Barbarei. Aber jetzt«, sie redet wieder über die Wahlsendung im Radio, »ihr habt es ja gehört. Das sind doch alles Gegner des nationalsozialistischen Systems. Antifaschisten, wie sie immer sagen. Die müßten doch Achtung voreinander haben und gemeinsam kämpfen, gemeinsam das neue Deutschland aufbauen. Und statt dessen beschimpfen sie sich, und beschuldigen sich gegenseitig, wie reaktionär oder unchristlich oder nicht fortschrittlich genug oder nicht sozialistisch genug oder, was weiß ich, die jeweils anderen sind.«

»Aber Kind«, wagt Großvater einzuwerfen, »es ist Wahlkampf. Das war immer schon so.«

»Das ist kein Grund«, donnert Elly zurück, »daß es immer so bleiben muß. Ich jedenfalls hatte bis jetzt den kindlichen Glauben, es würde sich endlich mal was ändern.«

»Es hat sich ja auch was geändert«, sagt Großvater vorsichtig.

»Ja«, sagt Elly, »ja.« Plötzlich sieht sie ganz erschöpft aus. »Es hat sich was geändert. Das ist schon wahr.« Sie legt ihre Hand auf Großvaters Hand. »Laß gut sein, wir werden sehen, was daraus wird.« Jetzt erst merkt sie, daß Elisabeth schon die ganze Zeit in der Tür steht. »In was für eine verrückte Familie bist du bloß geraten?« sagt sie. »Wir schreien hier rum und regen uns auf.«

»Wir ist gut«, sagt Jutta leise, aber vorsichtshalber so, daß Elly es nicht hören kann.

»Und du kriegst noch nicht mal was zu essen!« Elly legt einen Kloß auf Elisabeths Teller. »Weshalb kommst du so spät?« fragt sie dann.

»Wegen der Wahl«, sagt Elisabeth.

Da lacht Elly. »Du armes Kind! Wir regen uns auf, und dabei bist du es, die wirklich unter der Wahl leidet. Gleich doppelt: erst so lange Schule und dann kein Essen.« Großvater, Jutta und Frau Sutterlitte lachen erleichtert mit.

Amerika

Es klingelt. Ein Telegramm. Das ist nicht so ungewöhnlich. Gerlinde schickt oft eins, weil Briefe immer so lange dauern. Doch dieses Telegramm ist nicht von Gerlinde und kündigt auch keinen Besuch an. Elly muß sich setzen, als sie es gelesen hat. + BIN BREMEN, steht in dem Telegramm. EMIGRANT-STAGING AREA EINSCHIFFUNG USA FREITAG – STOP ALLES GUTE FUER EUCH ALLE BRIEF FOLGT = HUBER +

»Nach Amerika«, sagt Elly leise, »der Huber. Hat er es also doch geschafft. Aber so plötzlich.« Sie sieht aus, als täte ihr etwas sehr weh. »O Gott«, sagt sie. Elisabeth beobachtet sie vorsichtig, weil sie Angst hat, daß Elly anfängt zu weinen. »O Gott«, sagt sie noch einmal, »der Huber. Nie wieder werde ich seine laute Stimme hören.« Und dann weint sie tatsächlich.

Elisabeth wartet. Sie weiß, daß Elly schon von allein erzählen wird.

»Ich weiß nicht«, sagt Elly und sieht Elisabeth an, »ich hatte den Bengel von Anfang an gern. Von dem Tag an, als Christa ihn das erste Mal mitgebracht hat. Er hatte sie an einer Haltestelle angesprochen, einfach so, mit irgendeiner frechen Bemerkung. Frech war er immer. Er war damals Soldat. Er konnte so herrlich laut lachen, und wenn er ›Schiet‹ gesagt hat, das war so erfrischend. Die ganze Weltlage war damit erklärt. Verstehst du? Ich mochte ihn einfach.« Elly macht eine lange Pause.

Elisabeth wartet. Sie will von Amerika hören, unbedingt. Davon hat ihr schon Großvater erzählt, und die Kinder auf der Straße sprechen davon. Und jetzt kennt Elly einen, der wirklich dorthin geht. Doch Elly erzählt von etwas ganz anderem.

»Dann hat er sich in die Gerlinde verliebt«, sagt sie, »dieser verrückte Kerl, und die Gerlinde sich in ihn. Und sie haben sich heimlich verlobt. Mein Gott, hatte ich eine Angst um die beiden!«

»Wieso?« fragt Elisabeth. »Wieso hattest du Angst?«

»Der Huber«, sagt Elly, »weißt du, sein Vater war Jude, und Gerlinde durfte ihn deshalb nicht heiraten. Das war verboten in der Nazizeit. Den Juden war ja fast alles verboten. Der Huber durfte deshalb auch nicht weiter zur Schule gehen. Er hatte so einen fiesen Nazi als Lehrer. Der hat schon 1933 zu Hubers Vater gesagt: ›Wenn Sie ihn nicht freiwillig von der Schule nehmen, laß ich ihn sitzen. Und er wird durch alle Prüfungen fallen, das garantiere ich Ihnen.‹ 1933 durften die Juden eigentlich noch zur Schule gehen, aber daraufhin ist der Huber dann lieber freiwillig abgegangen.«

»Und was hat er dann gemacht?« fragt Elisabeth.

»Er hat Kaufmann gelernt«, sagt Elly, »bei einer jüdischen Firma, wenn ich mich recht erinnere. Die wurde wenig später enteignet, und er stand auf der Straße. Und so ging das dann immer weiter in seinem Leben. Er fand wieder Arbeit, machte Pläne, und dann machten die Nazis wieder irgendein neues Gesetz gegen die Juden, oder sein Arbeitgeber mußte emigrieren, oder wenn der kein Jude war, schmiß er ihn einfach raus, und Huber wußte wieder nicht, wohin. Er hat deshalb schon einmal versucht, nach Amerika zu kommen. Raus aus Nazideutschland. 1937 oder 1938 war das, glaube ich. Aber das hat nicht geklappt, weil er kein Visum bekam und nicht genug Geld hatte. Na ja, nun hat er es ja geschafft.« Sie seufzt und hängt ihren Gedanken nach.

»Als der Krieg kam«, sagt sie dann, »da ging das Hin und Her erst richtig los. Erst haben sie ihn eingezogen. Gleich zu Beginn des Krieges war das. Dann haben sie ihn wegen seines Gehörs wieder nach Hause geschickt. Er hört nicht gut, weißt du. Ein Jahr später war er plötzlich doch kriegstauglich. Da spielte sein schlechtes Gehör keine Rolle mehr. Und wieder ein bißchen später gab es eine neue Bestimmung. Da hieß es, daß sich die Juden noch nicht einmal mehr für Deutschland totschießen lassen durften.« Elly lacht bitter. »Wehrunwürdig nannte man das. Also wurde er wieder nach Hause geschickt. Und zum Schluß haben sie ihn dann in so eine Art Lager gesteckt und ihn arbeiten lassen. Das war hier in der Nähe, bei Meißen.«

»Und war er da eingesperrt in dem Lager?« fragt Elisabeth.

»Nein, Kind«, sagt Elly, »nicht richtig. Denn er hat uns von dort manchmal besucht. Aber wie das genau war, hab ich nie erfahren. Ich glaube, er ist manchmal auch einfach ohne Genehmigung gekommen. Ich weiß nicht, was da offiziell erlaubt war und was nicht. Das hat er uns nie erzählt.«

»Und was mußte er da arbeiten, Tante Elly?« fragt Elisabeth.

»Das weiß ich auch nicht genau.« Elly überlegt. »Ich

weiß nur, daß in dem Lager auch polnische und russische Zwangsarbeiter waren. Die hatte man in Massen aus ihrer Heimat hierher nach Deutschland verschleppt, wo sie für uns schuften mußten. Mit denen zusammen hat Huber nach dem Angriff auf Dresden auch die ersten Aufräumarbeiten machen müssen. Wenn ich mich recht erinnere, mußte er Straßenbahnschienen ausbauen. Deshalb war er in Dresden, und das weiß ich, weil er uns da gesucht hat. Er wußte ja nicht, wo wir nach dem Angriff waren. Unser Haus stand doch nicht mehr. Er hat uns dann tatsächlich hier in der Bachstraße gefunden. Ja, und dann ist er eines Tages abgehauen.«

»Was?« Elisabeth kriegt große Augen.

»Ja«, sagt Elly, »das heißt, ich wußte davon gar nichts. Das habe ich erst viel später erfahren. Er kam nur nicht mehr. Nun, das konnte tausend Gründe haben. Jedenfalls mußte er eines Tages ganz offiziell nach Frankfurt fahren und dort irgend etwas abholen. Natürlich nicht allein, ich glaube, sie waren zu dritt, und eine Bewachung werden sie auch dabeigehabt haben. In der Nähe von Fulda hielt ihr Zug, weil Fulda brannte. Alle guckten, und niemand achtete auf die drei. Ja, und da sind sie raus aus dem Fenster und einfach losgelaufen. Sie haben sich erst einmal im Wald versteckt. Dann haben sie einen Bauern gefunden, der ihnen Kleidung gegeben hat. Sie trugen ja so eine Art Uniform, daran hätte man sie sofort erkannt. Danach haben sie sich getrennt, und Huber hat sich allein Richtung Westen durchgeschlagen. Irgendwann ist er dann auf die Amerikaner gestoßen. Die haben ihm Papiere gegeben, und da hatte er es geschafft. Ich weiß nicht, ob du weißt, wie gefährlich das alles war. Er hätte jederzeit erschossen werden können. Ein junger Mann ohne Uniform und Papiere am Ende des Krieges auf der Straße – da wußte jeder, daß das ein desertierter Soldat war oder daß sonst irgend etwas faul war. Und wie viele sind noch erwischt und sofort erschossen worden, als sie schon dachten, sie hätten es geschafft! Da kannten die Nazis kein Erbarmen.« Elisabeth ist froh, daß die Nazis Huber nicht erwischt haben.

Plötzlich lacht Elly, weil sie sich an etwas erinnert. »Einmal«, erzählt sie, »wir kannten Huber noch nicht lange, und er war noch Soldat, da war er bei uns, als ein Mitstudent von Gerlinde vorbeikam. Der wollte sich, glaube ich, ein Buch leihen. Gerlinde kannte ihn kaum. Dieser Mitstudent war ein überzeugter Nazi und fing tatsächlich an, bei uns auf die Juden zu schimpfen. Daß wir nur wegen der Juden Krieg führten, daß sie das deutsche Volk in den Ruin geführt hätten und so weiter. Die ganze verlogene Leier. Gerlinde und ich haben versucht, ihm vorsichtig zu widersprechen, soweit man es eben wagen konnte. Doch wir dachten, uns trifft der Schlag, als Huber plötzlich zu dem fremden Studenten sagte, er habe ganz recht, und es sei gut, daß Hitler dieses Pack nun endlich richtig behandele, so, wie sie es verdient hätten, und daß dank Hitler mit den jüdischen Intrigen nun endlich Schluß sei. Immer weiter hat der Huber so geredet. Er hat sich da richtig hineingesteigert. Gerlinde und ich, wir haben Blut und Wasser geschwitzt, weil wir dachten, der Nazistudent merkt irgendwann, daß Huber sich nur über ihn lustig macht. Doch dafür war der einfach zu doof. Mein Gott, waren wir froh, als der endlich draußen war. Am nächsten Tag hat er dann Gerlinde in der Universität angesprochen und gesagt: ›Über Ihre Einstellung, Gerlinde, habe ich mich ja, ehrlich gesagt, sehr gewundert, aber der Soldat da bei Ihnen zu Haus, der war in Ordnung.‹ Huber hat sich totgelacht, als er das gehört hat. ›Die Nazis glauben alles, was sie glauben wollen‹, hat er gesagt, ›sogar wenn es von einem Juden kommt.‹«

Elly lacht, aber dann wird sie wieder ernst. »Weißt du«, sagt sie ganz unvermittelt, »seinen Vater haben sie im Konzentrationslager ermordet.« Elisabeth sieht sie entsetzt an. »Du weißt doch, was ein Konzentrationslager ist?« fragt Elly.

Natürlich weiß Elisabeth das. Alle wissen das. Konzentrationslager haben die Nazis gebaut, um Juden und andere Menschen zu töten. Die Menschen wurden in Viehwaggons zusammengepfercht und zu den Lagern transportiert. Auf der Fahrt starben schon sehr viele. Die, die überlebt hatten, mußten in den Lagern schwerste Arbeit leisten und bekamen kaum etwas zu essen. Sie wurden gequält und mißhandelt, und zum Schluß hat man sie getötet. Man hat sie vergast. Sie wurden nackt in einen großen Duschraum getrieben, und aus den Duschen kam Gas statt Wasser. Elisabeth weiß das alles aus der Schule. Erst gestern hat ihnen die Lehrerin von einem jüdischen Mädchen erzählt, das in ihrer Klasse war und das später auch in einem Konzentrationslager ermordet worden ist. Die Lehrerin hat diese Schülerin immer besonders gern gehabt und sie auch noch heimlich besucht, als sie nicht mehr zur Schule gehen durfte. Eines Tages ist die Lehrerin in die Wohnung der Schülerin gekommen, und niemand war da. Eine Nachbarin hat ihr erzählt, daß die ganze Familie in der letzten Nacht von den Nazis abgeholt worden sei. Die Lehrerin konnte überhaupt nichts machen. Sie durfte noch nicht einmal mit jemandem darüber reden, auch nicht mit den anderen Leuten, weil die fast alle in der Nazipartei waren und deshalb nicht wissen durften, daß sie immer noch zu dem jüdischen Mädchen gegangen war. Die Lehrerin war so traurig, als sie das erzählte, daß sie fast geweint hat.

Was ein Konzentrationslager ist, weiß Elisabeth also.

»Weißt du«, erzählt Elly weiter, »der Huber hat sich wegen seines Vaters immer schuldig gefühlt.«

»Warum?« Elisabeth versteht das nicht.

»Das ist nicht leicht zu verstehen, ich weiß«, sagt Elly. »Ich glaube, einfach deshalb, weil er überlebt hat und sein Vater nicht. Er hat mir einmal erzählt, daß er seinen Vater am Anfang noch besuchen konnte. Der Vater war in so einer Art Durchgangslager. Von dort sollte er dann noch weiter weggebracht werden. Der Huber hat ihn also besucht, und als er ihm gegenübergestanden ist, da hat er nur gedacht: ›Bloß weg hier!‹ Er hatte so viel Angst, daß er nichts anderes denken konnte, als daß er so schnell wie möglich wieder weg wollte aus dem Lager. Ja, und deshalb fühlt er sich schuldig.«

»Aber er konnte doch gar nichts dafür«, sagt Elisabeth.

»Trotzdem«, sagt Elly. »Das hilft nicht immer, daß man nichts dafür kann.«

Elisabeth versteht das zwar immer noch nicht, aber sie hat noch eine andere Frage, die sie jetzt unbedingt loswerden will. »Warum will denn der Huber überhaupt nach Amerika?« fragt sie. »Er kann jetzt doch hierbleiben. Jetzt ist es doch nicht mehr so wie bei den Nazis.«

»Ach Kind«, antwortet Elly, »das ist alles so schwer zu erklären. Huber hat mir einmal gesagt, daß er nicht mehr unter den Menschen leben kann, die ihn zum Feigling gemacht haben. Ja, und dann hatte er es auch nach dem Krieg nicht leicht. Und seitdem er 1937 versucht hat, nach Amerika auszuwandern, war Amerika immer sein Traum. Daran hat sich nichts geändert. Er war nach dem Krieg noch einmal hier in Dresden. Damals hat er auch viel von Amerika gesprochen.« Elly überlegt eine Weile. »Ich glaube, hier in Deutschland erinnert ihn einfach zu viel an die Vergangenheit. Und ich glaube, er ist auch enttäuscht über die allgemeine Entwicklung hier. Vieles ist doch nicht so, wie er – wie wir uns das erhofft haben.«

»Und Gerlinde«, will Elisabeth noch wissen, »heiratet sie den Huber noch?«

»Nein«, sagt Elly ein bißchen erschrocken, »nein. Sie hat ihn sehr gern, aber ... Weißt du, in der Nazizeit, während all der Schwierigkeiten, da hat sie zu ihm gestanden, und da hat sie auch geglaubt, daß sie ihn liebt. Aber hinterher, da wußten die beiden nicht mehr, ob sie wirklich zusammenleben wollten. Sie haben sich bestimmt noch sehr gern, aber heiraten – nein.«

Trotzdem ist Jutta, als sie am Abend die Neuigkeit erfährt, davon überzeugt, daß Gerlinde mit Huber nach Amerika gefahren ist. Jutta schwärmt für spannende Liebesgeschichten. Und eine gemeinsame Flucht nach Amerika – das wäre mal was. »Wirst schon sehen, Mutti«, prophezeit sie, »morgen kommt ein zweites Telegramm. Von Gerlinde. Und ich weiß auch, was drin steht.«

Obwohl Elly nicht glauben kann, daß Gerlinde einfach so, ohne ihr Bescheid zu sagen, nach Amerika gehen würde, ist sie doch froh, als sie Gerlindes nächsten Brief wie immer aus Göttingen erhält.

Ein paar Tage später kommt dann auch der Brief, den Huber in seinem Telegramm angekündigt hatte. »So viel hat man uns versprochen«, schreibt er, »aber wieder war alles leere Propaganda. Alles sollte gerecht werden. Wem man etwas weggenommen hatte, der sollte es zurückbekommen, und wer gelitten hatte, sollte wenigstens anständig behandelt werden und so, daß er seine Würde behält. Statt dessen überall Mißtrauen und Papierkrieg. ›So, Ihr Vater ist von den Nationalsozialisten ermordet worden? Können Sie das beweisen?‹ Oder: ›Sie wollen studieren? Aber Sie haben doch gar kein Abitur. Wie stellen Sie sich das vor?‹ Ja, wie stelle ich mir das vor? Ich weiß es auch nicht. Noch länger in Deutschland zu leben, kann ich mir jedenfalls nicht vorstellen. Auf meinen vielen Irrfahrten habe ich einmal in einem Krankenhaus übernachtet, weil ich sonst nirgends unterkommen konnte. Da lag ich mit Arm-

und Beinbrüchigen zusammen. Auch für Wortbrüchige müßte es meiner Meinung nach ein Krankenhaus geben. Das wäre sicher so groß wie eine ganze Stadt.«

Elly unterbricht das Vorlesen des Briefes. »Ich weiß nicht«, sagt sie, »mir kommt es so vor, als hätte er heute weniger Hoffnung als früher. Aber ich kann das schon nachfühlen. Wir haben alle so lange und sehnsüchtig darauf gewartet, daß dieser Hitlerspuk endlich vorbei ist. Und nun – überall wieder die alten Probleme. Wer damals eine große Klappe hatte, hat auch heute wieder eine große Klappe. Das ist schon eine Enttäuschung.«

»Aber die Lehrerin hat gesagt, es wird alles anders, ganz bestimmt, Tante Elly«, sagt Elisabeth. »Die Nazis haben wir alle weggejagt, und wir bauen eine Demokratie auf, und mit den Nazis ist es ein für allemal aus.«

»Ja«, sagt Elly, »da hat sie schon recht, deine Lehrerin. Aber in Wirklichkeit ist das doch alles ein bißchen komplizierter. Die Nazis verschwinden ja auch nicht so einfach spurlos vom Erdboden. Und es gibt ja vor allem heute auch keiner mehr zu, daß er ein Nazi war. Plötzlich sind alle schon immer dagegen gewesen. Alle sind sie unschuldig, haben von nichts etwas gewußt und alles nicht gewollt. Und das schlimmste ist, viele scheinen das wirklich zu glauben. Und sie sind dann ganz empört, wenn man sie daran erinnert, daß sie damals nichts mit uns zu tun haben wollten, weil wir nicht in der Nazipartei waren, oder daß sie immer auf die Juden geschimpft haben oder sogar jemanden angezeigt und dadurch ins Konzentrationslager gebracht haben. Wenn man dann so unter seinen Mitmenschen gelitten hat wie der Huber, da kann ich ihn manchmal schon sehr gut verstehen. Weißt du, das habe ich dir noch nicht erzählt. Hubers Vater hatte sich erst versteckt. Und das ist auch eine ganze Zeit gutgegangen. Bis ihn irgend jemand angezeigt hat, der ihn gesehen hatte, als er nachts ein paar Schritte vors Haus machte, um ein bißchen frische Luft zu schnappen. Ja, so war das.«

Hubers Brief ist noch nicht zu Ende. »Ich hasse nicht«, schreibt er, »und ich weiß auch, daß Deutschland Hilfe braucht. Aber ich kann ihm diese Hilfe nicht geben, ich brauche selbst welche. Schon immer hatte ich den Wunsch, in die USA ausreisen zu können. Jetzt wird dieser Wunsch endlich wahr. Dort werde ich wieder frei atmen können. Vielleicht werde ich dort sogar lernen, mir selbst zu helfen. Euch werde ich nie vergessen. Alles Liebe – Huber.«

Elly legt den Brief aus der Hand. »Ich wünsche ihm so sehr«, sagt sie, »daß es ihm endlich gutgeht und daß er endlich findet, was er sucht.«

Der Doktor

Heute kommt Jutta strahlend nach Hause. Sie hat ihre Prüfung bestanden. »Zwanzig sind durchgefallen«, erzählt sie. »Ich hatte vielleicht einen Bammel. Erdkunde hab ich auch prompt verhauen. Doch das hab ich durch Mathe wieder ausgeglichen. Mein Gott, bin ich froh, daß ich das hinter mir habe.«

Nun ist Jutta also Neulehrerin und wird bald ihre erste Stelle antreten. Sie freut sich darauf. Aber dann erfährt sie ein paar Tage später, daß sie einer Schule in Chemnitz zugewiesen worden ist. Alle sind entsetzt. Vor allem Elly. Jutta nach Chemnitz, das geht nicht. Paul ist nicht da, und Christa arbeitet Tag und Nacht. Elly braucht auch Juttas Geld. Denn sie bekommt keins mehr, seit Paul weg ist. Und wenn Jutta nun ihr Gehalt für eine Wohnung in Chemnitz ausgeben muß, was soll dann werden?

Elly zieht los. Die Zuweisung muß geändert werden. Elly erzählt dem zuständigen Oberregierungsrat in der Landesverwaltung von ihren Sorgen, doch der reagiert kurz und abweisend: Juttas Papiere seien schon in Chemnitz, überall brauche man Lehrer, und er könne da gar nichts machen. Doch so schnell gibt Elly nicht auf. Sie erkundigt sich in Dresden beim Schulamt. Ja, dort würde man Jutta gern nehmen. Natürlich. Man ist froh über jeden Lehrer.

Also macht sich Elly wieder auf den Weg zu dem Oberregierungsrat. Seine Sekretärin behauptet, er sei nicht da. Aber Elly läßt sich nicht abweisen. Sie setzt sich vor seine Tür. Von neun Uhr früh bis halb vier Uhr nachmittags.

»Ich habe ihn richtig belagert«, erzählt sie hinterher. »Schließlich gab er auf und holte mich rein. Diesmal habe ich aber nicht mehr um Verständnis gebeten, sondern ihm mitgeteilt, daß Jutta hier in Dresden eine Stelle haben kann. Es sei seine Sache, habe ich gesagt, ob er ihr diese Stelle gebe oder nicht. Das sei mir egal. Er müsse sich nur darüber klar sein, daß Jutta nicht nach Chemnitz gehen werde. Ich brauche sie hier, und andere, die nicht ausgebombt seien und keine Mutter und ein Pflegekind zu versorgen hätten, hätten schließlich auch eine Stelle in Dresden bekommen. ›Ich kann Sie nicht zwingen‹, habe ich ihm noch einmal ganz deutlich gesagt, ›aber Jutta geht nicht nach Chemnitz. Ganz sicher nicht. Wenn Sie ihr keine Stelle in Dresden geben, dann müssen Sie eben auf sie verzichten.‹«

Der Oberregierungsrat muß wohl beeindruckt gewesen sein. Denn ein paar Tage später kommt tatsächlich die Nachricht, daß Jutta an einer Schule in Dresden anfangen kann.

Als das glücklich überstanden ist, wird Großmutter krank. »Ein leichter Schlaganfall«, sagt der Arzt. »Ob sie sich wieder erholt, weiß ich nicht. Aber Hoffnung besteht.«

Obwohl Elisabeth eigentlich immer ein bißchen Angst vor Großmutter hat, weil sie so streng sein kann, sitzt sie jetzt oft zusammen mit Großvater an ihrem

Bett. Großvater hält Großmutters Hand und sieht sie unglücklich und hilflos an.

Doch nach ein paar Tagen geht es ihr zum Glück ein wenig besser. Großvater freut sich und hat auch wieder Lust, etwas zu erzählen. Dabei kommt langsam Farbe in sein blasses, trauriges Gesicht, und seine Augen leuchten. Er fragt Elisabeth, ob er ihr erzählen soll, wie er Großmutter kennengelernt hat, und Elisabeth sagt natürlich ja.

Während Großvater spricht, guckt er immer wieder vorsichtig auf Großmutter und beobachtet, ob ihr auch gefällt, was er sagt. Sie hat die Augen meistens geschlossen. Aber manchmal macht sie die Augen auf, und dann sieht man, daß sie genau hört, was Großvater erzählt.

»Großmutter«, fängt Großvater an, »war erst vierzehn Jahre alt, als wir uns kennenlernten. Wir sind beide mit unseren Köpfen gegen einen Briefkasten geknallt, und von da an wollte ich sie heiraten.«

»Gegen einen Briefkasten geknallt?« Elisabeth ist gespannt, was nun wieder kommt, und Großmutter hat die Augen aufgeschlagen.

»Ja«, sagt Großvater, »das war so. Ich sollte für meinen Vater die Post besorgen. Ich bin also losgesaust und habe natürlich weder nach rechts noch nach links geguckt, um die Ecke, und – rums – war ich mit meinem Kopf gegen den Briefkasten gelaufen. Das hat ganz schön gekracht bei meinem Dickschädel. Als ich wieder so weit bei mir war, daß ich wahrnehmen konnte, was um mich herum los war, da stand doch plötzlich wie im Märchen ein wunderschönes Mädchen vor mir.« Großmutter macht die Augen wieder zu, und Großvater schmunzelt. »Und was soll ich dir sagen: Dieses wunderschöne Mädchen hatte genauso eine große Beule an der Stirn wie ich. Sie war nämlich auch gerannt und – bumms – von der anderen Seite gegen den Briefkasten geknallt. Genau gleichzeitig mit mir. Wenn das kein gutes Zeichen war. Bei so viel Übereinstimmung, da mußten wir ja wohl gut zusammenpassen.«

»Und dann, Großvater, was hast du gemacht?« Elisabeth sieht ihn erwartungsvoll an.

»Nun ja«, sagt Großvater, »das Mädchen hatte bei dem Zusammenprall seinen Einkaufskorb fallen gelassen, und wir haben gemeinsam alles wieder eingesammelt. Dann habe ich ihr den Korb nach Hause getragen. Ich war ja schließlich Kavalier. Ja, und so haben wir uns kennengelernt. Und von dem Tag an, da war es um mich geschehen.« Großvater streichelt Großmutters Hand. »Meine Schulfreunde – ich war damals ja noch in der Schule – haben mich immer aufgezogen mit meiner Liebe. Und einmal ist deswegen eine tolle Geschichte passiert.

Ich kannte meine Frieda schon ein bißchen besser und war mit ihr verabredet. Meine Freunde wußten das und wollten mir einen Streich spielen. Sie haben meine Schwester angestiftet, mich in meinem Zimmer einzuschließen. Ich saß friedlich und ahnungslos im Zimmer, und als die verabredete Zeit gekommen war und ich losgehen wollte, merkte ich erst, daß ich eingesperrt war. Ich habe keine Sekunde nachgedacht. In meinem Kopf war nur ein einziger Gedanke: Ich will pünktlich zu meiner Verabredung. Also habe ich mich einfach umgedreht und bin durchs Fenster – mit dem Kopf voran – ohne hinzusehen.« Er macht eine kleine Pause. »Zum Glück lag mein Zimmer im Erdgeschoß, und so habe ich mir nichts gebrochen. Aber das Fenster war geschlossen gewesen, und ich hatte mir nicht die Mühe gemacht, es zu öffnen. Beim Rausspringen habe ich überhaupt keinen Schmerz gefühlt. Ich glaube, ich habe noch nicht einmal gemerkt, daß das Glas gesplittert ist. Aber als ich bei meiner Frieda ankam, da war ich ganz blutig im Gesicht.«

Elisabeth guckt erschreckt, und Großmutter murmelt etwas, was verrückter Kerl heißen könnte.

»Ja«, sagt Großvater, »das haben meine Freunde auch gesagt. Einer von ihnen, der Fürstenberg, der ist anschließend sogar zu meiner Frieda gegangen und hat gesagt: ›Frieda, heirate den Walter nicht, das gibt ein Unglück. Du wirst sehen, der bringt dich eines Tages noch um.‹«

»Warum hat er denn so was gesagt?« Elisabeth ist ganz empört.

Großmutter verzieht den Mund, und Großvater sagt: »Er war neidisch, der Fürstenberg. Der wollte meine Frieda selbst heiraten. Aber Frieda hat ihn zum Glück nur ausgelacht und ihm nicht geglaubt.«

»Und wann habt ihr dann geheiratet?« fragt Elisabeth.

»Na, so früh wie möglich«, sagt Großvater, »ehe sie mir ein anderer wegschnappen konnte. Ich hatte in Dresden angefangen zu studieren, aber weil ich meine

Frieda unbedingt heiraten wollte, mußte ich mir so schnell wie möglich eine Existenz aufbauen. Da bekam ich eines Tages das Angebot, nach München zu gehen. Damals entstanden überall die neuen fotografischen Anstalten, aber es gab noch keine ausgebildeten Fotochemiker. Da habe ich einen Schnellkurs gemacht, mich zum Fotochemiker ausbilden lassen und dann in München in einem Fotolabor gearbeitet. Meine Eltern waren sehr damit einverstanden, daß ich nach München ging. Sie waren nämlich entsetzt, daß Frieda und ich so jung heiraten wollten. Deshalb hofften sie, daß ein halbes oder auch ein Jahr Trennung die stürmischen Gefühle schon mildern würde. Dem war aber nicht so.« Großvater lächelt vor sich hin.

»In München wohnte ich bei einem alten Ehepaar. Der Mann war ein pensionierter Bahnangestellter, der immer in seiner Bahnuniform herumlief. ›Artur Zapf – Königlich-Bayrischer Eisenbahnweichensteller im Ruhestand‹ stand auf seinem Klingelschild. Abgesehen von diesem klangvollen Titel hatte mein Zimmerwirt aber noch eine andere Eigenart. Er war nämlich – Zunge, brich nicht ab – Mitglied des Zimmerscheibenstutzenschützenvereins.« Großvater ist ganz in seinem Element, und Elisabeth muß ihm ein paarmal »Zimmerscheibenstutzenschützenverein« nachsprechen, bis sie es fehlerfrei sagen kann und er zufrieden ist. Erst dann erzählt er weiter. »Obwohl der Mann fast blind war, schoß er von morgens bis abends auf dem engen Korridor mit kleinen Federbolzen auf eine Scheibe am anderen Ende des Flurs, immer an meiner Tür vorbei. Um nicht erschossen zu werden, mußte ich auf allen vieren den Flur entlang kriechen, wenn ich mein Zimmer betreten oder es verlassen wollte.«

»Hast du das wirklich gemacht?« Elisabeth ist sich nicht ganz sicher, ob sie ihm das glauben soll. »Bist du wirklich immer auf allen vieren gekrochen?«

»Aber natürlich, Kind«, beteuert Großvater. »Das mußte ich, um mein Leben nicht zu gefährden. Der Wirt sah ja nichts, der hätte mich glatt erschossen.«

»Und warum bist du da geblieben?« Elisabeth stellt sich das alles ziemlich unbequem und gefährlich vor.

»Warum denn nicht?« sagt Großvater. »So billig hätte ich nie wieder ein Zimmer bekommen, und die Leute waren herzensgut. Die Wirtin hat mir sogar einmal das Leben gerettet.«

»Weil ihr Mann dich sonst erschossen hätte?« fragt Elisabeth.

»Nein«, lacht Großvater, »das war eine andere Geschichte. Ich war auf einem Fest in München, auf dem sehr viel getrunken wurde. Großmutter kannte ich ja schon und liebte sie auch von Herzen. Aber als ich nun auf diesem Fest miterlebte, wie so ein betrunkener Flegel einem jungen Mädchen die Bluse zerriß, da muß ich wohl in meinem auch nicht mehr ganz nüchternen Zustand das liebe Gesicht deiner Großmutter vor mir gesehen haben!« Großmutter macht, als sie das hört, die Augen ganz weit auf. »Doch, Frieda«, sagt Großvater, »so war's, ich schwör's.« Großmutter läßt ihre Augen offen, und Großvater erzählt vorsichtig weiter. »Weil ich nun also an meine liebe Frieda denken mußte, da habe ich dem Mädchen meine ganze Geldbörse mitsamt Inhalt geschenkt und ihr gesagt, sie solle sich davon eine neue Bluse kaufen.«

Elisabeth findet das sehr nett von Großvater, doch Großmutter zwinkert zweimal mit den Augen.

»Ja«, sagt Großvater, »das war ja wohl sehr edel von mir, aber am nächsten Morgen kam der Kater. Es waren noch vier Tage bis zum Monatsersten, und bis dahin hatte ich keinen Pfennig Geld mehr. Jemanden anzupumpen lag mir nicht. Zum Glück hatte ich mit der Miete täglich Kaffee und zwei Butterbrote im voraus bezahlt. Einige Kekse hatte ich auch noch. Ich spielte also den Kranken und ging nicht zur Arbeit, weil ich die, ohne zu essen, nicht durchgehalten hätte. Doch meine Wirtin muß wohl etwas gemerkt haben. Am nächsten Tag klopfte es plötzlich an meine Tür, und sie stand draußen mit einem Topf. Ganz verlegen bat sie mich, doch bitte von ihrem Essen zu kosten. Sie habe gerade ein Münchner Spezialgericht gekocht, das müsse ich unbedingt probieren und ihr sagen, ob es ihr gelungen sei. Nun, die Kostprobe hätte ausgereicht, um mich drei Tage lang zu ernähren, so viel war das. Ich sprang aus dem Bett und aß alles auf. Der Teller sah aus wie von einer Katze abgeleckt. So war ich gerettet. Ich war satt und konnte wieder arbeiten.«

Bei einer so netten Wirtin wäre Elisabeth auch wohnen geblieben. Jetzt will sie aber wissen, wie es mit Großvater und Großmutter weiterging.

»Ja«, sagt Großvater, »meine Frieda hatte inzwischen eine Stelle als Buchhalterin und Kassiererin in einem großen Lebensmittelgeschäft in Leipzig gefunden, und deshalb wollte ich nun natürlich nach Leipzig. Doch mein Vater war noch immer dagegen, daß wir heirateten. Also hat er durch einen guten Freund dafür gesorgt, daß ich in keinem der photochemischen Betriebe, die es in Leipzig gab, eine Stelle bekam.«

»Das ist aber gemein.« Elisabeth versteht das nicht. »Warum hat er das gemacht?«

»Das war damals so, Kind«, erklärt Großvater. »Denk doch mal daran, wie lange das her ist. Das war am Anfang unseres Jahrhunderts. Mein Vater konnte meine Pläne damals nicht gutheißen. Ich war noch so jung, hatte nichts und war auch noch nichts. Kein Studium, keine Ausbildung. Wie sollte ich da eine Familie ernähren? Aber laß mal, ich habe trotzdem eine Stelle gefunden und außerdem noch nebenbei studiert. Am Tag studiert und nachts gearbeitet, das hatte ich mit meinem Chef so abgesprochen. Nur zum Schluß, als ich meine Doktorarbeit schrieb, da mußte ich die Stelle aufgeben, weil beides zusammen zuviel war.«

»Und geheiratet?« fragt Elisabeth. »Wann habt ihr denn nun geheiratet?«

»Sofort«, lacht Großvater, »gleich, als ich nach Leipzig kam. Und dann kam ja auch bald unsere liebe Elly, unsere älteste Tochter.« Er sieht Großmutter an, doch die hat die Augen wieder geschlossen.

»Und deine Eltern?« Elisabeth hat nichts vergessen. »Was haben die gemacht?«

»Oh«, sagt Großvater, »mein Vater hat gesagt: ›Gut, mein Junge, du willst es so haben. Wir geben dir einen

Zuschuß zu deinem Studium, aber du betrittst dein Elternhaus erst wieder, wenn etwas Anständiges aus dir geworden ist. Habe ich mich deutlich genug ausgedrückt?‹ Ich habe genickt und es akzeptiert. Es ist mir schwergefallen, aber es war nicht zu ändern.«

»Und dann?« Elisabeth ist voller Mitgefühl. »Durftest du wirklich nicht mehr hin?«

»Natürlich nicht«, antwortet Großvater. »Was mein Vater sagte, das galt. Doch selbst wenn er es mir erlaubt hätte, ich wäre nicht hingegangen, bevor ich nicht mit meinem Studium fertig war. Ich hatte schließlich auch meinen Stolz. Aber eines Tages war es dann endlich soweit. Ich hatte meinen Doktor. Sofort nach der Prüfung bin ich losgestürmt, zusammen mit Großmutter, die über drei Stunden vor der Universität auf mich gewartet hatte. Erst einmal zur Post. Dort habe ich telefoniert. Eine meiner Schwestern war am Apparat. Ihr habe ich gesagt, daß ich komme, sie solle eine Flasche Sekt kalt stellen, aber den Eltern noch nichts sagen. Dann bin ich in die Schule – Elly war ja inzwischen schon sieben Jahre alt –, rein in die Klasse, mein Kind an die Hand genommen und wieder raus.« Er lacht. »Ich war derartig aufgeregt, daß ich kein Wort der Erklärung zu Ellys Lehrer gesagt habe. Die arme kleine Elly hatte so viel Angst, daß ihr Lehrer schimpfen würde, daß sie die ganze Fahrt geweint hat. Du kannst sie fragen. Sie hat mir das bis heute nicht verziehen.«

»Und was hat der Lehrer gesagt?« will Elisabeth wissen.

»Nichts«, antwortet Großvater. »Ich habe ihm einen

Brief geschrieben, und er hatte vollstes Verständnis. Sieben Jahre war ich nicht mehr bei meinen Eltern gewesen. Da mußte man mir schon einiges nachsehen. Aber weiter: Wir fuhren also nach Dresden. Ich war noch im Frack von der Prüfung, denn zum Umziehen hatte ich keine Zeit gehabt. Dann stand ich endlich vor dem Haus meiner nichtsahnenden Eltern. Sie wohnten in der Marschnerstraße, aber das weißt du ja. ›Ein frischgebackener Doktor steht vor der Tür‹, habe ich gerufen. Mein Vater öffnete mir und umarmte mich. Meine Schwester hatte, wie versprochen, den Sekt auf Eis gelegt, und dann konnten wir endlich zusammen feiern.«

»Großvater, du weinst ja«, sagt Elisabeth.

»Ach was«, sagt Großvater, »kümmer dich nicht um mich alten sentimentalen Mann. Außerdem muß Großmutter jetzt schlafen.« Großvater deckt Großmutter behutsam zu, ehe er und Elisabeth aus dem Zimmer gehen.

»Ja«, sagt Großvater draußen, »das war wirklich ein bedeutsamer Tag in meinem Leben. Von da an war ich überall der Doktor. Für alle. Immer hieß es, wo ist der Doktor, wir müssen den Doktor fragen. Mein Chef nannte mich so und die Arbeiter in den Fabriken, in denen ich gearbeitet habe, auch.«

»Weißt du überhaupt«, Großvater fällt eine Geschichte nach der anderen ein, »daß ich sogar einmal für die Amerikaner gearbeitet habe? Das war, warte, ja, das muß 1910 gewesen sein. Unsere Fabrik war an einen amerikanischen Besitzer verkauft worden. Einen deutschen Besitzer gab es nicht. Alles lief über Amerika. Ich mußte monatlich einen Bericht schreiben. Nun konnte ich aber kein Englisch. Ich hatte ja auf der Schule nur Latein und Griechisch gelernt. Nun ja, das mit den Berichten ging ja noch. Ich habe sie auf deutsch geschrieben und dann ins Englische übersetzen lassen. Ein bißchen mulmig war mir zwar immer beim Unterschreiben, weil ich doch überhaupt nicht wußte, was ich da eigentlich unterschrieb. Aber es ging soweit alles gut. Bis zu dem Tag, als sich unser amerikanischer Besitzer zu einem Besuch ankündigte. Was nun? Ohne Englisch hätte ich mich unsterblich blamiert. Ich mußte ihm doch seine Fragen beantworten können. Bis zu seiner Ankunft hatte ich noch drei Monate Zeit. Also habe ich einen Englischkurs belegt. Abends nach der Arbeit. Drei Lehrbücher habe ich durchgearbeitet. Mit Großmutter habe ich von da an nur noch Englisch geredet. Ja, und dann kam der große Tag. Der große Milliardär Mister J.P. Morgan, so hieß er, fuhr ganz altmodisch in einer Kutsche – obwohl es damals auch schon Autos gab – vor unserer Fabrik vor. Ich begrüßte ihn auf englisch mit ›good morning!‹ Er antwortete nicht, sondern quetschte mir nur wortlos die Hand und raste dann mit Riesenschritten an allen vorbei durch die Fabrik. Dann hielt er einen Vortrag auf englisch, und dann ging's wieder mit Riesenschritten zur Kutsche zurück. Er zerquetschte mir noch einmal die Hand, sagte so was wie ›good coming on‹, was wohl heißen sollte, daß er uns ein gutes Vorwärtskommen wünschte, und weg war er. Er hatte mich nichts gefragt, wollte nichts wissen. Von meinem mühsam gelernten Englisch konnte ich kein Wort anbringen. Aber ich bin sicher, wenn ich kein Englisch gelernt hätte, dann hätte er mich bestimmt etwas gefragt. Also hatte es sich doch gelohnt.«

Elisabeth hat die ganze Zeit über diesen händezerquetschenden Direktor gelacht. Jetzt sagt sie: »Wenn du kein Englisch gelernt hättest, Großvater, dann hättest du doch auch den Vortrag von dem Mister Morgan nicht verstehen können. Der war doch auf englisch.«

»Wie recht du hast«, sagt Großvater und lacht. »Daran habe ich überhaupt noch nicht gedacht. Wollen wir mal hoffen, daß es etwas Wichtiges war, was uns unser Mister Morgan damals erzählt hat. Aber ich glaube, du mußt dringend rüber. Die werden schon warten.«

Als Elisabeth drüben ins Wohnzimmer kommt, lernt Jutta dort gerade lautstark Russisch. Elly will an Gerlinde schreiben und protestiert. Sie behauptet, daß sie bei Juttas Konjugationsübungen allmählich den Verstand verliert: tschitatj – tschitaju, tschitajesch, tschitajet, tschitajem, tschitajete, tschitajut. Und dann das Ganze wieder von vorn.

»Jutta, um Himmels willen, wann hörst du endlich auf damit?« fragt Elly völlig entnervt.

»Wenn ich's kann«, antwortet Jutta pampig.

»Und was heißt das, was du da lernst?« will Elisabeth wissen.

»Lesen«, sagt Jutta, »ich lese, du liest, er liest, und so weiter.«

»Und was heißt ›lies!‹?« fragt Elly. »Befehlsform.«

»Tschitaj!« sagt Jutta.

»Gut«, sagt Elly, »tschitaj! Und rede nicht!«

Jutta muß gegen ihren Willen lachen und macht danach nur noch flüsternd weiter.

»Wie geht es Großmutter?« fragt Elly.

»Sie schläft«, sagt Elisabeth.

Der Wasserrohrbruch

»Sieh mal«, sagt Elly und zeigt nach draußen, »unsere schönen Gingkobäume. All die schönen goldenen Blätter sind abgefallen. Die ganze Nacht hat es gestürmt. Ich habe den Wind heulen gehört, weil ich nicht schlafen konnte. Es wird Winter, und ich habe Angst davor. Und an Paul darf ich dabei überhaupt nicht denken. Er hat noch nicht einmal einen Wintermantel.«

Elisabeth hört Elly zu und sagt nichts. »Du mußt zur Schule, ich weiß«, sagt Elly. »Lauf nur. Mir war plötzlich nur so schwer ums Herz.«

Am Abend hält Elly es dann gar nicht mehr aus. Sie kann nicht eine Sekunde stillsitzen. Beim Abendbrot ißt sie keinen Bissen, sondern läuft rauchend auf und ab.

»Christa, bitte«, sagt sie jetzt schon zum zweiten Mal. Christa schüttelt den Kopf. »Christa«, sagt Elly noch einmal, »ich bin so unruhig, und vielleicht siehst du was. Irgend etwas, wenn es auch etwas Schlimmes ist. Alles ist besser als diese Ungewißheit.« Elly möchte, daß Christa ihr die Karten legt. Doch Christa ist müde und will nicht. Eine Wahrsagerin auf dem Jahrmarkt hat ihr vor ein paar Jahren einmal gezeigt, wie sie die Karten deuten muß. Christa hat es sich nur so zum Spaß zeigen lassen. Danach hat sie ein paarmal die Karten gelegt, zu Silvester zum Beispiel, wenn sie alle zusammensaßen und wissen wollten, was ihnen das neue Jahr bringt.

»Und was kann man da sehen?« hatte Elisabeth gefragt, als ihr Christa davon erzählte.

»Na, die Zukunft natürlich«, war Christas Antwort.

»Und stimmt das immer alles, Christa, was die Karten sagen?« Elisabeth war ganz fasziniert.

»Die Karten lügen nicht«, hatte Christa gesagt und gelacht. Aber eine Sekunde später wurde sie wieder ernst. »Natürlich stimmt das nicht, was die Karten sagen. Das ist alles Unsinn. Hokuspokus.«

»Ich bin so unruhig«, bettelt Elly jetzt weiter. »Andere haben wenigstens Nachricht. Fiedlers zum Beispiel. Paul hat sich noch für ihn eingesetzt, weil er doch in der Partei war. Ich habe gestern Frau Fiedler getroffen. Er ist im Gefängnis in Bautzen. Sie hat sogar Hoffnung, daß er bald wiederkommt. Und wir – wir wissen gar nichts, noch nicht einmal, wo sie ihn hingebracht haben. Sag mir wenigstens, ob er noch lebt.«

»Bitte«, sagt jetzt auch Jutta, und auch Elisabeth sagt: »Ja, Christa, bitte!«

»Also gut«, gibt Christa nach, »gegen euch komme ich ja doch nicht an.« Sie holt die Karten und mischt sie. Dann läßt sie Elly eine davon abheben. Christa guckt sich diese Karte genau an, sagt aber nichts. Danach legt sie alle Karten aus und sieht sehr lange auf das aufgedeckte Blatt, bis sie endlich vorsichtig und stockend anfängt zu reden. Und sie sagt lauter Wunder voraus.

»Papa lebt«, sagt sie. »Er kommt bald, ja, bald, und großes Glück liegt im Haus. Ja und dann«, Christa wiegt den Kopf hin und her, »dann liegt da noch eine Reise. Nein«, sagt sie, »du fährst nicht selbst, es kommt jemand an.«

»Gerlinde«, sagt Elly, »sicher Gerlinde, vielleicht zu

Weihnachten. Nein, sie kommt, weil Paul wieder da ist. Bestimmt, so wird es sein.«

Christa wiegt wieder den Kopf hin und her. Sie weiß nicht, ob Elly recht hat. Doch sie widerspricht ihr auch nicht. »Und einen Geldverlust hast du«, sagt sie dann noch.

»Das schreckt mich nicht«, lacht Elly. »Hoch kann der nicht sein. Ich kann ja nicht mehr verlieren, als ich besitze. O Christa, ich bin ja so froh.«

Elisabeth ist währenddessen ganz nah an Christa herangerutscht und betrachtet mit gebannten Augen die Karten.

Christa irritiert das. »Was guckst du so?« fragt sie schließlich. Und das klingt ärgerlich. »Siehst du etwa was?« Elisabeth ist erstaunt und erschrocken. Sie sieht nur bunte Karten und weiß überhaupt nicht, was Christa meint. »Setz dich ein Stück weiter weg«, sagt Christa, »du störst mich hier, so nah.«

»Aber warum denn?« Elisabeth fühlt sich wirklich unschuldig.

»Ich weiß nicht«, sagt Christa kurz angebunden, »ich kann das nicht erklären.« Christa guckt weiter auf die Karten, sagt aber nichts mehr. »Das ist alles«, will sie schon aufhören.

Doch da fragt Elisabeth: »Siehst du was über Großmutter, Christa?«

Christa lächelt sie an. »Warte mal, nein, ich sehe nichts, oder doch. Ja, das könnte sie sein. Sie wird wieder gesund«, sagt sie fest.

»Sie kann wieder aufstehen?« fragt Elisabeth.

»Ja«, sagt Christa ein bißchen zögernd, »ja, bestimmt, irgendwann.« Und so gehen sie heute abend alle getröstet und froh ins Bett.

Drei Tage später ruft Großvater plötzlich aufgeregt nach Elly. Als Elly zur Tür geht, sieht sie einen fremden Mann neben Großvater stehen.

»Elly«, sagt Großvater, »Elly, denk mal, der Herr hier, der Herr war mit Paul in einem Lager. Paul kommt bald nach Hause.«

Elly starrt Großvater an, dann den Mann.

»Hör doch«, sagt Großvater, »der Herr weiß über Paul Bescheid. Er kommt. Ganz sicher.«

»Treten Sie ein«, sagt Elly endlich. Aber sie zerknüllt das Abtrockentuch, mit dem sie aus der Küche gekommen war, immer noch zwischen den Händen und rührt sich nicht, so daß der Mann notgedrungen vor ihr stehenbleiben muß. Erst als Elisabeth hinter Elly flüstert: »Christa hat recht gehabt«, macht Elly einen Schritt zur Seite und läßt den Mann ins Wohnzimmer. Der Mann setzt sich. Großvater, Elly und Elisabeth bleiben stehen und starren ihn an. Man merkt, daß ihm das allmählich unangenehm wird.

»Ja«, sagt der Mann schließlich ganz langsam, »ja, der Paul, ich soll Ihnen schöne Grüße bestellen. Sie sind doch Frau Winter?«

Elly nickt. Sie ist plötzlich nicht mehr starr, sondern nur noch aufgeregt. »Natürlich bin ich Frau Winter. Aber erzählen Sie doch. Wie geht es meinem Mann? Wo ist er? Doch halt, wollen Sie eine Tasse Kaffee?«

»Da sage ich nicht nein«, antwortet der Mann.

Elisabeth geht in die Küche, um Wasser aufzusetzen. Elly läuft ihr nach und merkt dann, daß sie in der Küche gar nichts tun muß, und läuft zurück. Großvater steht noch immer am selben Fleck. Die Stuhllehne vor ihm umklammert er so fest, daß seine Knöchel oben ganz weiß sind. Der Mann sagt nichts weiter. Alle warten, als könne man erst sprechen, wenn der Kaffee fertig ist. Endlich steht eine Tasse vor dem Fremden, und Elly guckt ihn an.

»Ja«, sagt er dann, »ja, wir waren zusammen im Lager. In Rußland. Wir sind zusammen entlassen worden. Unterwegs ist er krank geworden und mußte zurückbleiben. Ich habe ihm versprochen, Ihnen Bescheid zu sagen. Er kommt bald nach.« Mehr sagt er nicht. Er trinkt seinen Kaffee.

»Wo?« fragt Elly schließlich bittend. »Wo ist er?«

»In Lemberg«, sagt der Mann und dann noch einmal: »Er kommt bald nach.«

»Wann?« fragt Elly. »Kann ich ihn nicht abholen? Ich kann ihm doch entgegenfahren.«

»Das würde ich nicht tun«, sagt der Mann. »Er kommt ja sowieso bald.«

Elly fragt ihn nicht, wieso er das nicht tun würde. »Was macht sein Herz?« fragt sie statt dessen. »Was macht sein krankes Herz?«

»Na ja«, sagt der Mann, »es strengt ihn alles an. War ja auch nicht leicht, das alles, aber er hält durch.«

»Ja«, sagt Elly, »wenn er muß, hält er schon durch. Er weiß ja, daß ich an ihn denke.«

Keiner sagt mehr etwas. Der Mann erhebt sich. »Das war es, was ich Ihnen ausrichten wollte«, sagt er und will gehen. Großvater und Elisabeth bleiben immer noch stumm und sehen ihn nur mit großen Augen an. Doch Elly besinnt sich.

»Warten Sie«, sagt sie, und dann geht sie in die Küche und packt alles ein, was sie finden kann: Butter, ein Glas eingemachte Birnen, sogar Zigaretten und fünfzig Mark. Ja, fünfzig Mark gibt sie ihm auch. »Sie hatten doch Auslagen«, sagt sie.

»Danke«, sagt der Mann und greift nach dem Päckchen und dem Geld, »aber deshalb bin ich nicht gekommen. Es freut einen natürlich, man hat ja selbst nichts.« Dann geht er.

Keiner hält ihn zurück, und daß sie von ihm überhaupt nichts wissen, noch nicht einmal seinen Namen, das fällt ihnen erst ein, als Jutta am Abend danach fragt. Jutta will alles genau wissen und versteht nicht, warum Elly so wenig gefragt hat.

Christa sagt immer wieder nur: »Ich glaub's nicht, ich glaub's nicht.« Aber man merkt, daß sie es doch tut.

In dieser Nacht tut Elly kein Auge zu. Sie steht wieder auf, nachdem sie sich schon hingelegt hatte, und wandert im Zimmer auf und ab. Elisabeth hört ihre Schritte, bis wenigstens sie endlich einschläft.

Jetzt beginnt das Warten wieder, und es ist fast so wie damals, als Paul gerade abgeholt worden war.

Zwei Tage später – Elisabeth und Elly haben zusammen Mittag gegessen – schlägt Elly die Zeitung auf und läßt sie kurz darauf mit einem kleinen erstickten Schrei wieder sinken. Sie ist ganz weiß im Gesicht. Langsam nimmt sie die Zeitung wieder auf und liest das Ganze noch einmal. Dann schreit sie: »Vater!«, und der Schrei ist so laut, daß man ihn im ganzen Haus hören kann. Ganz erschreckt kommt Großvater rüber. Stumm reicht Elly ihm die Zeitung.

»Ein Betrüger, wie er im Buche steht

In der letzten Zeit ist hier in Dresden wiederholt der abgebildete Betrüger aufgetreten. Er gab sich als Heimkehrer aus russischer Kriegsgefangenschaft aus und suchte Familien auf, von denen er wußte, daß sie ihre Angehörigen vermißten. Er gab an, daß er mit ihnen in einem Lager in der Sowjetunion gewesen sei. Bei der Rückreise sei der Angehörige in Lemberg erkrankt, er komme jedoch in wenigen Wochen nach Hause.

Der Volkspolizei gelang es, diesen gemeinen Betrüger zu ermitteln und festzunehmen. Es ist Hans Hahnewald aus Dresden, der nie in russischer Gefangenschaft war.

Die Bevölkerung wird aufgerufen, in Zukunft solchen verbrecherischen Elementen keinen Vorschub durch Leichtgläubigkeit zu leisten, sondern in jedem Fall sofort die nächste Polizeidienststelle zu benachrichtigen.«

Auf einem Foto neben dem Artikel ist der Mann abgebildet, der ihnen die Nachricht von Paul gebracht hat.

Großvater sieht Elly mit großen erschreckten Augen an. Aber woher wußte er das alles von Paul? fragen seine Augen, doch er spricht es nicht aus.

Elly sagt es, kläglich und verzweifelt: »Er wußte doch sogar meinen Namen und daß Paul krank ist. Von wem hat er das erfahren, wenn nicht von Paul selbst?«

»Ich versteh's nicht, Kind«, sagt Großvater. Und Elly versteht es auch nicht.

Dafür hat Christa eine Erklärung, als sie am Abend nach Hause kommt. »Großvater«, sagt sie, »er kann es nur von Großvater haben.«

»Aber nein, Kind«, sagt Großvater, »bestimmt nicht. Ich habe ihm nichts erzählt.«

»Denk mal genau nach, Großvater«, sagt Christa. »Was hat er dich gefragt, als er dich getroffen hat?«

Großvater überlegt. »Ob hier im Hause jemand vermißt wird, glaube ich.«

»Und was hast du ihm geantwortet?« Christa bohrt weiter.

»Na ja, daß meine Tochter Elly ihren Mann vermißt. Paul Winter. Und ich hab ihn gefragt, ob er ihn vielleicht kennt.« Großvater sieht Christa entsetzt an.

»Ja«, sagt er schließlich und läßt sich erschöpft auf einen Stuhl fallen. »Ja, das ist möglich. Ja, so war es. Ich war es selbst.« Keiner sagt etwas. Keiner schaut Großvater an. Nach einer langen Pause sagt er dann fast unhörbar: »Bitte, Elly, bitte, das wollte ich nicht. Kind, glaube mir.« Er streckt ihr beide Hände entgegen, und Elly nimmt sie. Beide sind ganz blaß.

»Ach, Vater«, sagt Elly, während er ihr die Hände massiert, weil sie eiskalt sind. »Das kommt davon, wenn man sich etwas zu sehr wünscht.« Alle schweigen. Nach einer Weile lacht Elly bitter auf. »Wenigstens stimmt der Geldverlust«, sagt sie. Alle wissen, daß sie von Christas Karten redet.

»Ich möchte ihn noch einmal am Klavier sitzen sehen«, sagt Elly später einmal. Dann ist wieder Stille. Elisabeth schläft schließlich auf dem Sofa ein, und als sie am nächsten Morgen aufwacht, weiß sie nicht, wer sie ins Bett gebracht hat.

Die nächsten Wochen sind traurige Wochen. Traurig, hoffnungslos und kalt. Dann stellt man ihnen auch noch das Gas ab, weil sie zuviel verbraucht haben. Frau Sutterlitte war nicht ganz gesund, auch Großmutter liegt immer noch im Bett, und Elly hat oft für sie mitgekocht. Deshalb haben sie mehr Gas verbraucht, als ihnen zustand. Vierzig Tage lang können sie jetzt kein warmes Essen kochen, und wenn morgens auch kein Strom da ist, gibt es noch nicht einmal eine Tasse Tee, die sie sich sonst mit dem Tauchsieder machen.

Elly merkt das alles kaum. Sie raucht nur noch und ißt fast gar nicht mehr. Alle machen sich Sorgen um sie. Da klingelt es eines Nachts plötzlich Sturm. Elly sitzt sofort kerzengerade im Bett. Auch Elisabeth ist wachgeworden. Schlumpe bellt wie wahnsinnig.

Es klingelt wieder. Dann schlagen Fäuste an die Tür.

Elly und Elisabeth sitzen starr im Bett und rühren sich nicht. Auch in der übrigen Wohnung ist es totenstill. Selbst Schlumpe hat aufgehört zu bellen.

Wieder Klingeln und Klopfen.

Elly gibt sich einen Ruck, ihre Tatkraft kehrt zurück, und sie steht entschlossen auf. Sie flüstert Elisabeth zu, daß sie dableiben soll, greift sich eine Strickjacke und legt sich eine Wolldecke um. Dann geht sie entschlossen raus.

Es klingelt und klopft noch immer.

Elisabeth ist, ohne etwas anzuziehen, auch aus ihrem Bett gesprungen und bleibt ganz dicht hinter Elly. Im Flur hören sie aufgeregte Männerstimmen: »Aufmachen, aufmachen! Wir müssen rein! Aufmachen!«

»Hausdurchsuchung oder Revolution«, flüstert Elly Elisabeth zu. Dann fragt sie mutig und mit fester Stimme: »Was ist denn los?«

»Aufmachen!« ruft es. »Wasserrohrbruch, das ganze Haus steht unter Wasser. Wir wissen nicht, wo es herkommt.«

Elly lacht. »Wenn's weiter nichts ist«, ruft sie nach draußen und schließt die Tür auf. Sie kümmert sich nicht um die Männer, die vor der Tür stehen, sondern dreht sich sofort um und läuft durch die ganze Wohnung, um nachzusehen, ob bei ihnen alles in Ordnung ist. Doch aus ihrer Wohnung kommt das Wasser nicht.

Dafür entdeckt Elly, daß die Zwillinge noch immer in ihren Betten sitzen und sich nicht zu rühren wagen. Sie sehen sie mit schreckensstarren Augen an, als sie ins Zimmer stürmt.

»Mutti«, flüstern sie, »die Russen? Einbrecher?«

Elly lacht wieder. »Nichts von beiden. Wasserrohrbruch. Raus aus den Betten, alle müssen helfen!«

Lachend und erleichtert erzählen die beiden, daß Jutta beim ersten Klingeln vor Angst sogar versucht hatte, unter das Sofa zu kriechen. Doch sie paßte nicht drunter. Und Christa hat Schlumpe die Schnauze zugehalten, damit sie nicht bellt.

Auch Frau Sutterlitte liegt noch wie gelähmt im Bett.

»Frau Winter«, sagt sie, »ich habe immer nur gedacht, jetzt kommt die Räumung. Ich habe immer nur denken können, daß ich hier raus muß. Ich kann nicht aufstehen, Frau Winter, glauben Sie mir, wirklich nicht.«

»Bleiben Sie nur liegen, Frau Sutterlitte«, beruhigt sie Elly. »Wir gehen raus und schöpfen, und Sie erholen sich von dem Schreck.« Beim Hinausgehen sagt sie noch: »Im Erschrecken haben wir ja nun langsam Routine.« Dabei lacht sie schon wieder. Elisabeth, die nur das Lachen gehört hat, ist plötzlich sehr froh. Sie hat sich blitzschnell angezogen und sucht für jeden einen Topf oder Eimer in der Küche.

Unten im Erdgeschoß und im Keller steht das Wasser fast einen halben Meter hoch. Inzwischen weiß man, daß es aus der Wohnung unter ihnen kommt, und irgend jemand hat auch den Hahn gefunden und das Wasser abgestellt.

Alle Hausbewohner sind wach und schöpfen. Nur drüben bei den Großeltern rührt sich immer noch nichts. Schließlich klingelt Elly noch einmal und ruft laut nach Großvater, der endlich aufmacht. Die Haare hängen ihm wirr ins Gesicht, und es dauert sehr lange, bis er begreift, was los ist. Seit einer halben Stunde haben sie alle völlig verschreckt im Bett gesessen. Keiner hatte sich rausgetraut. Auch Tante Celeste nicht.

Elly scheucht Großvater wieder ins Bett, doch Tante Celeste zieht sich an und hilft, und Dieter läßt sich trotz aller Proteste seiner Mutter nicht wieder ins Bett stekken. So schöpfen sie alle zusammen. Elisabeth findet das alles wunderbar, auch wenn sie längst nasse Füße hat und die Nässe durch die Strümpfe schon die Beine hochkriecht. Sie haben eine Kette gebildet und geben die Töpfe und Eimer weiter bis zur Haustür, wo sie das Wasser auf den Hof schütten. Alle arbeiten und reden dabei und lachen.

Dann fängt Elisabeth an zu singen, erst leise, dann immer lauter. Jutta singt mit, und schließlich singen sie mitten in der Nacht gemeinsam alle Lieder, die ihnen einfallen.

»Ja«, sagt Elly, »das Wasser steht uns ja auch noch nicht bis zum Hals, sondern nur bis zum Knie. Also können wir noch singen.«

Am nächsten Tag müssen sie ihr Wasser von einer Zapfstelle ein paar Straßen weiter holen.

»Kein Gas, kein Wasser«, sagt Elly zu Elisabeth, »es ist wie kurz nach dem Angriff, als wir hierher gekommen sind. Genauso. Nur du warst damals noch nicht da.«

Der Mantel

Die vierzig Tage sind um. Das Gas ist wieder da. Es ist der 1. Dezember 1946, und Elisabeth hat heute Geburtstag.

Es ist genau ein Jahr her, daß Christa sie vor dem Haus gefunden und einfach mit in die Wohnung genommen hat und daß Elly sie dann, ohne groß zu fragen, neben sich in Pauls Bett gelegt hat.

Sie wissen immer noch nicht, wo Elisabeth damals hergekommen ist und was sie vorher erlebt hat. Es hat sich niemand gemeldet. Nicht auf die Anzeige in der Zeitung, nicht über die Suchstelle in der Stadtverwaltung, zu der Elly immer wieder regelmäßig hingegangen ist. Auch die Jugendfürsorge hat nichts herausgefunden.

»Macht nichts«, sagt Elly. »Wir wissen auch so, wer du bist, jetzt, wo du schon so lange zu uns gehörst. Und weißt du, wenn eines Tages doch noch jemand kommen sollte, der dich kennt und dich zu sich nehmen will – das wird nichts mehr ändern. Du wirst trotzdem meine Elisabeth bleiben.« Sie zögert ein bißchen. »Was war, hört nicht einfach auf. Jetzt nicht mehr.« Und wie immer, wenn sie über dieses Thema sprechen, sagt Elisabeth gar nichts. Das wird sich wahrscheinlich auch nicht mehr ändern.

Nun ist also Elisabeths Geburtstag, und sie wird elf Jahre alt. Alle gratulieren ihr, sogar die Lehrerin in der Schule. »Glück hast du gehabt«, sagt sie, »viel Glück, daß du so eine Familie gefunden hast. Nicht jedes Kind hat soviel Glück.«

Die Lehrerin ist erstaunt, als Elisabeth ihr widerspricht. »Ich habe sie nicht gefunden«, sagt sie fast ein bißchen trotzig, »sie haben mich gefunden. Christa hat mich gefunden.«

»Na ja«, sagt die Lehrerin, »ihr habt euch gefunden. Ist dir das recht? Ihr euch gegenseitig.« Elisabeth nickt.

Als Elisabeth nach der Schule nach Hause kommt, findet sie dort ein Päckchen aus Sondershausen und einen Brief von Gerlinde vor. In dem Päckchen sind zwei dicke rote Kerzen – davon will Elisabeth eine Großmutter schenken –, vier Sicherungen, die sie gut gebrauchen können, fünf Zigaretten für Elly und eine wunderbare lange Schnur.

»Großvater hat gesagt«, sagt Elisabeth, »daß man immer eine Schnur bei sich haben muß, weil man plötzlich immer mal eine brauchen kann.« Elly hätte die Schnur gern für die Päckchen, die sie Gerlinde schickt, doch sie sagt nichts.

Dann ist da noch ein Pappkarton mit Zwiebeln und Walnüssen und ein Holzteller, auf den Elisabeth jetzt die Schnur, ihre Kerze und die Sicherungen legt. Drum herum kommen die Tannenzweige, die Brückchen obenauf mit ins Päckchen gelegt hatte.

Der Brief von Gerlinde ist diesmal ganz allein für Elisabeth. Es ist das erste Mal, daß Elisabeth einen eigenen Brief bekommt. »Elisabeth Winter« steht auf dem Umschlag. »Bachstr. 18 – Dresden Neustadt.« Elisabeth liest ihren Brief stolz selbst vor. Gerlinde gratuliert ihr zum Geburtstag und schreibt dann: »Ich werde alles versuchen, damit ich Weihnachten kommen kann. Dann werden wir uns endlich kennenlernen. Doch eigentlich kenne ich Dich ja schon durch Muttis Briefe, und Du mich sicher auch schon ein bißchen, nicht wahr?« Außerdem schreibt sie noch: »Mein Geschenk wird Dir Mutti geben, und sie wird Dir dazu eine Geschichte erzählen.« Elisabeth sieht Elly fragend an.

»Später«, sagt Elly.

Dann kommen alle, um zu gratulieren. Sie kommen alle auf einmal, und so müssen sie Schlange stehen, um Elisabeth ihre Geschenke zu übergeben.

»Das ist mir auch noch nicht passiert«, sagt Jutta. »Gestern habe ich zweimal drei Stunden angestanden für ein paar Nudeln und ein Stück Fleisch, aber daß ich anstehe, um was loszuwerden – nee, wirklich, das glaubt mir keiner, wenn ich das erzähle.« Alle lachen.

Als erste kommt Christa, weil sie gleich wieder ins Labor muß. Sie hat Schlumpe auf dem Arm, und um Schlumpes Hals hängt etwas Längliches. Elisabeth packt es aus, und dann hält sie eine bunt beklebte Pappröhre in der Hand, in der etwas klappert.

»Du mußt durchsehen«, sagt Elly, weil Christa stumm bleibt. »Hier, geh ans Fenster.«

Elisabeth preßt die Röhre an ihr Auge und hält sie gegen das Licht. Sie sieht einen bunten sechseckigen Stern, der aus vielen kleinen Splittern besteht, und als Elly das Rohr vorsichtig vor Elisabeths Auge dreht, fällt der Stern mit einem leisen Klirren zusammen, und ein neuer entsteht. Elisabeth dreht die Röhre jetzt selbst und kann gar nicht wieder aufhören. Sie vergißt alle anderen hinter ihr – die ganze Geburtstagsschlange, bis Großvater sie vorsichtig antippt.

»Ein Kaleidoskop ist das«, sagt er. »Weißt du, was der Name bedeutet?« Elisabeth weiß es natürlich nicht. Sie hört das Wort zum ersten Mal. »Das ist Griechisch«, erklärt Großvater, »und der Anfang heißt ›schön‹ – kalos. Dann steckt noch ›eidos‹ drin, das heißt ›Bild‹, und der Schluß ›skop‹, das kommt von ›skopein‹, das heißt ›sehen‹ oder ›betrachten‹. Ein Kaleidoskop ist also ein ›Schönbildseher‹.«

Jutta hat sich schon ein paarmal geräuspert. »Großvater«, sagt sie, »kannst du dir deine Bildung nicht für später aufheben? Ich will auch mal drankommen.«

Wieder lachen alle, und sogar Elly sagt: »Recht hat sie.«

Jutta gibt Elisabeth einen kleinen Briefumschlag. »Für Elisabeth« steht darauf, und drin ist ein wunderschön gemaltes Blatt: »Gutschein für 1 (in Worten eine) Kinokarte. Einzulösen bei Jutta Winter für einen Film eigener Wahl.«

Ins Kino zu gehen hat sich Elisabeth schon immer gewünscht, aber Elly denkt jedesmal, daß die Filme, die gespielt werden, noch nichts für Elisabeth sind. Und deshalb zwinkert Jutta Elisabeth jetzt zu. »Wir gehen allein«, sagt sie, »ist doch klar, oder?« Und Elisabeth nickt strahlend.

Dann kommt Großmutter. Sie kann tatsächlich wieder aufstehen, und wenn es sie auch anstrengt zu laufen und sie lieber drüben in ihrem Sessel sitzt, wollte sie heute doch unbedingt selbst kommen. Sie hat ein kleines viereckiges Geschenk für Elisabeth. Es ist ein Kästchen, nur aus Pappe, aber außen wunderschön mit Muscheln beklebt und innen mit rotem Papier. Und in dem Kästchen liegt eine kleine Anstecknadel aus Plastik: ein Huhn, das in einem Korb sitzt.

»Wie reizend«, sagt Elly.

Doch Jutta findet es eher sinnig. »Mein Gott, wenn ich daran denke«, sagt sie. »Weiß einer von euch, was Tante Erna mit dem Vieh gemacht hat?«

»Psst«, sagt Elly, aber Elisabeth hat es offenbar nicht gehört. Sie ist damit beschäftigt, sich das Huhn anzustecken.

Tante Celeste schenkt Elisabeth ein Poesiealbum, und Großvater verspricht ihr sofort, daß er ihr sein Gedicht von Weihnachten »Und könnte ich auch dichten ...« in dieses Album schreibt.

Und dann ist Dieter dran. Er hat schon die ganze Zeit ungeduldig gewartet und ist vor Aufregung von einem Bein aufs andere getreten. »Es ist was ganz Schönes«, sagt er, »und es gehört mir, aber jetzt schenke ich es dir, aber ich hätte es auch sehr gern behalten, und du kannst es mir auch mal leihen, wenn du es nicht brauchst.«

»Aber Dieter«, sagt Tante Celeste. Doch Elisabeth findet es völlig in Ordnung, was Dieter sagt.

Dieters Geschenk ist ein kleiner Vogel aus Holz, eine Vogelpfeife. In dem Vogel rollt eine kleine Kugel hin und her und macht ein zwitscherndes Geräusch, wenn man hineinbläst. Dieter hat Elisabeth das Vögelchen gleich wieder aus der Hand genommen und zwitschert

Elisabeth etwas vor, bis diesmal sogar Großvater ein Machtwort spricht: »Es ist gut, Dieter, mach das lieber draußen.«

Und nun Großvater. Elisabeth sieht schon, ehe sie es auspackt, daß es wahrscheinlich wieder ein Buch ist. Und tatsächlich: »Die Reise zum Mittelpunkt der Erde« von Jules Verne. Großvater ist selbst ganz aufgeregt wegen seines Geschenks. »Als Junge hatte ich alle achtundneunzig Bände von Jules Verne«, sagt er, »und ich habe sie alle gelesen oder, besser gesagt, verschlungen. Das hier lesen wir zusammen, magst du?«

Und ob Elisabeth mag. »Reise zum Mittelpunkt der Erde«, liest sie noch einmal laut.

»Ja«, sagt Großvater, »das ist ganz schön spannend. Um ins Erdinnere zu kommen, muß man in einen Vulkan hineinsteigen. Du wirst schon sehen.«

Ganz zum Schluß kommt Frau Sutterlitte. Sie schenkt Elisabeth einen kleinen Kalender für das nächste Jahr.

Dann gibt es noch eine Überraschung. Seit Wochen war das Radio kaputt. Nun hat Christa über tausend Umwege eine neue Verstärkerröhre eingetauscht, und Jutta setzt jetzt die neue Röhre ein. Alle beugen sich gespannt nach vorn. Hat es wirklich nur an der Verstärkerröhre gelegen?

Jutta schaltet das Radio ein. Nichts. Allseits lange Gesichter.

»Aha«, sagt Großvater, »der Lautsprecher ist nicht angeschlossen.«

Befreites Lachen. Der Lautsprecher wird angeschlossen, doch es kommt immer noch nichts. Wieder traurige Gesichter. Es muß doch etwas anderes gewesen sein. Jeder hat einen anderen Vorschlag. Sie drängeln sich vor dem Radio. Der eine ruckelt an der Schnur, der andere dreht an sämtlichen Knöpfen. Nichts. Doch wenigstens brummt es ein bißchen. Da plötzlich – keiner weiß, wer es als erster entdeckt hat –, die Antenne ist nicht eingesteckt. Natürlich, ohne Antenne kann es nicht gehen!

»Mutti, wenn jetzt Musik kommt, werd ich verrückt«, sagt Jutta.

Elly schließt die Antenne an, und ein allgemeines Aaah ertönt: Musik.

Jutta wird nicht verrückt. »Kann sie auch gar nicht, ist sie nämlich schon«, flüstert Großvater Elisabeth ins Ohr.

So spielt Elisabeth zu Ehren heute sogar das Radio.

Dann gehen alle wieder. Elisabeth und Elly sind allein. Und jetzt erst bekommt Elisabeth ihr Geschenk von Elly und Gerlinde. Elisabeth muß die Augen zumachen, und Elly holt es. Sie legt es auf den Tisch und läßt Elisabeth fühlen. Dann darf Elisabeth die Augen aufmachen. Vor ihr liegt ein Mantel, der so schön ist, daß Elisabeth ihn mit offenem Mund anstarrt. Er ist schwarz und hat einen kleinen Stehkragen und rote Holzknöpfe. Und er sieht aus wie neu. Elisabeth kann sich nicht erinnern, jemals einen so schönen Mantel gesehen zu haben.

Weil Elisabeth sich gar nicht rührt, nimmt Elly den Mantel und zieht ihn Elisabeth über. Der Mantel ist zu groß. Doch das macht nichts. Sie wächst ja noch. Vor allem die Ärmel sind zu lang, aber Elly krempelt sie einfach um. Der Mantel ist auch nicht sehr dick. Es ist eher ein Mantel für den Herbst, aber Elisabeth ist sich ganz sicher, daß er für sie auch im Winter warm genug sein wird. Sie ist noch immer sprachlos. Aber dafür fällt sie Elly um den Hals und gibt ihr einen langen Kuß.

»Ja«, sagt Elly dann, »dieser Mantel hier, der jetzt wie neu aussieht, hat eine Geschichte. Er war einmal blau mit winzigen kleinen roten Punkten und gehörte Gerlinde. Sie hat ihn jemandem mitgegeben, der von Göttingen nach Dresden fuhr, und der hat ihn bei mir abgegeben. Und dann habe ich den Mantel hier wenden lassen, die Innenseite nach außen. Ich habe ihn ein wenig enger und auch ein bißchen kürzer machen lassen, aber nicht viel. Denn du sollst ihn ja noch lange tragen können. Ja, und dann ist der Mantel auch noch gefärbt worden, und deshalb ist er jetzt nicht mehr blau, sondern schwarz. Komm, setz dich her zu mir«, sagt Elly zu Elisabeth, die immer noch im Mantel mitten im Zimmer steht. »Ich möchte dir erzählen, was dieser Mantel alles erlebt hat. Magst du das hören?« Elisabeth nickt und setzt sich neben Elly. Den Mantel behält sie an.

»Ja«, fängt Elly an, »bekommen hat ihn Gerlinde 1938 zu ihrer Konfirmation. Wir haben ihn kurz vorher zusammen gekauft. Ich sehe das alles noch genau vor mir: die enge Umkleidekabine im Kaufhaus Renner und wie Gerlinde dann herausgekommen ist und sich gedreht hat und so stolz war wegen des schönen Mantels. Ich weiß sogar noch genau, wieviel er gekostet hat: Zweiundzwanzig Reichsmark. Das war viel Geld für uns damals. Ja, und von da an hat Gerlinde den Mantel immer getragen, und er hat alles miterlebt, was sie erlebt hat, oder doch fast alles. So war er auch dabei, als im gleichen Jahr überall in Deutschland die Synagogen brannten und die Juden verschleppt wurden und ...«

»Warum brannten denn die Synagogen?« unterbricht sie Elisabeth.

»Die Nazis haben sie angesteckt«, antwortet Elly. »In der Nacht vom 9. zum 10. November 1938 haben die Nazis überall in Deutschland die jüdischen Gotteshäuser angesteckt und die jüdischen Geschäfte zerstört und die Juden weggeschleppt. Ich habe am nächsten Morgen meine drei Kinder genommen und bin mit ihnen zur Synagoge in Dresden gegangen. Sie brannte noch. ›Seht euch das an‹, habe ich gesagt, ›und vergeßt es nicht. Vergeßt niemals, was die Deutschen den Juden angetan haben.‹ Gerlinde hat danach immer ein Kalenderblatt vom 9. November an ihrer Zimmertür hängen gehabt.« Elly muß sich einen Moment besinnen.

»Ja, sie hatte ihren Mantel an, als wir vor der brennenden Synagoge standen. Ein Jahr später brach der Krieg aus. Als wir Onkel Paul zum Bahnhof gebracht haben, weil er in den Krieg mußte, da hat sie den Mantel auch getragen. Ich weiß noch genau, daß ich damals gedacht habe, daß die roten Punkte wie Regentropfen aussehen.«

»Aber Regentropfen sind doch nicht rot«, sagt Elisabeth. »Blut ist rot, aber Regentropfen doch nicht.«

»Nein«, wehrt Elly ab, »kein Blut. Die Punkte sahen aus wie Regentropfen. Blut sieht ganz anders aus.«

»Jetzt hat er keine roten Punkte mehr«, sagt Elisabeth.

»Nein«, sagt Elly, »jetzt nicht mehr. Während der ganzen Schulzeit hat Gerlinde den Mantel getragen«, erzählt sie dann weiter. »Im Sommer, im Winter, immer denselben Mantel. Sie hatte immer Angst, daß es entweder zu kalt oder zu warm sein würde, um ihn anzuziehen. Er ist ja kein richtiger Wintermantel und auch kein richtiger Sommermantel. Und sie hatte doch nur den einen. Ich hatte inzwischen den Saum ausgelassen, auch die Nähte an der Seite und die Ärmel verlängert. So wuchs der Mantel immer mit ihr mit.« Elly überlegt. »Ja, und dann kam die Abiturprüfung. Auf dem Weg dahin hatte sie ihn natürlich auch an. Ich glaube, ich war fast aufgeregter als sie. Aber es ist alles gutgegangen. Nach dem Abitur mußte Gerlinde zum Arbeitsdienst. Das mußten alle. Ohne Arbeitsdienst durfte sie nicht studieren. Da fuhr sie auch in dem Mantel los. Ich stand am Zug und winkte, und mir war so schwer ums Herz, weil ich so gut nachfühlen konnte, daß sie da nicht hin wollte, wo sie jetzt hinfuhr.«

»Warum nicht?« fragt Elisabeth.

»Ach Kind«, sagt Elly, »sie wollte doch endlich studieren. Und statt dessen mußte sie beim Bauern arbeiten. Aber das war gar nicht so schlimm. Viel schlimmer war, daß sie in ein Arbeitsdienstlager mußte, daß man sie in eine Uniform gesteckt hat und daß sie die schrecklichen Nazilieder singen und immer in Reih und Glied marschieren mußte. Das war schlimm und dazu noch die Schikanen der Arbeitsdienstführerinnen. Die waren gegen alle, die studieren wollten. Man war ja vollständig abhängig von denen. Wenn Gerlinde sich mit denen angelegt hätte und die ihr dann hinterher eine schlechte Beurteilung geschrieben hätten, dann hätte sie nicht studieren dürfen. Man war denen völlig ausgeliefert. Die Arbeit bei den Bauern war gar nichts dagegen. Die hat Gerlinde sogar ganz gern gemacht, und mit ihren Bauern hat sie sich sehr gut verstanden. Jutta ja später auch. Du erinnerst dich doch an die Bäuerin, die ihr die Pflaumen gegeben hat?« Elly ist beim Erzählen aufgestanden und unruhig hin und her gelaufen. Jetzt setzt sie sich wieder hin.

»Es ist immer dasselbe mit mir«, sagt sie, »ich verliere mich in den Erinnerungen. Und dabei wollte ich dir doch von dem Mantel erzählen. Den hat Gerlinde im Arbeitsdienst gar nicht anziehen können, denn sie mußte ja Uniform tragen. Ich habe sie dort einmal besucht, und da habe ich den Mantel mitgenommen und ihn dann selbst getragen, solange Gerlinde im Arbeitsdienst war. Ich fühlte mich geborgen und mit Gerlinde verbunden, wenn ich ihren Mantel trug.

Nach dem Arbeitsdienst konnte Gerlinde immer noch nicht studieren. Sie mußte vorher noch ein halbes Jahr in einer Munitionsfabrik arbeiten. Kriegshilfsdienst hieß das. Diesmal trug Gerlinde wieder ihren alten blauen Mantel. Da gab es keine Uniform. In der Munitionsfabrik arbeiteten auch kriegsgefangene Franzosen. Für die Deutschen war es streng verboten, mit ihnen Kontakt zu haben. Man durfte noch nicht einmal mit ihnen sprechen. Gerlinde hat trotzdem manchmal ein paar Worte mit ihnen gewechselt, wenn niemand in der Nähe war. Sie konnte ja Französisch. In den Manteltaschen hatte sie die Zigaretten, die sie ihnen heimlich zusteckte. Die Taschen waren schon ziemlich abgeschabt, und der Gürtel löste sich in einzelne Fäden auf, aber der Mantel tat doch noch brav seinen Dienst.

Als auch das vorbei war und Gerlinde endlich studieren durfte, da habe ich die Taschen entfernt und den Gürtel erneuert. Dann ging's in dem Mantel in die Universität, und da hat er wohl auch so manche Vorlesung mitgehört, wenn sie ihn anbehalten mußte, weil die Hörsäle wieder einmal nicht geheizt waren. Ja, und Gerlinde lernte neue Freunde in diesem alten Mantel kennen. Den Huber zum Beispiel.«

»Amerika«, sagt Elisabeth leise und streicht vorsichtig über den Stoff ihres Mantels.

»Ja«, Elly macht eine kurze Pause, »Gerlinde trug den Mantel auch in der Nacht vom 13. zum 14. Februar 1945, als Dresden unterging, und sie trug ihn, als wir durch die zerstörte und immer noch brennende Stadt liefen, um Christa zu suchen. Sie hatte ihn auch an, als am 8. Mai die Russen in Dresden einmarschierten und der Krieg endlich vorbei war.«

»Und als sie nach Göttingen gegangen ist, hat sie ihn da auch angehabt?« fragt Elisabeth. »Damals, als das Milchauto mit allen ihren Sachen wegfuhr?«

Elly nickt. »Ja, da auch. Und dann hat sie ihn in Göttingen getragen, bis sie eines Tages einen anderen bekommen hat, den ihr ein Freund besorgt hat. Da hat sie mir geschrieben, daß du den alten blauen haben kannst, und nun hast du ihn. Und jetzt«, Elly sieht Elisabeth liebevoll an, »nachdem der Mantel sein Innerstes nach außen gekehrt hat und alle alten Geschichten herausgefallen sind, jetzt kannst du ihn mit deinen eigenen Geschichten füllen, mit deinen eigenen Erlebnissen und Erinnerungen. Wer weiß, was dir alles geschieht in diesem Mantel.«

Elisabeth hat den Mantel noch immer an. Sie streicht wieder ganz vorsichtig über seinen Stoff und tippt mit dem Finger nacheinander auf die schönen roten Holzknöpfe. Der Mantel sieht wirklich wie neu aus, und er fühlt sich auch so an.

Dann steht Elly auf. »Ich habe noch etwas für dich«, sagt sie und kommt mit einem Buch wieder. »Grimms Märchen«, sagt sie, »Fundevogel. Weißt du noch?«

Elisabeth nickt. Ja, natürlich weiß sie noch. Elisabeth gibt Elly das Buch zurück. Elly soll ihr das Märchen vorlesen.

Die böse Hexe, an die sie sich erinnert hatten, ist eine Köchin. Aber sonst stimmt alles, und endlich erfahren sie auch den Schluß. Die Köchin will Fundevogel kochen, doch Lenchen – das ist das Kind des Försters, der Fundevogel im Baum gefunden und mit nach Hause genommen hatte – warnt Fundevogel. Gemeinsam laufen die beiden Kinder weg. Sie verwandeln sich in einen Rosenstock und eine Rose, und dann in eine Kirche und eine Krone, so daß die Knechte der Köchin sie nicht fangen können, weil sie sie nicht erkennen.

Beim dritten Mal geht die Köchin selbst los.

»Die Kinder sahen aber die drei Knechte von weitem

kommen«, liest Elly, »und die Köchin wackelte hinten nach. Da sprach Lenchen: ›Fundevogel, verläßt du mich nicht, so verlaß ich dich auch nicht.‹

Da sprach Fundevogel: ›Nun und nimmermehr.‹

So sprach Lenchen: ›Werde du zum Teich und ich die Ente drauf!‹

Die Köchin aber kam herzu, und als sie den Teich sah, legte sie sich drüber hin und wollte ihn aussaufen. Aber die Ente kam schnell geschwommen, faßte sie mit ihrem Schnabel beim Kopf und zog sie ins Wasser hinein, da mußte die alte Hexe ertrinken. Da gingen die Kinder zusammen nach Haus und waren herzlich froh, und wenn sie nicht gestorben sind, so leben sie noch heute.«

Elly klappt das Buch zu. »Paul hatte recht«, sagt sie. »Verläßt du mich nicht, so verlaß ich dich auch nicht.«

»Nun und nimmermehr«, sagt Elisabeth.